CE QUÍ NE NOUS TUE PAS

MISHA BELL

♠ MOZAIKA PUBLICATIONS ♠

Dépôt légal © 2025 Misha Bell
www.mishabell.com/fr

Publié par Mozaika Publications, une marque de Mozaika LLC.
www.mozaikallc.com

Couverture par Najla Qamber Designs
www.qamberdesignsmedia.com

Traduction : Annabelle Blangier pour Valentin Translation

e-ISBN : 979-8-89796-049-1
ISBN imprimé : 979-8-89796-050-7

CHAPITRE 1
CALLIOPE

J e regarde dans le miroir des toilettes. Les yeux fous d'une créature hybride issue d'un croisement entre un clown tueur et un ours en peluche me rendent mon regard derrière une paire d'énormes lunettes rouges.

— OK, Calliope, m'encouragé-je. Il est temps de te mettre dans la peau du personnage.

Je fronce les sourcils et grogne :

— Homme-Ours en colère. Homme-Ours veut du miel. Le doux nectar, le caca des abeilles, et pas celui de Pookie-poo avec sa forte poitrine. Grrr. Maintenant, Homme-Ours veut goûter aux fesses de Pookie-poo.

Sous la tête du clown-ours, les petits orteils de Wolfgang massent mon cuir chevelu de manière rassurante. Je prends un granulé pour rongeur dans la poche de mon jean et le glisse sous mon masque.

Oui, j'ai amené l'un de mes rats de compagnie à ce nouveau boulot. Non, je n'ai pas retenu la leçon, après avoir été interdite d'entrée dans tous les parcs à thème d'Orlando pour m'être fait att-*rat*-per la main dans le sac.

Mais comment aurais-je pu empêcher Wolfgang de venir avec moi ? Il devient terriblement angoissé chaque fois que je pars sans lui.

J'entends un bruit de chasse d'eau, et je prends ça comme le signe que je dois quitter les toilettes et partir à la recherche de la patinoire.

Où qu'elle puisse être.

J'aurais peut-être dû demander à la dame des RH ? Ou au coach ?

Ce stade est énorme, bien plus grand que ce à quoi je m'attendais pour une équipe de hockey de Floride. J'erre dans plusieurs couloirs successifs avant de tomber sur un type costaud qui me rappelle un kangourou.

— Excusez-moi, dis-je, de quel côté se trouve la patinoire ?

Il me répond, mais quand je suis ses directives, je me retrouve dans une pièce qui sent le chlore et où l'eau est encore sous forme liquide.

— Tu crois que les patinoires sont des piscines quand l'eau n'est pas assez froide ? demandé-je à Wolfgang.

Comme d'habitude, j'imagine sa réponse. Il la prononce d'un ton professionnel, avec un fort accent allemand.

Meine Liebe, l'énergie requise pour geler une quantité d'eau aussi importante serait astronomique. Il serait plus judicieux d'utiliser cette électricité pour alimenter des pompes fixées à un million de pis de vaches, et de transformer le lait récolté en un milliard de cubes de délicieux cheddar.

Je soupire. J'ai l'impression que je vais devoir sortir mon téléphone et appeler…

C'est une meute de hyènes que j'entends derrière moi ?

— Monsieur Bloom ! s'exclame quelqu'un d'une voix forte avant que j'aie le temps de me retourner. Prêt pour la baignade ?

Monsieur Bloom ?

Une seconde. C'est le nom de la mascotte, autrement dit…

Quelqu'un me pousse dans le dos.

Merde. J'agite mes bras velus comme un épouvantail en plein ouragan, puis tombe dans la piscine.

Plouf.

Mon adrénaline grimpe en flèche et j'arrache ma tête d'ours pour m'assurer que Wolfgang puisse nager. Puis je recrache l'eau de piscine dégoûtante qui s'est infiltrée dans ma bouche.

— C'est qui ça, putain ? lance une voix menaçante et grognante depuis la terre ferme. Ce n'est pas Ted !

Il parle du mec que je remplace ? Tout le monde ici ne devrait pas être au courant qu'il a disparu ? Peut-être pas, après tout. Le coach m'a fait promettre de garder le secret, maintenant que j'y pense.

J'entends une grosse éclaboussure, puis un énorme

bras poilu et sexy s'enroule autour de ma taille, sous l'eau.

OK. C'est un sauvetage. Dieu merci.

J'attrape Wolfgang, qui lutte pour rester à la surface, et laisse le propriétaire du bras me traîner hors de la piscine, avant de me reposer sur mes pieds.

— Elle dégouline de partout. Sortez-la de ce costume, dit le type aux airs de kangourou qui m'a donné la mauvaise direction.

Lui et plusieurs autres types costauds se tiennent près de l'entrée de la piscine. De toute évidence, ils se sont faufilés derrière moi en douce.

— Si vous la touchez, je vous casse les doigts, prévient la voix bourrue de mon sauveur.

— C'est assez violent, fais-je remarquer.

Je me retourne pour voir la personne qui vient de parler. Et… waouh.

Il est torse nu et aussi musclé qu'un dieu. Son visage est féroce, anguleux et presque parfaitement symétrique, mis à part son nez aristocratique, qui semble avoir été brisé, avant de cicatriser un peu de travers — ce qui ne fait que souligner la perfection de tout le reste.

Il m'examine lentement de ses yeux sombres, plus encore qu'un trou noir.

Oh, bon sang.

Il a un peu de barbe sur les joues, et j'ai envie de le toucher.

Mais je ne le fais pas.

Si je devais me comporter de manière inappropriée,

je toucherais plutôt les poils épais de sa poitrine nue. La pilosité est ma kryptonite sexuelle, chez les hommes et, même à cet instant, alors que je suis gelée et morte de honte, je me retrouve mouillée dans tous les sens du terme.

— Vous allez bien ? demande-t-il de cette voix grondante avant de replacer une mèche de cheveux humide derrière mon oreille.

Oh. Mon. Dieu. Ce geste me fait l'effet d'une anguille électrique… en plein sur le clitoris. Et les tétons. Et…

— Appelle une ambulance, putain, grogne mon sauveur au kangourou. Fais vite, et je ne te tuerai peut-être pas pour m'avoir incité à la pousser.

Une seconde…

— C'est vous qui m'avez poussée ? demandé-je en fusillant du regard son visage si séduisant.

— C'était un malentendu. Je croyais que vous étiez Ted, et celui-là m'a dit que Ted m'avait traité de…, commence-t-il à expliquer avec un geste vers le kangourou, ou l'un des autres types couverts de muscles.

— Écoute, Michael, l'interrompt le kangourou sur un ton conspirateur. Ted t'a vraiment traité de…

— Je ne suis pas Ted, lâché-je.

J'attrape ma tête d'ours, qui flotte près du bord de la piscine, et regarde jalousement Wolfgang quand il escalade mon bras jusqu'à mon épaule avant de secouer sa fourrure mouillée.

Le connard — Michael — regarde mon petit pote en plissant ses yeux noirs.

— C'est un rat ?

— Non, c'est une girafe, rétorqué-je avant de tourner les talons pour m'éloigner, mes chaussures émettant des couinements mouillés.

— Bordel de merde, grogne Michael. Attendez.

— Laissez-moi vous aider à retirer ces vêtements mouillés ! propose le kangourou.

— Ne parle plus de ses vêtements, réplique Michael, son grognement prenant une note menaçante. Pas si tu veux conserver les petites billes qui te servent de couilles.

— Alors vous avez déjà vu ses couilles ? lancé-je par-dessus mon épaule.

Je regrette aussitôt que mon grand frère ne soit pas là. Il aurait fait apparaître une paire de balles en mousse de nulle part avant de qualifier mes paroles de « grosse vacherie ».

— Vous voulez bien ralentir, putain ? grommelle Michael en venant marcher à côté de moi. Où vous croyez aller, comme ça ?

— À la patinoire.

Où qu'elle puisse être.

— Il fait froid, là-bas. Vous allez attraper la mort. Changez-vous d'abord, au moins.

— Ouais, et pour mettre quoi ?

Apparemment, quand Ted a disparu, le costume de mascotte de secours ainsi que tous ses autres biens matériels se sont volatilisés de son appartement.

Correction de *mon* nouvel appartement.

Ouais. C'est l'un des nombreux avantages de ce boulot : un logement exempté de loyer où vivre, grâce auquel je n'ai plus à habiter au sein du cirque de ma famille, au sens littéral.

— Je peux aider, dit le kangourou en trottinant derrière nous. À trouver des vêtements, je veux dire.

Le grognement de Michael passe en mode ours polaire.

— Qu'est-ce que je viens de dire, Jack ? C'est ton dernier avertissement.

Jack le kangourou ? Je pourrais jurer que ma grand-mère a récemment regardé un film qui avait ce titre pendant qu'elle répétait son spectacle de funambulisme.

— Je suis censée rencontrer l'équipe, expliqué-je sans m'arrêter. Le coach m'a dit qu'ils s'apprêtaient à terminer leur entraînement à la patinoire.

Il a aussi dit que cette première semaine serait une période d'essai, et que je perdrais mon boulot si je déconnais. Ou si Ted revenait avec une « excuse miraculeuse pour justifier son petit numéro de disparition ».

— Vous avez déjà rencontré l'équipe, m'informe Michael. Vous vous souvenez des abrutis autour de la piscine ?

Oh. Génial. Je me tourne vers lui.

— Vous y compris ?

Il fronce les sourcils.

— Je fais partie de l'équipe, mais peu de gens me traitent d'abruti, et…

— Vous êtes un abruti, lâché-je.

Jack le kangourou écarquille les yeux.

— Je vous ai poussée, alors je vais ignorer ça pour cette fois, grogne Michael, les dents serrées si fort que l'émail va sûrement se fissurer. Revenez demain. Si notre coach pose la question, on dira tous…

— Très bien, l'interromps-je, parce que Wolfgang aurait bien besoin de passer sous le sèche-cheveux. Ce n'était pas un plaisir de vous rencontrer.

À moins de compter ce geste qu'il a eu, en tout cas, et le régal pour les yeux dont j'ai pu profiter avant d'apprendre quel genre d'homme il était.

Michael crispe encore plus la mâchoire.

— L'absence de plaisir était mutuelle, je peux vous l'assurer.

— Ces expressions n'existent pas, se plaint Jack le kangourou.

— Va à la bite ! lui crache Michael.

Pour ce que j'en sais, ce n'est pas une expression non plus – mais ça me plaît, et je la lancerai peut-être à ma petite sœur, la prochaine fois qu'elle tentera de me montrer l'une de ses poses de contorsionniste flippantes style bretzel.

Je continue de marcher, ignorant les hommes qui me suivent, et j'atteins bientôt le petit placard qui m'a été attribué en guise de vestiaire. Avant d'avoir pu entrer, je remarque que quelqu'un a eu l'obligeance de placer un grand et fin miroir juste devant la porte, ce qui m'évitera d'avoir à courir aux toilettes après avoir enfilé mon costume, la prochaine fois.

Mon reflet me fait grimacer. Je ressemble à un ours triste et détrempé venant de manger un clown tout aussi mouillé… ce qui lui a donné mal au ventre.

Je rentre dans mon personnage sans pouvoir m'en empêcher.

— Grrr. Homme-Ours si furieux. Homme-Ours aussi mouillé qu'une chatte.

Jack le kangourou émet un hoquet si sonore que je m'attends à moitié à le voir défaillir, quand je fais volte-face pour voir ce qui ne va pas.

Waouh. Pour une raison inconnue, Michael me dévisage d'un air si menaçant qu'on croirait que je viens de noyer son chiot, de dévorer son chaton et de fourrer son palet porte-bonheur dans mon anus.

— Tu sais ce qui est arrivé à la dernière personne qui s'est moquée de lui comme ça ? s'exclame Jack le kangourou, horrifié.

Il lance un regard nerveux à Michael avant de préciser d'une voix tremblante :

— Il a perdu quatre dents.

— Ferme ta gueule, grogne Michael.

— Oh, c'est vrai. Ce n'était pas quatre, corrige Jack le kangourou en s'écartant de Michael comme s'il était radioactif. C'était sept.

CHAPITRE 2
MICHAEL

— De quoi vous parlez ? s'étonne la mascotte en serrant son rat contre sa poitrine.

Comme si je pouvais faire du mal à une femme, ou à un petit animal. Une vive douleur dans ma mâchoire me fait prendre conscience que je serre les dents très fort… encore une fois. Je ne peux m'empêcher de lui lancer un regard noir.

— Vous jouez les idiotes, maintenant ?

Tout le monde sait que je déteste qu'on me traite d'ours. J'entends ça depuis que je suis petit, à cause de mes bons à rien de parents que je n'ai jamais rencontrés. Avant de m'abandonner, ils m'ont offert deux cadeaux douteux : le nom de famille « Medvedev » et le prénom « Mikhail », ou « Misha » pour faire court. Medvedev signifie « ours » en russe, et le prénom Misha est aussi associé à ces foutus animaux — à cause d'une autre fichue mascotte, celle des Jeux olympiques de Moscou. Oh, et quand j'ai déménagé aux États-Unis, ça n'a fait qu'empirer, parce que les Russes sont associés de manière générale aux ours. Sans oublier que je fais partie de cette équipe, qui…

— Vous venez de me traiter d'idiote ? lâche la fille en plissant ses jolis yeux verts en fentes étroites.

— Non, mais je pourrais, dis-je. Après tout, c'est idiot, de réveiller l'ours qui dort.

Bordel de merde. Je viens de me qualifier d'ours, hein ?

— Ouais, il déteste quand les gens le comparent à un ours, explique Jack avec méfiance.

La seule raison pour laquelle je ne l'ai pas déjà assommé, c'est parce que je ne veux pas effrayer la fille… pas plus que je ne l'ai déjà fait, en tout cas.

— Je ne mentionnerais même pas le mot « ours » en sa présence, si j'étais toi, continue Jack. On n'ose même pas lui proposer de cocktail Ours Blanc au cas où…

— Une seconde, l'interrompt-elle en clignant ses longs cils féminins qui me font perdre ma concentration. Votre équipe s'appelle les *Ours* de Floride, non ?

Je me retiens de lui montrer mes dents — ou à quiconque d'autre — uniquement parce que ça ne ferait que susciter d'autres comparaisons avec des ours.

— L'équipe s'appelait les Orlando Blooms quand j'ai été sélectionné.

Et je suis coincé avec eux, maintenant.

— Waouh. Quel nom affreux !

Elle examine la tête de clown-ours de la mascotte que je déteste tant.

— Ça explique pourquoi celui-là s'appelle Monsieur Bloom, au moins.

— Tout vaudrait mieux que son nom actuel, articulé-je entre mes dents.

Même « Putain de palet » aurait été une amélioration. Ou « Palet de mes fesses ». Ou même « Blooms d'acier ».

Tout le monde secoue la tête, même le rat.

— On n'est même pas à Orlando, fait remarquer la mascotte.

— On pourrait être les Florida Blooms, rétorqué-je.

— Et puis, ça fait penser à cet acteur, continue-t-elle.

Je serre et desserre les poings.

— Qu'il aille se faire mettre.

— J'aimerais bien me faire mettre par lui, mais je ne pense pas qu'il voudrait, dit-elle d'un ton songeur.

L'élan de jalousie qui afflue dans mes veines est aussi surprenant qu'indésirable. Je n'ai aucune idée de ce qui me prend. Entre parenthèses, l'acteur devrait être eunuque pour ne pas avoir envie de coucher avec cette fille. OK, son corps est caché par ce costume hideux, mais elle est grande, avec un visage d'une beauté saisissante. Avec ses cheveux roses, ses joues rouges et son cou délicat, elle me rappelle un flamant rose. Et ces oiseaux sont l'une des rares choses qui me plaisent, dans ce foutu État. Peut-être même la seule.

Elle est si jolie, en fait, que je peux presque lui

pardonner de m'avoir traité d'Homme-Ours. Surtout sachant que je l'ai poussée dans la piscine.

— Vous savez quoi ? dis-je d'un ton magnanime. On est quittes, maintenant.

— C'est tout ? s'étonne Jack, en me dévisageant comme s'il m'était poussé des plumes.

— Attendez, intervient la fille en redressant son dos.

C'est à ce moment-là que je remarque qu'elle est vraiment grande — le haut de sa tête m'arrive presque au menton.

— Quand j'ai blessé votre sensibilité, je me mettais juste dans la peau du personnage, je ne me moquais de personne. En quoi c'est comparable au fait que vous m'ayez jetée dans la piscine *volontairement* ?

— Dans la peau du personnage ? Jack et moi répétons à l'unisson.

— Ouais.

Elle lève sa tête d'ours devant elle et dit d'une voix grondante :

— Homme-Ours en colère. Homme-Ours a une femelle en lui plutôt que le contraire.

Je crispe à nouveau les dents sans le vouloir.

— Comme je l'ai dit, je ne vous ai pas poussée, *vous*. C'était un malentendu.

Je fusille Jack du regard et ce dernier a le bon sens de s'écarter hors de portée de mes poings ou de mes pieds. Je reporte mon attention sur la fille.

— Vous, par contre, vous venez de vous moquer de moi volontairement. Une nouvelle fois.

— Non. L'Homme-Ours, c'est Monsieur Bloom, insiste-t-elle en agitant la tête de la mascotte devant moi. Monsieur Bloom n'est pas vous… n'est-ce pas ?

— Dans ce cas, appelez votre ami invisible Monsieur Bloom, quand vous entrez dans la peau de votre personnage, articulé-je entre mes dents. Ou mieux encore, n'entrez pas dans votre rôle quand je suis à portée de voix.

Elle montre les dents — ce qui ne la fait pas du tout ressembler à un ours, *elle*. Sûrement parce que ses dents sont petites, blanches et très jolies.

— J'ai une bien meilleure idée, siffle-t-elle. Et si on ne s'adressait plus la parole du tout ? Jamais.

Je réprime l'envie de lui grogner dessus.

— Ça me va très bien, dis-je avant de tourner les talons. Allons-y, Jack.

Jack me suit, mais il a l'air réticent — et c'est à deux doigts de lui coûter quelques dents. J'attends qu'on soit hors de portée de voix de la mascotte avant de lui lancer :

— Pas touche.

Il a l'air surpris.

— Tu parles de sortir avec elle, ou de lui faire des farces ?

— Pas touche, répété-je en imprégnant ces mots d'une promesse de castration. Fais passer le mot.

Jack se racle la gorge.

— Tu sais bien que l'équipe a un rituel de bizutage. Mascotte ou pas, elle fait partie de l'équipe et elle est nouvelle…

— Bordel de merde.

Ces connards peuvent être rapides, en plus. Mon premier jour, ils m'ont volé mes vêtements et ont laissé le costume de la mascotte à la place. Je ne sais pas à quoi ils s'attendaient, mais je suis sorti du vestiaire tout nu et trois d'entre eux se sont retrouvés aux urgences.

Qu'est-ce qu'ils comptent lui faire, à *elle* ?

— Où sont ces abrutis ? demandé-je d'un ton furieux.

Quand il me répond qu'il ne sait pas, je pars à la recherche du reste de l'équipe.

———

Je les localise devant l'entrée principale du stade, et leur intime d'écouter ce que je m'apprête à dire très soigneusement, comme si leur bonne santé en dépendait. Puis je leur explique qu'aucune farce n'est autorisée avec la nouvelle mascotte.

— Mais tout le monde a droit à une farce le premier jour, se plaint Isaac, notre prétendu capitaine.

Je l'attrape par le col de sa chemise et le soulève du sol.

— Tout le monde sauf elle. C'est bien clair ?

— En fait, ces idiots ont déjà initié leur farce, dit Dante, notre gardien.

C'est le joueur le plus compétent de l'équipe, et ce qui se rapproche le plus d'un ami pour moi. Et si la ligue autorisait les gardiens à être capitaine, il serait le nôtre, plutôt que l'ordure que je tiens en ce moment.

Ce mec n'est même pas capable d'épeler le mot « leader ».

Je lâche Isaac et me tourne vers Dante.

— Déjà ?

Dante passe sa main aussi pâle que celle d'un vampire dans ses cheveux noir d'encre.

— Tout le monde dans le bâtiment s'apprête à recevoir une alerte sur son téléphone lui demandant d'évacuer les lieux.

À ce moment précis, mon téléphone sonne et affiche le message exact dont Dante vient de parler : une histoire foireuse de fuite de gaz.

Mes molaires se crispent à nouveau.

— Je suppose que la fille ne recevra pas ce message ?

Plusieurs d'entre eux secouent la tête. Je rive les yeux sur Isaac.

— Et qu'est-ce qui se passe ensuite ?

— Rien de grave, assure Isaac en grimaçant. Conformément au protocole d'urgence, toutes les portes vont se verrouiller automatiquement. Mais elles rouvriront que demain.

Je ne sais pas trop comment, mais Isaac se retrouve à nouveau suspendu dans mon poing.

— Elle est trempée après ce fiasco dans la piscine, et tu t'apprêtes à l'enfermer dans un bâtiment climatisé ?

— C'était pas mon idée, proteste Isaac.

Quel salopard. Écœuré, je le lâche et scrute les visages coupables autour de moi.

— Alors c'était l'idée de qui, putain ?

— Jack, répondent-ils à l'unisson.

— Quoi ? aboyé-je en serrant les poings tout en me tournant vers Jack. Tu étais avec moi tout du long.

Jack recule et pâlit.

— J'ai trouvé l'idée avant que tu dises qu'il fallait la laisser tranquille. Le concierge m'a aidé. Je peux l'appeler pour lui demander de redémarrer le système plus tôt, ou…

— Dans combien de temps les portes vont se verrouiller ? craché-je.

— Cinq minutes.

Je me tourne vers le stade juste au moment où les premiers membres du personnel commencent à sortir.

— Vous feriez mieux de prier pour que j'arrive à temps.

CHAPITRE 3
CALLIOPE

uel culot, lâché-je en posant Wolfgang sur la petite table de mon vestiaire improvisé.

Ses yeux globuleux pétillent, comme avec sagesse.

Meine Liebe, ce genre d'hommes a besoin d'aller décompresser dans des forêts de pins, de prendre des bains chauds et de manger de copieuses quantités de fromage.

— Super. Maintenant, je m'imagine Michael nu, en train de vagabonder dans la forêt à la recherche de miel… avant de se détendre dans une source chaude.

Wolfgang frotte ses pattes avant sur son visage, comme si mes pensées salaces le faisaient se sentir sale.

— Bref, dis-je en fouillant la petite pièce à la recherche d'un truc sec à enfiler.

Des magazines poussiéreux. Non.

Une boisson énergétique périmée. Non.

Une pile de maillots de hockey. Bingo.

Je me déshabille et en utilise quelques-uns en guise

de serviettes, les pires au monde. J'enfile ensuite le plus grand, qui se trouve être le numéro huit.

OK. Il me gratte et s'avère bien trop ample, mais il couvre toutes mes parties intimes, alors ça devrait convenir.

Je fais quelques pas et grimace. Ça va être vraiment gênant, de me balader comme ça sans sous-vêtements. Mieux vaudrait peut-être que je garde ma culotte mouillée plutôt que de n'en mettre aucune ?

Quelqu'un frappe à la porte si fort que Wolfgang couine et saute dans mes bras, avant de grimper sur mon épaule.

— Qui est là ? lancé-je.

— Michael, grogne une voix familière très semblable à un ours. Sortez. Vite.

Je m'approche de la porte, mais ne l'ouvre pas.

— Je sortirai quand je serai prête.

Et quand j'aurai une culotte.

— Il va falloir que j'enfonce cette foutue porte ?

— On ne vient pas de décider de ne plus s'adresser la parole ?

Malgré ma réplique belliqueuse, j'emploie le ton apaisant que grand-père m'a appris. Il dressait des lions, mais ses techniques fonctionnent aussi sur les rats, ça ne devrait donc pas être différent avec les ours.

— Bordel de merde, grogne-t-il. On peut commencer à ne pas se parler une fois que je vous aurai fait sortir de ce bâtiment ?

La curiosité est un trait de famille, alors je ne peux m'empêcher d'entrouvrir la porte.

— Pourquoi vous voulez me faire sortir du bâtiment ?

— Mes abrutis de coéquipiers sont en train de vous faire une farce, répond-il entre ses dents. Dans cinq minutes, toutes les portes de cet endroit vont se verrouiller.

Merde.

— Pourquoi ne pas l'avoir dit dès le début ?

— Je pensais qu'il suffirait de vous demander de sortir vite.

Je me retiens d'argumenter uniquement par manque de temps. J'ouvre la porte en entier.

— Je vous suis.

Il me regarde de haut en bas avec une drôle d'expression, avant de partir dans le couloir à grandes enjambées. Malgré mes jambes plus longues que la moyenne, je dois trottiner pour le rattraper, une main posée sur Wolfgang pour m'assurer qu'il ne tombe pas de mon épaule. Je ne trottine pas assez vite, apparemment, parce qu'il s'arrête au premier tournant et me fusille du regard.

— Vous ne comprenez pas le concept de se dépêcher ?

— Je cours presque, protesté-je en soufflant.

En fait, je suis sortie du vestiaire si précipitamment que je suis pied nu. J'ai aussi oublié de résoudre le problème de la culotte, et je sens un courant d'air au niveau de mes parties intimes, empiré par l'humidité qui s'est créée à ce niveau-là à la vue du t-shirt de Michael, qui moule son dos puissant.

Sur mon épaule, Wolfgang pépie.

Meine Liebe, d'habitude, je préfère les femelles, et les rates qui plus est, mais même moi, je ne peux qu'être d'accord — cet homme ressemble à du gouda.

— Comment ça vous courez « presque » ? demande Michael. Courez, si vous ne voulez pas vous retrouver coincée dans ce bâtiment toute la nuit.

N'ayant pas envie d'admettre à voix haute qu'il marque un point, je me mets à courir. Michael accélère le pas et on se précipite tous les deux dans les couloirs, descendant les marches quatre à quatre.

On a beau se dépêcher, une sonnerie retentit juste au moment où on arrive devant les portes, et ces saletés se verrouillent sous notre nez.

— Bordel de merde, lâche Michael en cognant du poing sur la porte.

Ça n'a aucun effet. Il se met ensuite à parler dans d'autres langues, ou plutôt une seule, bien spécifique, qui ressemble à celle qu'on entend dans les films sur la guerre froide.

— Vous êtes en train de jurer en russe ? deviné-je.

Il interrompt sa tirade.

— Dans quelle autre langue jurerait un homme dont le nom de famille est Medvedev ?

Je lève les yeux au ciel.

— Je ne connais même pas votre nom de famille.

— Ah.

Il inspire puis expire lentement, avant de tendre la main.

— Je suis Michael Medvedev.

Je sais qu'il serait plus malin d'ignorer cette main tendue — même si ce serait impoli. Cependant, quelque chose me pousse à la serrer.

Waouh. Sa poigne de main est ferme, sa paume délicieusement calleuse. Et chaude. Et forte.

La décharge dans mon clitoris est encore plus puissante, cette fois — et je mets ça sur le compte de l'absence de culotte.

Avec effort, je lâche sa main et me ressaisis.

— Je suis Calliope Klauncul, me présenté-je, prononçant mon nom de famille comme « clow-un-coul ». Et comme je l'ai déjà dit, ce n'est *pas* un plaisir de vous rencontrer.

— L'absence de plaisir est toujours mutuelle.

Il se tourne à nouveau vers la porte et donne un autre coup de poing dedans.

— Essayez avec votre tête, suggéré-je.

Il pivote vers moi.

— Pourquoi vous êtes aussi calme ? Vous ne comprenez pas qu'on est coincés ici ?

— Qu'est-ce que vous voulez que je fasse ?

Il me regarde de haut en bas.

— Que vous craigniez d'attraper froid ou de tomber en hypothermie ?

En fait, malgré l'absence de vêtements, j'ai chaud… et je suis excitée, mais je ne compte pas le lui dire.

— Est-ce qu'il y a une réserve ou quelque chose du genre, ici, où je pourrais me trouver des vêtements ? demandé-je plutôt.

— Une seconde.

Il se tourne vers la porte et cogne dessus si violemment que je m'attends à la voir se fendre en deux.

Mais non. Les lourdes portes encaissent cette agression sans broncher.

Michael reporte son attention sur moi, arborant l'air d'un ours qui n'a pas réussi à attraper un délicieux saumon.

— Si ça peut vous rassurer, dis-je sans trop savoir pourquoi j'essaie de rassurer ce connard, j'ai l'impression qu'elle a été conçue pour résister à un ouragan.

Il grommelle une réponse inintelligible avant de tourner les talons et de repartir en trombes de là où on est venus.

Wolfgang et moi échangeons un regard.

Meine Liebe, tu crois qu'il va revenir ?

Je hausse les épaules et suis l'ours — je dois me remettre à courir pour tenir le rythme. C'est la raison pour laquelle, quand Michael s'arrête soudain au premier étage, je lui rentre dedans.

Avec l'impression d'avoir heurté un mur de muscles sexy.

— Là-dedans, dit-il avec un geste vers la porte devant nous.

Je regarde l'écriteau au-dessus.

— Le vestiaire de l'équipe ?

— Ils ne sont pas là, précise-t-il.

Il ouvre la porte et la tient, attendant que j'entre.

Bon, très bien.

Je fais un pas dans la pièce et la première chose que je remarque, c'est l'odeur musquée — mais pas tout à fait déplaisante — de transpiration masculine. La deuxième chose, c'est le vrai bordel.

— Et maintenant ? demandé-je. Vous vous attendez à ce que je vole un truc à l'un de vos coéquipiers ?

S'il me suggère de prendre l'un des sous-vêtements sales qui traînent partout, je le gifle.

— Personne n'a parlé de voler quoi que ce soit, répond-il en s'avançant vers un drôle d'engin. Cette machine sert à essorer l'humidité des maillots de bain. Vous pouvez vous en servir pour sécher vos vêtements.

Hmm.

— Attendez ici.

Je repars en vitesse dans mon vestiaire et reviens avec mes affaires.

— Tournez-vous, ordonné-je.

— Pourquoi ? grogne-t-il.

— Parce que je m'apprête à sécher mes sous-vêtements.

Il ne s'est pas tourné un peu trop vite ? Il s'attendait à quoi, une culotte de grand-mère de film d'horreur ?

Peu importe. Je fourre ma culotte dans la machine et appuie sur le bouton. L'engin s'allume avec un bruit d'hippopotame affamé. Je tâte ensuite ma culotte.

Non. Elle est encore trop humide pour que je puisse la porter confortablement.

Merde.

Je remets la machine en route — avec le même résultat.

Je sors mon téléphone de la poche de mon jean et, Dieu merci, il est étanche. Je teste la machine sur le jean et ça marche un tout petit peu mieux, vu qu'il passe de trempé à désagréablement humide.

Hmm.

— Ça ne marche pas, dis-je au dos de Michael.

Je me mords la lèvre, hésitante, puis décide de me lancer.

— Vous n'auriez pas des sous-vêtements neufs à me prêter ?

Ses épaules se raidissent et, l'espace d'un instant, je m'attends à ce qu'il m'aboie dessus. Au lieu de ça, il se dirige vers le casier sur lequel est peint un gros numéro huit et fouille dedans. Il se tourne ensuite vers moi et me tend un caleçon d'homme ainsi qu'un pull, avant de se détourner.

J'enfile le caleçon. Intéressant.

— Il me va à la perfection, lui annoncé-je.

Et j'espère être moins excitée, maintenant que j'ai caché mes parties intimes.

— Ah oui ? demande-t-il sans se retourner. Je suppose qu'on doit faire la même taille de postérieur.

Donc… sachant qu'il est plus grand et plus costaud que moi, est-ce qu'il vient de sous-entendre que j'ai de grosses fesses ? Enfin, je sais que c'est le cas, mais c'est impoli, pour un homme, de…

— Je peux me retourner, maintenant ? demande-t-il d'une voix teintée d'irritation.

— Faites ce que vous voulez.

Je me dirige vers une section des vestiaires couverte

de carrelage blanc, mais ne trouve que des douches, des toilettes et des urinoirs.

— Qu'est-ce que vous cherchez ? s'enquiert-il.

— Un séchoir.

Même un sèche-mains suffirait, sauf qu'ils ont des distributeurs de serviettes gaspilleurs de papier, ici.

— S'il y avait un séchoir, je vous y aurais conduite, grommelle-t-il. Le personnel d'entretien doit en avoir un pour sécher nos serviettes et tout le reste, mais je n'ai aucune idée d'où il se trouve.

— Oh, lâché-je en le regardant avec enthousiasme. On peut le chercher ?

— Il n'y a pas de « on ». Maintenant que vous ne risquez plus de mourir de froid, vous pouvez bien faire ce que vous voulez.

— Connard, marmonné-je entre mes dents.

Il fait semblant de ne pas avoir entendu et se dirige vers la sortie.

Ma curiosité prend à nouveau le dessus et je lui cours après, le rattrapant juste à temps pour le voir sortir une hache de la vitrine « en cas d'incendie ».

Merde. Je l'ai agacé au point de lui donner des envies de meurtre ?

Non. Il fait comme si je n'existais pas et retourne d'un pas vif vers l'entrée principale, avant d'abattre la hache sur la porte.

Ça n'a aucun effet. Enfin, il y a bien une éraflure sur la porte, mais elle ne cède pas pour autant.

Il frappe encore.

Il renvoie des ondes de bûcheron sexy à profusion, mais toujours rien.

Encore.

Et encore.

— Hé ! l'appelé-je en grimaçant quand il frappe particulièrement fort. Vous ne faites que me donner la migraine.

Sans parler qu'il me fait à nouveau mouiller beaucoup trop.

Il laisse tomber la hache dans un claquement sonore et se retourne vers moi, les narines dilatées.

— Vous n'avez pas besoin de rester ici.

— Ah vraiment ? rétorqué-je en faisant un pas vers lui et en levant le menton. La seule raison pour laquelle je suis là, c'est à cause de cette farce ridicule que vous m'avez jouée, vous et votre équipe de connards.

Il plisse ses yeux noirs.

— Je n'avais rien à voir avec cette foutue farce.

— Ah vraiment ?

J'ai insufflé assez de sarcasme dans ma voix pour abattre un bœuf robuste.

— Je me suis poussée dans cette piscine *toute seule,* peut-être ?

— Je vous ai déjà dit que c'était un malentendu.

— Ouais, bien sûr. C'est ça.

Je ne peux m'empêcher d'ajouter :

— *Homme-Ours.*

Le son qui s'échappe de sa gorge est ce qui se rapproche le plus d'un grognement émis par un humain. Mais pour une raison inconnue, je n'ai pas peur. Au contraire, je suis encore plus furieuse qu'il n'ait pas l'air d'avoir envie de bouger ni de répondre quoi que ce soit. Comme si je n'étais pas importante, même quand je le provoque.

Je fais un autre pas téméraire vers lui et pousse sa poitrine bien trop dure — il ne bouge pas d'un pouce, et ça m'insupporte encore plus. Je me mets sur la pointe des pieds et me penche pour lui cracher au visage :

— Vous m'avez entendue ? Ou vous êtes entré en hibernation ?

Ses yeux s'assombrissent encore plus et un autre grognement bas, furieux, s'échappe de sa gorge. Je ne comprends vraiment pas pourquoi ça me fait mouiller autant, mais c'est le cas, et soudain, au lieu de le repousser encore, mes mains agrippent son visage, d'un geste brusque, et je plaque mes lèvres sur les siennes.

Parce que je suis vraiment en colère. Et pour aucune autre raison, je le jure.

Il doit être tout aussi furieux, parce qu'il me rend mon baiser. Avec férocité. Brutalité. Il referme les bras autour de moi comme une prise d'ours, puis une lutte s'engage entre nos langues.

Oh, mon Dieu… je crois que je vais jouir.

CHAPITRE 4
MICHAEL

Meeerde.

Elle m'embrasse.

Et je lui rends son baiser.

Tout le reste s'estompe. J'oublie notre situation fâcheuse. J'oublie comment je me suis retrouvé ici, et où je suis censé aller. Ce baiser devient tout ce qui existe, même si à la périphérie de mon esprit, j'entends des bruits, puis aperçois des flashs de lumière.

Bordel de merde. C'est possible d'être tellement en érection qu'on en fait une attaque ? C'est ce qui cause ces lumières dans mon champ de vision ?

Tout ce que je sais, c'est qu'on ne devrait pas faire ça, mais que c'est incroyable. Elle est d'une douceur parfaite et a un goût de barbe à papa. Son odeur délicate et féminine me rend fou, et elle est difficile à identifier, mais je suis sûr de déceler des notes de quelque chose de délicieux, comme des noix de cajou grillées trempées dans du miel.

Après un flash de lumière particulièrement éblouissant, elle s'écarte et regarde les portes derrière moi.

Je ne sais pas ce qui l'a perturbée, mais le rat sur son épaule siffle dans cette direction.

Je me retourne.

Les portes sont grandes ouvertes, putain. Un nombre incalculable de gens nous dévisage, y compris mon équipe et un tas de pompiers, mais ma colère se concentre sur les paparazzi en train de prendre des photos.

Bien sûr. Des appareils photo. C'est de là que venaient les flashs.

Je passe aussitôt à l'action, attrapant le type le plus proche et lui arrache son appareil des mains, avant de l'exploser au sol.

En voyant ça, les autres imbéciles s'éparpillent comme des cafards, et quand je tente de pourchasser l'un d'eux, Dante et le coach me bloquent la route.

— Ce n'est pas bon pour notre image, de tuer un journaliste, me prévient le coach.

— Mais je comprends l'effet thérapeutique, ajoute Dante d'un ton plus compatissant.

Je fusille du regard les téléphones dans les mains de certains pompiers.

— Tout le monde a pris des photos, grogné-je.

— Sûrement aussi des vidéos, précise Dante. Tu t'attendais à quoi ?

À briser plus d'appareils, ainsi que quelques os.

— Laissez-moi passer, alors.

Je ne force pas le passage par pur respect pour le coach.

— Tout est déjà enregistré sur le cloud, dit le coach. Si tu casses tout, tu ne feras qu'empirer les choses.

Il n'a pas tort.

— Foutu cloud.

Je les déteste, à la fois la version informatique en question et les amas de vapeur dans le ciel[1].

— En plus, reprend Dante avec un geste vers les portes. Tu n'oublies pas quelque chose ? Ou quelqu'un ?

Je me retourne juste à temps pour voir Calliope se frayer un chemin à travers la foule de voyeurs.

— Rattrape-la, dit Dante.

Je fronce les sourcils.

— Quoi ? Pourquoi ?

— Je sais que tu n'as pas beaucoup d'expérience avec les femmes, répond-il, alors tu n'es peut-être pas au courant, mais elles n'aiment pas être abandonnées par leur petit ami… encore moins après un coït. N'est-ce pas, Coach ?

Le coach me lance un regard ferme.

— Ma femme n'aimerait pas ça. C'est un fait.

Je les regarde, bouche bée.

— Qu'est-ce que vous racontez ? Ce n'est pas ça du tout.

Ma femme ? Ma petite amie ? Qu'est-ce qu'il y a dans l'eau de cette ville ? Ils savent bien que jamais je ne m'engagerai avec une femme. Avoir été abandonné par

---

1. « cloud » signifie « nuage » en anglais.

mes parents m'a suffi ; je refuse d'accorder un tel pouvoir sur moi à une femme. À moins que ces deux-là ne parlent que d'un coup d'un soir ? J'en ai déjà eu, à de rares occasions, mais même pour ça, je ne choisirais pas quelqu'un comme elle.

Quelqu'un qui voudrait des câlins ensuite.

Quelqu'un que je pourrais être tenté de câliner... et je déteste les câlins.

— Ce n'est pas quoi ? demande Dante.

Il esquisse un sourire qui révèle des dents blanches éblouissantes, et des canines qui ne sont pas aussi pointues qu'on pourrait s'y attendre, de la part de quelqu'un d'aussi pâle.

Je serre les dents.

— C'était juste un baiser. Et c'est arrivé par pur hasard, en plus.

— Elle le sait, *elle* ? demande le coach.

Merde. Il a raison. Je lui ai peut-être donné de fausses idées. Je dois corriger ça illico.

Je laisse le coach et Dante commérer comme deux écolières catholiques et cours après Calliope, mais quand j'arrive sur le parking, sa petite Coccinelle s'éloigne déjà.

Je cours devant le véhicule et plaque les mains sur le capot.

— Attends, putain !

Merde. Elle a l'air d'envisager de me rouler dessus, mais elle finit par baisser sa vitre et sortir la tête.

— Quoi ?

Je me dirige vers le côté de la voiture. Maintenant

que je suis face à elle, je me sens bizarrement à court de mots.

— Je...

Merde, qu'est-ce qui cloche, chez moi ? Je m'oblige à dire quelque chose, n'importe quoi. Tout ce qui sort de ma bouche, c'est :

— C'était quoi, ça, putain ?

— Une énorme erreur.

Pour ponctuer ses mots, elle enfonce l'accélérateur. Dans un crissement de pneus, sa petite Coccinelle sort du parking en trombes, manquant de m'écraser les orteils au passage.

Bordel de merde !

Je reste planté là, à la regarder s'éloigner, jusqu'à ce qu'une main pâle se pose sur mon épaule.

— Je devine que la conversation ne s'est pas bien passée ? demande Dante quand je me retourne.

Je secoue la tête.

— Tu veux qu'on aille boire un verre, pour en parler ? propose-t-il avec un geste vers l'autre côté du parking, où le reste de l'équipe monte dans notre bus privé. Tout le monde va au pub.

— Putain, non, lâché-je.

Je déteste les exercices de cohésion d'équipe — presque autant que cette surabondance de soleil qui aveugle tout le monde, donne le cancer de la peau et échoue pourtant à laisser paraître la moindre trace de bronzage sur Dante.

— Comme tu voudras, répond-il avant de courir vers le bus.

Tout le monde s'en va. Bon débarras.

Hélas, je ne suis pas encore tiré d'affaire, parce que le coach arrive vers moi, sans doute pour me transmettre des paroles d'encouragement et de sagesse.

— Je dois y aller ! lui hurlé-je avant de foncer droit vers ma voiture.

CHAPITRE 5
CALLIOPE

e repense à ce qui s'est passé pendant tout le trajet jusqu'au parking du cirque. Bien évidemment, ce baiser est au premier plan de mon esprit, surtout qu'il était passionné, féroce et totalement dingue.

Wolfgang calé sur mon épaule, je claque la portière avec force et me dirige vers le bâtiment coloré circulaire. Qu'est-ce qui m'a pris de faire un truc pareil ? Une seconde j'avais envie de donner une claque à cet ours, et la suivante, boum ! Je l'ai fait… mais avec mes lèvres.

Eh. Ce n'était pas avec mon sexe, au moins. Mais quand même… pourquoi ce type ?

Mon ex avait peut-être raison. Ma famille et moi sommes peut-être un peu cinglés.

Comme pour illustrer mon propos, quand je passe devant la cuisine, je repère mon père en train de jongler avec notre grille-pain, une miche et un avocat.

— Salut, Papi, dit-il en prenant un couteau tout en gardant les autres objets dans les airs. Comment s'est passée ta première journée ?

Devrais-je décourager cette nouvelle tentative de surnom ? Si on parlait espagnol, il serait plus logique que *je* l'appelle comme ça. D'un autre côté, ces sobriquets sont de pire en pire, alors je devrais peut-être m'arrêter sur celui-là. Pour ce que j'en sais, le prochain pourrait être « Mini-moi ».

— Si mal que ça, hein ? demande-t-il en se mettant à jongler aussi avec le couteau.

Sans cesser de faire tournoyer les objets dans les airs avec expertise, il lance un regard en coin à ma tenue, ou mon absence de tenue, mais ne dit rien. Je ne m'attendais pas à autre chose. Il a sûrement décidé qu'un maillot sans rien d'autre devait être ce que les mascottes portaient sur leur temps libre. Je parie que le reste de la famille supposera la même chose.

Les cirques et leurs tenues près du corps…

— Les premiers jours sont toujours difficiles, intervient ma mère quelque part en contrebas.

Mais… ? Elle est où ?

Je contourne le plan de travail de la cuisine pour la chercher — et je la trouve en train de faire le grand écart et de mastiquer un toast à l'avocat. Comme je m'y attendais, elle n'a pas du tout l'air déroutée par ma tenue.

— Ma journée s'est bien passée, mens-je. Je suis venue récupérer mes affaires.

Mon père manque de laisser tomber le grille-pain.

— Tu déménages toujours ?

Je hoche la tête.

— L'appartement qu'ils m'ont offert est plus près du boulot.

Et il fait deux fois la taille de ma chambre actuelle, sans oublier que je n'aurai à le partager avec personne.

— Tu viendras quand même aux dîners de famille ? demande ma mère d'un ton inquiet.

— Bien sûr.

Je sais que tout le monde va terriblement me manquer. En plus, je serais incapable de faire la cuisine même si ma vie en dépendait, un repas fait maison sera donc toujours le bienvenu.

— Très bien, répond ma mère d'un ton magnanime. Va te préparer.

Je monte dans la chambre que je partage avec ma grande sœur et, bien sûr, je la découvre suspendue à l'envers comme une chauve-souris, tout le poids de son corps soutenu par son pied, qui est recourbé autour du trapèze accroché au-dessus de nos lits superposés.

— Hé, dit-elle, sa respiration étonnamment régulière, compte tenu de sa position. Ça s'est passé comment ?

— Bien.

Elle me regarde en plissant les yeux.

— Juste bien ?

— Écoute, Seraphina, dis-je. Si tu veux qu'on ait une discussion plus détaillée, descends à mon niveau. Autrement, je vais avoir mal au cou.

Comme je le pensais, elle n'est pas si intéressée que ça, finalement, parce qu'elle reste suspendue.

J'enfile des vêtements normaux et me dirige vers mon habitat à rats, qui occupe tous les mètres carrés de cette chambre qui m'appartiennent.

— Salut à tous, dis-je en mettant sur pause le « Für Elise » de Beethoven, une composition que mes petits potes aiment beaucoup.

Tout le monde m'accueille avec des piaillements et des petits sauts. Quand Wolfgang rejoint le groupe, leur joie crève le plafond, jusqu'à ce que Marco tente de se frotter contre Wolfgang, en tout cas, avant d'être repoussé par Polo.

— Tu leur as appris quelque chose de nouveau, récemment ? demande Seraphina depuis son perchoir.

Je sais qu'elle pose juste la question par politesse, mais je ne peux résister à l'envie de sortir un minuscule monocycle et de poser Lénine dessus.

— Waouh, lâche Seraphina quand Lénine se met à faire des cercles sur la table. On dirait que tout roule.

Oui. Lénine est le plus intelligent et le plus motivé par la nourriture, c'est pourquoi il apprend vite. Quand je le retire du monocycle et que je lui donne sa friandise, il me regarde d'un air songeur :

Tovarisch, je mériterais une plus grosse friandise, pour ça. Ce ne serait que justice, sachant que moi, le rat issu du prolétariat, ai fait tout le boulot.

— Tu sais, tu pourrais reprendre ton vieux numéro, fait remarquer Seraphina.

Elle parle de la période sombre où je faisais du

monocycle, une activité qui me plaisait presque autant qu'une dévitalisation dentaire, et ces dernières sont faites sous anesthésie, au moins.

— Tu pourrais tenir une plateforme circulaire dans les mains, continue ma sœur, sur laquelle les rats chevaucheraient leur monocycle pendant que tu chevaucherais le tien.

Je secoue la tête.

— Trop dangereux.

Elle ricane.

— Oh, je t'en prie. Un numéro de monocycle est trop dangereux pour des rats, mais le funambulisme n'est pas trop dangereux pour mamie ?

Je lève les yeux au ciel.

— Tu sais bien que personne ne peut l'arrêter.

D'ailleurs, existe-t-il un moyen d'empêcher Seraphina de sauter de droite à gauche à dix mètres dans les airs ?

— Touché, répond-elle.

— Tout le monde, dis-je aux rats, ne vous en faites pas, s'il vous plaît. Je ne vous prends pas vos jouets. On va juste déménager.

Sur ces mots, je commence à ranger les tunnels, les roues d'exercice, les maisons communautaires et individuelles et enfin, mais non des moindres, les divers jouets à escalader, mâcher, déchiqueter, pousser, porter et chercher.

Une fois que tout est dans ma voiture, je roule vers notre nouveau logement, où j'installe à nouveau mes bébés.

— Tu veux venir avec moi récupérer le reste de mes affaires ? demandé-je à Wolfgang.

Il grimpe sur mon épaule et je reviens au cirque pour collecter le reste de mes possessions — qui paraît bien maigre, comparé à celles de mes disciples mignons.

Une fois installée dans mon nouvel appartement, je l'examine comme pour la première fois.

C'est spacieux, avec une vue magnifique sur le lac où, comme pour me rappeler qu'on est toujours en Floride, un énorme alligator se réchauffe sur la rive.

— Vous voyez ? dis-je en montrant l'alligator. C'est l'une des millions de raisons pour lesquelles il vaut mieux que vous viviez en intérieur.

Wolfgang pépie.

Meine Liebe, notre principale raison de vivre en intérieur n'est pas la sécurité. C'est parce que c'est ici que se trouve cette manne du paradis, aussi appelée fromage.

Lénine grince des dents très fort.

Si la religion est l'opium du peuple, le fromage est celui du prolétari-rat.

— On a enfin une pièce avec une télé, dis-je à tout le monde.

Jusqu'à maintenant, on regardait des films et des émissions sur le minuscule écran de mon ordinateur.

Les rats n'ont pas l'air si enthousiastes à l'idée d'avoir une télé, mais c'est mon cas.

Où est-ce que je vais la mettre ?

Je regarde autour de moi et remarque que le salon a quelque chose de différent, comparé à la dernière fois que je suis venue visiter. Il y a des taches sur les murs, quelques lattes du plancher semblent avoir été soulevées, puis replacées.

C'est bizarre. Je ne l'avais pas remarqué jusqu'ici.

Peu importe. Je mets de la musique et allume mon ordinateur pour chercher le boulot de mes rêves — qui n'est pas de me déguiser en créature hybride issue d'un croisement entre un clown et un ours, bien sûr. Non, ce que je veux vraiment, c'est présenter un spectacle avec des rats, que j'appellerais « Le joueur de flûte ».

Pour l'instant, cependant, le mieux que je puisse faire, c'est raconter mon spectacle à tous les endroits qui pourraient envisager de réaliser mon rêve.

Oh, et je suis assez réaliste pour savoir qu'un spectacle avec des rats n'a rien d'une forme de divertissement traditionnel. « Le joueur de flûte » n'est sûrement qu'une chimère, surtout maintenant que tous les cirques des États-Unis ont réduit les spectacles avec des animaux. La preuve : les cirques où la majeure partie de ma famille travaille ont demandé à grand-père de retirer son spectacle de lions il y a quelques années.

Je souris. Grand-père a pris sa retraite dans la foulée, avant de profiter de son temps libre pour m'apprendre son métier — en pensant que je travaillerais soit avec des lions, comme lui, soit avec des ours, comme son arrière-grand-père. Quand grand-père a appris pour les rats, il a dit, je cite : « La seule chose qui serait pire, c'est que tu travailles avec des cafards, des tiques, ou ta grand-mère. »

J'envoie des pitchs par e-mail jusqu'à ce que mes yeux fatiguent à force de regarder l'écran, puis je me dirige vers la partie préférée de mon appartement : ma chambre personnelle.

Bordel. Pas de lit superposé ou de trapéziste en train de ronfler au-dessus. Je suis impatiente de pouvoir dormir comme un bébé ayant pris un somnifère... sauf que ce n'est pas ce qui se passe une fois que je suis au lit.

Je suis maintenue éveillée par le souvenir d'yeux noirs, d'airs renfrognés étrangement sexy et de poils sur des bras puissants.

Argh. L'ours perturbe mon sommeil, maintenant ?

Non. Je suis juste excitée sans raison précise — et maintenant que j'ai un peu d'intimité, je peux y faire quelque chose.

Je me lèche les doigts et les glisse dans ma culotte.

— Assure-toi juste de ne pas penser à lui, me rappelé-je tout en dessinant des cercles autour de mon clitoris. Quoi que tu fasses, ne pense pas à lui.

Ouais, laissez tomber. Mon mantra ne fonctionne pas, et Michael est précisément ce à quoi je pense quand je jouis.

Mais bon. Ça aurait pu être pire.

J'aurais pu hurler son nom et effrayer mes rats.

CHAPITRE 6
MICHAEL

Après être rentré chez moi et avoir mangé, je bosse sur la partie la plus délicate de mon projet secret : attirer des investisseurs. Le problème, comme d'habitude, c'est qu'il faut être cordial, quand on interagit avec des connards de riches, sauf que la cordialité n'est pas mon fort. Malgré tout, il est plus facile de se montrer poli via une communication écrite. Je n'ai qu'à saupoudrer mes mots d'une généreuse quantité de « s'il vous plaît » et de « merci ». Malheureusement, pour les plus gros investisseurs, un rendez-vous en face-à-face est inévitable… et c'est ce que je redoute le plus.

Mais je ferai tout ce qu'il faudra.

Une fois que j'ai fini d'envoyer mes e-mails, je me dirige vers mon télescope et le pointe vers le plus haut arbre de la réserve forestière de l'autre côté de ma fenêtre.

Ouf. La famille de faucons est toujours là, y compris

Œil, le petit bébé qui a éclot tout récemment. Avec tous les aigles, les serpents, les hiboux et les ratons laveurs qui traînent dans la région, je m'inquiète tout le temps pour l'oisillon — et je ne m'attendais pas à ça, quand j'ai commencé à m'intéresser à l'ornithologie.

C'était censé être relaxant, bordel.

Enfin, ça l'est toujours, comparé aux recherches de financement, mais ça l'était encore plus quand je me contentais de regarder les deux parents faucons, Ethan et Mo, qui renforçaient leur nid avec des brindilles et des feuilles. Et puis Mo a pondu un œuf et ils l'ont couvé chacun leur tour pendant presque un mois, gardant le nid, ce qui m'a rendu un peu trop investi dans leur vie. Après les avoir vus chasser et régurgiter de la nourriture pour le jeune Œil, j'ai failli m'acheter un fusil sniper pour les aider à maintenir les prédateurs à distance.

Mo et Ethan méritent de voir Œil grandir. Malgré leur prétendue « cervelle d'oiseau », ils sont de bien meilleurs parents que les humains que sont les miens.

Mon téléphone sonne.

Hmm.

Qui ça peut bien être ?

Il s'avère que c'est le coach — et c'est un appel vidéo, ce qui est rare.

— Salut, Coach, dis-je après avoir décroché.

— Salut, répond-il. Je voulais juste prendre de tes nouvelles.

— Pourquoi ?

Il n'a pas compris le message, sur le parking ?

— Tu t'es retrouvé enfermé dans le stade, rappelle-t-il. Et puis il y a eu ce baiser avec…

— Je vais bien.

Ou j'irai bien dès que les gens arrêteront de me rappeler Calliope.

— Comment tu vas, toi? Comment vont les enfants?

À ma grande surprise, ma tentative pour changer de sujet fonctionne, et le coach me parle des dernières magouilles de son fils à la fac, avant de m'annoncer que sa fille vient d'être promue directrice adjointe. Pendant qu'il parle, je ne peux m'empêcher de me sentir jaloux de ses enfants. Même si ce sont des gens bien, ils m'ont l'air ingrats — ou du moins pas conscients qu'ils ont un père incroyable. Selon moi, il est l'humain qui se rapproche le plus du genre de père qu'est Ethan.

— Tu es sûr que tu vas bien? demande le coach, et je me rends compte que j'ai peut-être raté quelques détails au sujet de sa fille.

— Je vais bien, mais je dois y aller.

Je n'ai pas envie d'être impoli avec le coach, mais c'est ce qui finira par arriver s'il ne me fout pas la paix.

— Pas de problème. On se voit demain à l'entraînement, dit-il avant de raccrocher.

Bien sûr. L'entraînement. Je ferais mieux de me reposer.

Je sors mon appareil photo et le fixe au télescope pour prendre un cliché des faucons, puis je vais prendre une douche et me prépare à me coucher.

Une fois sous la douche, je ne peux m'empêcher de

me remémorer ce baiser, et mon sexe devient douloureusement dur — je le serre donc dans mon poing et fantasme sur toutes les actrices de porno que je connais. Je ne pense surtout pas à Calliope, ses yeux verts, ses cheveux roses et son goût de barbe à papa. Non, je n'ai pas du tout à l'esprit son cou gracieux et ses longues jambes, dans ce maillot. Oh, et n'oublions pas — je veux dire, j'avais oublié, bien sûr — qu'elle était à côté de moi vêtue uniquement d'un maillot, sans culotte. Ni que…

Je jouis en grognant et mon esprit se vide agréablement, ce qui est parfait, parce que je suis prêt à dormir.

———

Le lendemain matin, j'arrive à la patinoire en avance. Dante est le seul déjà sur place, son teint pâle caché sous son équipement de gardien.

— Salut, lancé-je. Tu veux qu'on fasse quelques exercices ?

Il retire son masque, les yeux écarquillés.

— Tu n'as pas entendu la nouvelle, hein ?

Je fronce les sourcils.

— Ton baiser avec la nouvelle mascotte est devenu viral.

CHAPITRE 7

CALLIOPE

J e suis réveillée par la sonnerie de mon téléphone. Qui n'arrête pas de se déclencher.

Bizarre. L'aube est à peine levée. Qui peut bien m'appeler aussi tôt, et pourquoi ?

Quand je prends le téléphone, j'ai la réponse à la première partie de ma question.

C'est Seraphina.

— Allô, dis-je. Tu commences déjà à te comporter comme une chauve-souris. Tu as aussi adopté leur rythme, maintenant ?

— Comment tu as pu *omettre* de me dire que tu avais embrassé un joueur de hockey sexy ? lance-t-elle. Je t'ai vue hier soir… *après* que ce soit arrivé.

Je regarde le téléphone, bouche bée.

— Comment tu peux être au courant de ça ?

J'ai encore parlé toute seule ? Et devant elle ? Je ne m'en souviens pas, mais…

— Comment quiconque pourrait ne *pas* savoir ?

rétorque-t-elle. Les réseaux sociaux ne parlent que de ça.

Oh. Zut. Les appareils photo d'hier. Mais…

— Qui ça peut intéresser, qu'on se soit embrassés ?

— Tout Internet. Ils vous ont déjà surnommé Miel et Boo Boo[1].

— Quoi ? Pourquoi ?

— Parce que vous êtes tous les deux des ours, je crois, répond-elle. Toi parce que tu es la mascotte, lui à cause de sa personnalité, sans oublier son nom et son prénom.

Hein ? Quel est le rapport avec son nom ?

— Au début, c'est devenu viral dans les pays qui parlent russe, continue-t-elle. C'est là-bas que se trouve la majeure partie de ses fans. Mais ensuite, ça s'est propagé chez tous les fans de hockey en général, et tout le monde a fini par participer. Si ça continue, vous allez devenir aussi célèbres que Baby Shark, tous les deux.

— Merde.

Je me dirige vers mon ordinateur pour voir de quoi elle parle.

— Tu es cinglée ? rétorque-t-elle. C'est génial.

— Non. J'ai besoin de ce boulot, et c'est une manière assurée de le perdre.

Sans oublier que je n'ai pas envie d'être associée toute ma vie à cette tenue de mascotte — je veux devenir célèbre pour mon spectacle de rats.

— Tu pourrais te servir de ça pour ton spectacle, dit

---

1. Ours de dessin animé qui porte un nœud papillon bleu.

Seraphina comme si elle avait lu dans mes pensées. D'une manière ou d'une autre.

— En aucune manière, tu veux dire.

— Eh, désolée, dit-elle. Je ne m'attendais pas à ce que cette nouvelle te prenne à rebrours-poil.

— Tu viens de faire un jeu de mots à base d'ours ? demandé-je.

— C'est rien du tout comparé à tous les commentaires que j'ai lus en ligne, répond-elle. Quand tu les auras vus, tu auras besoin de te ressourser un poil.

Je grogne.

— Tu auras peut-être aussi envie d'étrangler certains des trolls d'Internet, ajoute-t-elle, avec tes pattes d'ours.

— Sérieux ?

— Le type que tu as embrassé a la réputation d'être un vrai ours mal léché, reprend-elle. On dit aussi que votre compatibilité ne coule pas de sours.

— Arrête. Tout de suite.

— Pourquoi ? Tu trouves ça l'ours ?

— C'est pas drôle.

Je recherche « Miel et Boo Boo » et reste bouche bée devant le nombre de vues de cette vidéo.

— Laisse-moi poursuivre, continue Seraphina. Tu vas peut-être te poiler après quelques jeux de mots de plus.

Je raccroche au moment où elle dit que ses traits d'humours ne font que commencer.

La vidéo que je viens de lancer a pour bande originale la chanson « Bi-Polar Bear » des Stone

Temple Pilots. On y voit notre baiser, mais il est entrecoupé d'un tas d'autres vidéos. La plupart de Michael qui colle un coup de poing en pleine face à quelqu'un sur la patinoire ou qui marque un but, mais il y a aussi une vidéo de moi qui date d'il y a quelques semaines, du moment où j'ai été surprise avec Wolfgang caché sous mon costume de parc d'attractions.

Bordel. Jusqu'à ce jour, seuls les parcs à thème m'avaient blacklistée à cause de cet « incident de rongeur », mais maintenant, le monde entier va être au courant. Si je perds mon boulot actuel — ce qui semble probable —, il me sera impossible de trouver du boulot dans des industries n'aimant pas les rats, à savoir la plupart.

Oh, et je ne peux pas m'empêcher de commettre l'erreur de lire les commentaires.

Tout en haut, il y a toutes les blagues sur les ours, et les jeux de mots de Seraphina sont du pipi de chat comparés à la plupart de ceux-là. Mais en dessous, il y a aussi des attaques personnelles méchantes. Les pires insinuent que je suis une traînée et passent au crible mon apparence physique, les moins violentes se contentent de se moquer de nos noms. Ils me surnomment l'« Ours Clown Cul » à cause de mon nom de famille et de ma tenue de mascotte. Michael est qualifié d'« Ours Grincheux » parce que son nom de famille veut dire « de l'ours » en russe et que le diminutif de son prénom est « Misha », qui a aussi un lien avec un ours.

C'est pour ça qu'il est aussi susceptible s'agissant de comparaisons avec des ours ?

Sûrement. Ça explique peut-être aussi pourquoi il déteste autant la mascotte, tout comme le nom de son équipe — notre équipe, je veux dire. Si je me retrouvais dans une équipe appelée les « Clown Cul » et que sa mascotte ressemblait à un énorme postérieur de clown, je ne serais pas ravie non plus. Si on m'avait donné une pièce à chaque fois qu'on a fait des blagues sur mon nom, je pourrais m'offrir toute une armée de clowns, aujourd'hui, à qui j'ordonnerais de localiser tous les connards qui se sont moqués de moi pour leur enfoncer des animaux gonflables dans le derrière.

Oh, et beaucoup de gens échafaudent des théories au sujet de la présence de Wolfgang sur mon épaule, avec bien trop d'hypothèses zoophiles même pour Internet.

Mais bon, tous les commentaires ne sont pas désagréables. Un tas de gens soutiennent juste Miel et Boo Boo, espérant qu'ils se marieront et auront un tas d'oursons velus.

Je ne crois pas, non. Après ma dernière rupture, je n'ai aucune envie d'entamer une autre relation, sans parler de me marier. Quel est l'intérêt de rencontrer quelqu'un et d'avoir des rencards sachant qu'il va rompre avec vous dès qu'il aura rencontré votre famille ? Et le mariage ? Oubliez ça. Aucun homme sain d'esprit n'entrerait de son plein gré dans le clan des Klauncul. Ma seule option serait peut-être d'épouser un lointain cousin Klauncul, et j'en ai beaucoup. Inutile de préciser que même si je n'emprunte pas cette voie, Monsieur l'Ours Grincheux serait le dernier non Klauncul que j'envisagerais.

Surtout si, par miracle, je conserve mon boulot. Mon ex était un collègue et j'ai dû changer de parc après notre rupture, je ne compte pas répéter cette erreur.

Ceci étant dit, quand je nous regarde nous embrasser, je sens mes entrailles fondre.

Foutues entrailles.

C'est sûrement juste la faim. Ou la soif. Une vraie soif, et pas une métaphore.

Je me regarde dans le miroir.

— Je devrais peut-être me préparer une grosse salade de fruits, pour satisfaire ces deux besoins ?

Je me réponds aussitôt :

— Pourquoi pas, mais juste au cas où, ne mets pas de banane.

Une fois mon repas préparé, je partage une partie des fruits avec mes rats, avant de manger le reste.

Hmm. Même sustentée, je ne suis pas immunisée contre l'envie de regarder ce baiser en boucle.

Argh. Il faut que j'arrête ça.

Il est temps d'aller bosser, de toute façon.

Je prends Wolfgang et monte en voiture pour effectuer le court trajet jusqu'à mon lieu de travail. Je ne sais pas trop à quoi je m'attendais, mais dès que je me suis garée, je suis accostée par le coach, la dame des ressources humaines à qui j'ai déjà parlé et deux des joueurs d'hier.

— Bonjour, dis-je, mon cœur se serrant. Qu'est-ce qui me vaut cet accueil enthousiaste ?

Mais bien sûr, je sais déjà ce qu'ils vont me dire. Ils sont venus m'informer que je suis virée, et les deux joueurs serviront d'agent de sécurité au cas où je tenterais d'entrer de force.

Sachant que tout le monde est au courant pour Wolfgang, de toute manière, je lui fais le plaisir de le laisser se percher sur mon épaule, au lieu de le garder caché dans ma poche ou mon sac à main comme je l'aurais fait d'habitude le temps d'enfiler mon costume.

— On s'est dit que vous voudriez peut-être de l'aide pour entrer dans le bâtiment, répond le coach, qui n'a pas du tout l'air perturbé par le rat sur mon épaule.

Je le regarde en clignant des paupières.

— Vous voulez que j'entre dans le bâtiment ?

La discussion au sujet de mon licenciement aura lieu là-bas ?

— Bien sûr que oui, répond-il. Vous commencez officiellement aujourd'hui, non ?

— Oui.

Je m'apprête à décrocher un record vu le nombre de fois où je me suis fait virer.

— Alors venez. Désolé pour tout le cirque.

Le cirque ? Ma famille est là ?

Non. C'est pire. Une foule de journalistes grouille près de l'entrée du bâtiment et, à en juger par les appareils photo pointés sur moi, ça a peut-être quelque chose à voir avec cette vidéo virale.

— Écartez-vous de notre chemin, putain, lance l'un

des joueurs en repoussant une dizaine de journalistes à la fois.

Ah. Les joueurs ont bien endossé le rôle de videurs, mais *pour* moi, pas contre moi.

Intéressant.

Une fois qu'on est enfin à l'intérieur, la dame des ressources humaines — qui me rappelle qu'elle s'appelle Linda — nous demande au coach et moi de la suivre dans la salle de conférence à côté de son bureau.

Je vais donc *bien* être virée ?

— Michael est déjà là ? demande le coach.

Pourquoi devrait-il être présent pour mon licenciement ?

— Il est là, acquiesce Linda. Tout comme Adam du service relation presse et Ève du département financier.

Le service relation presse ? Le département financier ? C'est de plus en plus curieux. Ils vont peut-être me demander de ne pas les dénigrer dans la presse quand j'aurai été virée, en proposant de me payer une généreuse indemnité de départ en contrepartie ?

Ça ne me dérangerait pas du tout.

Quand on entre dans la salle de conférence, Adam et Ève nous attendent déjà — et ils portent un costume, pas des feuilles de figuier. Michael nous attend aussi dans la pièce, et le revoir me fait l'effet d'un coup de pied dans les ovaires. Il porte un débardeur qui laisse entrevoir ses délicieux poils de torse, et arbore une barbe de trois jours, ce qui est des plus sexy, comme chacun le sait. Oh, et pour une raison inconnue, il fusille du regard les joueurs qui nous escortent dans la pièce.

— Vous pouvez partir, dit le coach aux joueurs en question.

Ils se font tous deux un plaisir de s'en aller, sans doute parce qu'ils ont aussi remarqué le regard de Michael aussi noir que son âme qui leur lançait des lasers.

Pas une seule personne ne semble se soucier que Wolfgang soit assis sur mon épaule, et ça me pousse à tous les apprécier, à l'exception de l'ours, bien sûr, qui ne m'a sûrement pas assez regardée pour remarquer mon rat.

— Vous voulez bien vous assoir ici ? demande le coach en montrant la chaise à côté de Michael.

Je plisse les yeux.

— Pourquoi je voudrais m'assoir à côté de *lui* ?

Le coach hausse les épaules.

— Ce que nous avons à dire vous concerne tous les deux, ça nous facilitera donc la tâche.

Il indique une chaise en face de Michael.

— Vous pouvez vous assoir ici, si vous préférez.

— Non. Ça ira.

Je me laisse tomber sur la chaise à côté de Michael et regrette aussitôt mon choix. Comme hier, il sent si bon que ça me donne l'eau à la bouche ; un mélange d'herbes, de champignons et de miel.

— Qu'est-ce qui se passe, putain ? grogne Michael dès que tout le monde est installé.

— Je ne l'aurais peut-être pas formulé en ces termes, mais oui, renchéris-je. Qu'est-ce qu'on fait là ?

Ève se racle la gorge.

— J'ai reçu un appel de mon homologue des Yétis. Les billets pour le match amical ont tous été vendus.

Tout le monde sauf moi la dévisage avec une expression plus ou moins choquée.

Adam se gratte l'arrière de la tête.

— Le match qui s'apprêtait à être annulé parce que les Yétis n'arrivaient pas à vendre de billets ?

Ève hoche la tête d'un air triomphant.

— Qu'est-ce que c'est, les Yétis ? demandé-je sans m'adresser à personne en particulier.

Sur mon épaule, Wolfgang se nettoie les moustaches.

Meine Liebe, un yéti est l'autre nom utilisé pour qualifier bigfoot, et ça m'a tout l'air d'être une créature sentant fortement des pieds. Et sachant que les pieds sentent le fromage, je suis certain que qui ou quoi que sont ces Yétis, ils doivent sentir divinement bon.

— Les Yétis sont une équipe de hockey de New York, répond le coach. Michael a joué avec eux pendant une brève période et, récemment, il a utilisé ses contacts pour organiser un match amical avec eux. C'est quelque chose d'énorme, pour nous, parce qu'ils sont bien plus forts et…

— Pas tant que ça, grogne Michael. On a juste…

— Messieurs, les interrompt Ève d'un ton appuyé. Je n'avais pas terminé.

Tout le monde se tait et la regarde, même Wolfgang.

— Comme je le disais, continue-t-elle, tous nos autres matchs affichent aussi complet, même celui contre les Surfeurs de Glace à l'Ananas.

Une fois de plus, tout le monde reste bouche bée et, une fois de plus, Wolfgang et moi sommes les seules exceptions.

— Qui sont les Surfeurs de Glace à l'Ananas ? demandé-je.

— L'équipe hawaïenne, répond Michael. C'est la pire de toute la ligue, et personne ne vient jamais les voir se faire massacrer. Pas à moins que le match ait lieu à Hawaï.

— Et ce n'est pas le cas cette fois, précise le coach. Ils vont venir chez nous, pour celui-là.

— C'est exact, acquiesce Ève. Les implications financières sont énormes.

Elle lance un regard entendu à Adam et demande :

— Je suppose que la situation est tout aussi optimiste de ton côté ?

Il hoche la tête.

— Heureusement, la presse n'a pas parlé du moment où Michael a cassé cet appareil photo, dit-il. Ni du fait que l'équipe a démoli tout le bar hier. Ni...

— Qu'est-ce qu'on fout là, putain ? l'interrompt Michael avec un geste vers moi. Est-ce que quelqu'un peut m'expliquer ça ?

Le coach, Adam et Ève lancent un regard appuyé à Linda.

— Pourquoi c'est à moi de l'expliquer ? proteste-t-elle.

— Parce que c'est un sujet délicat ? suggère le coach avec hésitation.

— Et tu es la représentante des ressources humaines, ajoute Adam.

— Très bien, lâche Linda avant de se tourner vers nous. Cette réunion a pour but de discuter de l'impact de Miel et Boo Boo.

Ah.

— C'est quoi, ça, Miel et Boo Boo ? demande Michael.

— Nous, dis-je en grimaçant. Même si je ne sais pas trop qui est qui.

Michael émet un grognement frustré.

— Foutue vidéo virale de mes couilles.

— Non, c'est juste une vidéo d'un baiser, précise Adam. Mais si vous pensez qu'une vidéo montrant une *autre* activité risque de faire surface, ça me faciliterait les choses que vous m'en parliez maintenant.

— Quelle autre vidéo il pourrait y avoir ? demandé-je.

Ce que je me demande vraiment, c'est si Adam me prend pour une traînée.

— Je croyais qu'on avait décidé que c'était moi qui parlerais ? lance Linda à Adam d'un ton glacial.

Je sens qu'elle a envie de le gifler, mais se réfrène pour respecter la politique des ressources humaines.

— Je t'en prie, répond Adam d'un ton penaud. Continue.

— Merci, dit Linda. Comme je m'apprêtais à le dire, cette vidéo a eu un impact très positif sur cette équipe, et compte tenu des soucis financiers que nous rencontrons…

Elle fait un geste vers Ève.

— Ce nouveau développement arrive à point nommé.

Tout le monde hoche la tête, sauf Michael, Wolfgang et moi.

— De rien, dis-je avec prudence.

— Venez-en au fait, putain, grogne Michael.

Linda soupire.

— Très bien. Voilà…

Elle joint les mains en position de prière et se touche le nez.

— Avec votre coopération, nous aimerions conserver l'intérêt du public.

— Et nous sommes prêts à vous rémunérer pour ça, renchérit Ève. Pour les désagréments que cette coopération pourrait causer.

— Hein ?

Je regarde Michael pour voir s'il arrive à suivre. Ce n'est pas le cas, ou c'est l'impression que j'ai, parce qu'il pose la question de manière bien plus éloquente que je le pourrais :

— Qu'est-ce que vous avez besoin qu'on fasse, putain de merde ?

— Rien de grave, répond Linda un peu trop vite. Juste un petit coup de pub, c'est tout.

Elle se tourne vers Adam.

— Tu veux intervenir ?

Adam lance un regard inquiet à Michael.

— Je croyais que tu voulais parler.

— Pour l'amour du ciel, lâche Ève. Commençons par le début : est-ce que vous sortez ensemble, tous les deux ?

— Putain, non, rétorque Michael.

Il secoue la tête avec tant de véhémence que le courant d'air qui en résulte fait tomber Wolfgang de mon épaule.

Eh. Il est obligé de faire comme si c'était aussi impensable qu'on sorte ensemble ?

— Je viens de rejoindre l'équipe, dis-je. Quand est-ce qu'on aurait eu le temps de sortir ensemble ?

Ève hausse les épaules.

— Vous auriez pu vous rencontrer avant, mais oui, on se disait bien que c'était peu probable. Je devais juste vérifier, répond-elle avec un regard appuyé à Linda. Tu veux que je le dise, ou tu vas le faire ?

— Tu peux t'en charger ? demande Linda, qui semble à deux doigts de plonger sous la table.

Ève soupire.

— On aimerait que vous jouiez la comédie.

— Quoi ? lâchons-nous à l'unisson, Michael et moi.

— Tout le monde pense que vous êtes en couple, explique Ève. Ou a envie d'y croire. C'est pour ça que ce serait génial si vous sortiez *vraiment* ensemble. Ou que vous fassiez semblant, en tout cas.

Oh, non. Non. Non. Je n'arrive pas à croire que je n'ai pas vu la direction que ça prenait, mais maintenant…

Michael bondit sur ses pieds.

— Je vais faire *semblant* que vous ne venez pas de dire ça.

Sérieux, pourquoi il se comporte comme si j'étais une lépreuse ?

— Michael, s'il te plaît, dit le coach d'une voix apaisante. L'équipe a besoin de ça.

L'air maussade, Michael se rassoit.

— C'est de la folie, putain.

— Eh bien, répond Ève, on se rend bien compte que c'est une requête peu conventionnelle, d'où la rémunération supplémentaire.

Elle se racle la gorge et lance un regard appuyé à Linda.

— Et le département des ressources humaines vous donne sa bénédiction, bien sûr, dit cette dernière en triturant un dossier devant elle. On n'a aucune règle qui interdit à une mascotte de sortir avec un joueur, alors…

— Peu conventionnelle ? m'exclamé-je. Ce qui serait peu conventionnel, ce serait que vous me demandiez de venir au boulot en monocycle dans ma tenue de mascotte. Ou que vous demandiez à Michael de se montrer poli pendant dix minutes d'affilée. Ce que vous demandez, c'est…

— Une énorme faveur, intervient Ève. Pour laquelle on est prêts à ajouter un zéro supplémentaire à votre salaire.

Je ne sais pas comment je le sens, mais à la mention d'une telle somme, Michael se raidit à côté de moi.

— On aurait tous les deux droit à cette augmentation ? demande-t-il.

— C'est exact, acquiesce le coach d'un ton entendu. Et vous recevrez un bonus dès le départ, en signe de bonne volonté.

— Combien ? demandé-je, n'arrivant pas à croire que j'envisage de faire ça.

Ève écrit quelque chose sur deux cartes de visite, avant de m'en tendre une et l'autre à Michael.

Quand je vois le montant, je manque de laisser tomber le bout de papier. Pour une telle somme, je serais prête à faire semblant de sortir avec un vrai ours, et peut-être même à envisager de le laisser passer à l'étape supérieure.

— Vous pourrez conserver ce bonus si vous arrivez à faire semblant jusqu'au match des Yétis, précise Linda. Et la hausse de salaire sera effective tant que cette « relation » continuera à nous faire de la pub.

— Bordel de merde, lâche Michael, les yeux rivés sur la carte de visite. On va le faire.

— Pardon, putain ? m'exclamé-je en pivotant vers lui. On ne fera rien du tout tant qu'on ne sera pas d'accord tous les deux.

Sa mâchoire se contracte.

— Toutes mes excuses, *ptichka*. Veux-tu bien participer à cette foutue comédie, ou pas ?

Je plisse les yeux.

— C'est quoi une *ptichka* ?

— En russe, ça veut dire « petit oiseau », répond-il. Je me disais que si on sortait ensemble, il nous faudrait des surnoms affectueux à nous donner. Et je préfère encore me tirer une balle dans la tête plutôt qu'appeler quelqu'un Miel ou Boo Boo.

Hmm. Petit oiseau, c'est toujours mieux que Miel ou Boo Boo, mais je ne vais pas le lui dire.

— Très bien, *ourson*, j'accepte de participer à cette comédie.

Ses yeux se transforment en petits charbons.

— Ourson, comme dans *Winnie*?

— Ah, c'est vrai, dis-je en battant des cils d'un air innocent. Désolée, mon petit bichon, j'avais oublié que tu étais susceptible s'agissant des… nounours.

Michael crispe les poings.

— Ça ne marchera jamais, putain.

— Il le faut, intervient Ève. Je suis sûre qu'elle pourra t'appeler autrement que « mon petit bichon ».

— Et puisqu'on en parle, dit Adam, vous êtes sûrs que Miel et Boo Boo sont inenvisageables?

Michael tape du poing sur la table.

— Si quelqu'un mentionne encore une fois ces noms, je m'en vais.

— Pourquoi pas *tsar*? suggère Linda. C'est du russe, comme *ptichka*.

— Ça ne veut pas dire « roi »? demandé-je.

— Empereur, précise Michael.

Un sourire suffisant étire le coin de ses lèvres, et ça me rappelle la sensation qu'elles avaient quand je les ai embrassées.

— Hors de question, lâché-je, m'opposant à la fois à ma mémoire perfide et à la suggestion du « tsar ». Et avant que quelqu'un pose la question, des mots comme « monsieur », « maître » ou « papa » sont exclus aussi.

— Pourquoi pas lapinou ? demande Linda. Ça se dit comment, en russe ?

— Pourquoi pas plutôt « mon sucre d'orge » ? suggère Ève.

— Rien de sucré, rugit presque Michael comme un ours en manque de miel.

— On peut éviter le russe pour moi ? intervins-je. Je ne le parle pas, ce serait suspect si…

— Très bien, putain, grogne Michael. Appelle-moi Boo.

— Boo Boo ? s'enquiert Adam dans un murmure bruyant.

— Non, répond Michael d'un ton menaçant. Un seul et unique Boo.

— Du calme, Boo, dis-je. Adam pense juste à l'aspect relations publiques de toute cette affaire, il n'essaie pas de te vexer.

Adam me lance un regard reconnaissant, et je sens qu'il a envie de continuer le débat double Boo/Miel, mais qu'il a trop peur de le faire.

Michael prend une grande inspiration, puis la relâche en un souffle agacé. Quand il reprend la parole, sa voix est un petit peu moins grondante.

— Je pense qu'on s'est laissés distraire par les surnoms, et j'en prends la responsabilité. Ce dont on devrait vraiment discuter, c'est comment faire croire aux gens qu'on est en couple ?

Je me tourne vivement vers lui, prête à le gifler.

— Tu es en train de dire que je ne ressemble pas au genre de fille avec qui tu sortirais ?

— Non, répond Michael en regardant le plafond comme s'il espérait qu'un éclair abrège ses souffrances. Ce que je voulais dire, c'est… je ne suis plus sorti avec personne depuis des années. Tout le monde le sait.

Pourquoi ce petit détail me plaît autant ? Qu'est-ce qui ne tourne pas rond, chez moi ?

Adam s'égaye.

— C'est parce que vous ne sortez jamais avec personne que cette vidéo a attiré l'attention de vos fans au départ. Pour ce qui est de savoir comment faire en sorte que les gens y croient… ne vous en faites pas pour ça. En fait, votre position officielle pourrait être que vous êtes « juste amis ». Tout ce que vous avez à faire, c'est être vus ensemble autant que possible, autoriser « accidentellement » les paparazzi à prendre plus de photos, et mettre en scène un autre baiser de manière stratégique.

Avant que j'aie pu protester bruyamment, Linda se racle la gorge.

— Pas besoin de vous embrasser ni d'avoir la moindre intimité entre vous, d'ailleurs.

— OK, OK, dit Adam, l'air très déçu. Passez juste du temps ensemble et pour ce qui est de vous toucher et tout ça, faites tout ce que vous vous sentirez assez à l'aise de faire.

— Ou ne faites rien du tout, précise Linda avec insistance.

À l'idée que Michael me touche « et tout ça », une

rougeur se répand de mes orteils jusqu'au sommet de ma tête.

— Où est-ce que vous nous suggérez de nous montrer ?

Adam hausse les épaules.

— Allez rendre visite à des enfants malades ensemble ? Soyez présente après les matchs de Michael ?

— Je suis la mascotte de l'équipe, rappelé-je. Je serai là pour les matchs quoi qu'il arrive.

Les yeux d'Adam s'illuminent.

— C'est vrai. Désolé. Mais j'ai une autre idée : quand vous serez déguisée en mascotte, venez embêter Michael plus que le reste de l'équipe.

Cette suggestion me plaît, surtout parce qu'elle fait émettre à Michael un son laissant penser qu'il est pris dans un piège à ours.

Le coach remue sur son siège.

— J'ai une idée, moi aussi.

On le regarde tous et il se tourne vers Michael.

— Tu devrais dire à certains de tes coéquipiers bavards que tu vois quelqu'un, et leur interdire de l'approcher.

— Je l'ai déjà fait, rétorque Michael. Enfin, pour ce qui est de leur interdire d'approcher, je veux dire. Je l'ai dit à Jack et je lui ai demandé de le répéter aux autres… même si ça n'a servi à rien.

Il leur a dit de ne pas m'approcher ? Quel culot !

D'un autre côté, c'est assez agréable à entendre.

— Bien, répond le coach. Tu n'as plus qu'à ajouter

que vous sortez ensemble… et mentionner que vous le cachez aux ressources humaines, ou un truc comme ça. Ça les poussera à commérer là-dessus, c'est presque garanti.

À croire qu'on parle d'un club de tricot, et pas d'un tas de mecs machos.

Soudain, une femme haletante entre en courant dans la salle de conférence, son rouge à lèvres barbouillé et les cheveux ébouriffés comme si elle venait de se faire sauter quelques minutes plus tôt.

— Désolée pour le retard, dit-elle. J'ai raté quelque chose ?

— Ils viennent d'accepter, répond le coach. Et on s'apprêtait à clore la réunion. L'entraînement va bientôt…

— C'est vraiment génial, l'interrompt-elle en me regardant. Salut, je suis Amélia, la directrice générale de l'équipe. Encore désolée. J'étais en réunion avec monsieur Ironside, le propriétaire.

Elle écarquille soudain les yeux.

— C'est *le* rat ?

Je m'attends à moitié à ce qu'elle saute sur la table et se mette à couiner — une réaction très commune, chez les femelles de notre espèce —, mais elle accourt vers Wolfgang en souriant comme une folle.

— Elle est tellement plus mignonne en personne que sur la vidéo.

— C'est un mâle, précisé-je sans pouvoir m'empêcher de sourire en réponse.

— Ah, répond-elle. Toutes mes excuses. Bien sûr.

Maintenant que tu le dis, je me rends compte qu'*il* est très séduisant.

Wolfgang bombe le torse.

Meine Liebe, donne du fromage à cette humaine. Ce bon comportement doit être récompensé.

— C'est quel type de rat ? demande Amélia.

Elle touche le haut de la tête de Wolfgang avec prudence, et il est assez généreux pour la laisser garder son doigt.

— C'est un rat dumbo, dis-je. D'où les oreilles arrondies, la grosse tête, la petite mâchoire et les grands yeux.

— Comment il s'appelle ? m'interroge Amélia. Attends, laisse-moi deviner : Rémy ?

Mon sourire s'élargit.

— C'est mon personnage de fiction préféré de tous les temps, mais si j'appelais l'un de mes rats *dumbo* comme ça, ça me vaudrait à coup sûr une lettre de mise en demeure de la part de Disney. Mais tu n'es pas loin. Il s'appelle Wolfgang, en hommage à Wolfgang Puck, un autre cuisinier célèbre.

— Puck, hein ? Comme « palet », en anglais ? C'est un lien avec le hockey, dit-elle avec un regard approbateur vers Linda et le coach. Vous auriez dû me dire que vous nous aviez trouvé deux mascottes pour le prix d'une.

Intéressant.

— Vous savez, dis-je d'un ton désinvolte, je pourrais mettre Wolfgang sur mon épaule pendant que je suis dans Monsieur Bloom.

Une seconde, est-ce que je viens de donner l'impression que je compte baiser la mascotte ?

— J'adore cette idée, répond Amélia en parcourant la pièce des yeux avec autorité. Faites le nécessaire pour arranger cela, s'il vous plaît.

Linda regarde Wolfgang comme si elle le voyait pour la première fois.

— Ça pourrait poser quelques problèmes d'un point de vue…

— On n'aura qu'à dire que c'est son animal de soutien émotionnel, intervient Ève. C'est ce que j'ai fait pour Lucie, mon varan de compagnie.

Wolfgang me regarde avec inquiétude.

Meine Liebe… pourquoi ces derniers mots me donnent l'impression d'être devenu un délicieux morceau de fromage ?

Adam pâlit.

— Tu n'aurais pas Lucie avec toi, par hasard ?

— Quoi ? Non, rétorque Ève en plissant les yeux. Lucie est une grande fille, dans quel orifice tu t'attends à ce que je l'aie cachée ?

— Je t'en supplie, ne réponds pas à cette question, lance Linda d'une voix paniquée.

Elle ajoute ensuite d'une voix plus calme :

— Je pense parler au nom de tout le monde en décrétant que cette réunion s'est achevée avec succès.

CHAPITRE 8
MICHAEL

Achevée ? C'est quoi ces conneries ? Et pour la logistique ? Si je suis censé sortir avec Calliope, il y a…

Tout le monde se lève d'un bond et la pièce se vide en moins de temps qu'il n'en faut pour épeler « lâches ». La seule qui ne court pas, c'est Calliope, mais à mon avis, ça a plus à voir avec le rat sur son épaule qu'avec son courage.

— Il faut qu'on parle, lui dis-je avec réticence.

Elle se tourne vers moi, ses sourcils taillés à la perfection haussés.

— Ah oui ? Pourquoi ?

Je soupire.

— Comment on va réussir à faire ça ?

— Ah. Ça.

Elle se passe une main dans les cheveux, les ongles aussi étincelants que le reste.

— Qui se soucie des petits détails, hein ? La réunion

s'est « achevée avec succès », dit-elle en mimant des guillemets.

Je hausse les épaules.

— Linda voulait sûrement qu'on discute des détails entre nous, comme des adultes.

— Comme des adultes ? Qu'est-ce que tu entends par là ?

Et merde.

— Tu prends toujours la mouche aussi facilement ?

Elle me regarde, bouche bée.

— C'est l'hôpital qui se fout de la charité.

Je serre les dents et m'efforce de rassembler le peu de patience que je possède.

— Je comprends. Tu as besoin de temps pour digérer tout ça. On pourra discuter après l'entraînement ?

— Tu ne veux pas aussi que je te taille une pipe, tant qu'on y est ? lâche-t-elle avant de tourner les talons pour sortir à grands pas de la salle de conférence.

— Ce n'est peut-être pas une mauvaise idée, dis-je sans réfléchir.

Pour ma défense, c'est la première fois que je découvre la merveille qu'est son postérieur. Les fesses ont toujours été ma faiblesse, surtout celles assez généreuses pour s'y agripper pendant une levrette, mais le derrière de *ptichka* est d'un tout autre niveau. S'il existait une compétition du postérieur le plus alléchant, elle la remporterait sans même avoir à se pencher. Et si elle se penchait…

Elle me claque la porte de la salle de conférence au nez.

Je sors de la pièce et la suis en silence, le sexe douloureusement dur à cause de cette vue. Quand on arrive devant le vestiaire, je fronce les sourcils en la voyant tenter de rentrer. Je l'attrape par l'épaule — une épaule ferme et galbée, pour être exact.

— Qu'est-ce que tu fous, bordel ? demande-t-elle en regardant ma main comme si c'était un cobra.

— Je te retourne la question, rétorqué-je en retirant ma main. L'entraînement s'apprête à commencer. Il y a des connards nus, là-dedans.

— Ah, répond-elle en se balançant d'un pied sur l'autre. J'ai oublié mon costume à l'intérieur.

— Oui, je sais. Il était là quand je suis arrivé ce matin. Je l'ai caché dans mon casier pour toi.

Et j'ai aussi humé la tête décapitée de l'ours pour vérifier si *ptichka* sentait vraiment la barbe à papa, ce qui est le cas. Mais ce n'était qu'un accès de folie momentané.

— Tu as aussi oublié tes autres vêtements.

Y compris sa culotte, que je n'ai pas reniflée, aussi tentant que ça ait pu être.

— J'ai tout rangé.

— Vraiment ?

Elle me regarde, puis jette un coup d'œil à son rat, comme si elle voulait qu'il confirme qu'elle a bien entendu.

— Pas de quoi en faire toute une histoire, dis-je

d'un ton bourru. Si je n'avais pas fait ça, ces connards auraient touché à tes affaires.

Et j'aurais dû briser quelques os, après quoi il nous aurait manqué un joueur pour aller affronter les Yétis à New York.

— Merci, dit-elle en battant joliment des cils. Tu peux ramener tout ça dans mon vestiaire ?

— Bien sûr.

Je rentre dans les vestiaires — et suis accueilli par des sifflets et des acclamations.

— Qu'est-ce qui se passe, putain ? demandé-je à tous ces visages concupiscents.

— La vidéo, répond Isaac pour tout le monde dans une rare démonstration de leadership. Tu es célèbre.

Merde. C'est une bonne occasion, je suppose.

— Tant mieux si vous avez tous vu ça. Ça m'épargne d'avoir à expliquer ce qui arrivera aux couilles de quiconque s'avisera de regarder Calliope comme il ne faut pas.

Jack pâlit tellement que sa peau devient presque aussi blafarde que celle de Dante.

— Je leur ai déjà dit qu'ils ne devaient pas l'approcher.

— C'était hier, grogné-je. À partir de maintenant, elle est plus que ça. Elle est à moi.

Je regarde chaque joueur dans les yeux un par un pour être sûr de m'être bien fait comprendre.

— Quiconque s'approchera d'elle deviendra eunuque.

Voilà. Ce n'est pas aussi subtil que le coach l'aurait suggéré, mais ils savent tout ce qu'il y a à savoir et sont libres de commérer… sauf si je les ai tellement effrayés qu'ils n'oseront même pas faire ça. Ou sauf s'ils respectent les règles tacites selon lesquelles « ce qui se passe dans les vestiaires reste dans les vestiaires ». Tout ce que je sais, c'est que lorsque je récupère le costume de mascotte dans mon casier, je n'entends aucune acclamation, aucun ricanement. Le silence perdure même quand je sors les vêtements de Calliope… y compris sa culotte.

Tant mieux. Ces abrutis doivent être plus malins que je le pensais.

Je sors des vestiaires et me dirige vers le placard qui est devenu la salle d'habillage de Calliope. Je trouve la porte ouverte. Elle est à l'intérieur et regarde autour d'elle, ébahie.

— Qu'est-ce qui ne va pas ? grogné-je.

— Comme si tu ne le savais pas, rétorque-t-elle en me fusillant du regard. Toi et les autres brutes trouvez ça drôle, de saccager mon vestiaire comme ça ?

Merde. Elle a raison. C'est comme si quelqu'un avait fouillé partout dans la pièce, sans prendre la peine de tout remettre comme c'était ensuite.

— Je ne sais pas qui a fait ça, mais ce n'était pas un membre de l'équipe, dis-je d'un ton froid.

Ils ne sont pas suicidaires.

— Alors qui ? demande-t-elle.

Excellente question.

— Je ne sais pas, mais on peut commencer par aller voir la sécurité.

— Oh, fait-elle, son visage s'illuminant. Tu crois qu'il y a une caméra devant la porte ?

— Il y a intérêt, putain.

Ensemble, on se dirige vers le bureau de la sécurité, où on nous apprend que non, il n'y a pas de caméra au niveau de la porte de son vestiaire ni dans aucun des couloirs alentour.

— À partir d'aujourd'hui, il y en aura, dis-je au type.

— Comment ça ? demande-t-il. Le budget…

Je lui jette quelques dollars.

— Je me fous de devoir aller à RadioShack[1] moi-même. Faites-le. Je reviendrai vérifier.

— RadioShack ? s'étonne Calliope pendant qu'on repart. Il est censé sauter dans une machine à remonter dans le temps et revenir en 2014 ?

Je fronce les sourcils.

— Il n'y a pas de quoi rire. Quelqu'un est entré par effraction dans ton vestiaire.

Et quand j'aurai découvert de qui il s'agit, il va passer un sale quart d'heure !

— Tu crois que c'est lié à tous ces trucs en ligne ? s'enquiert-elle. J'ai peut-être un fan trop zélé ?

Je m'arrête net.

— Un harceleur, tu veux dire ?

— Eh bien, oui. Ma petite sœur est… artiste, et elle a été victime d'un harceleur, une fois. Il était inoffensif,

---

1. Entreprise américaine de vente de produits et de composants électroniques ayant fermé en 2015.

et il a suffi que l'un de mes frères aille lui parler pour qu'il la laisse tranquille.

Bien sûr, son frère a « parlé » avec le harceleur. Je suis sûr qu'aucun marteau ou aucune pince n'était impliqué.

— Les harceleurs ne sont pas inoffensifs, dis-je d'un ton ferme. Si l'un deux t'embête, je le trouverai et m'assurerai que ça n'arrive plus.

Si mon enfance dans un orphelinat russe m'a bien appris une chose, c'est comment m'occuper de ceux qui me contrarient.

— Ce n'est sûrement pas un harceleur, assure-t-elle. Je continue de penser que c'est une autre farce de tes coéquipiers.

Hmm.

— Je vais leur demander tout de suite, dis-je. On se voit sur la patinoire.

Je me retourne pour partir, mais cette fois, c'est elle qui pose une main sur mon épaule, et la sensation de ses doigts délicats me rend aussitôt dur.

— Quoi ? demandé-je sans me retourner.

— C'est par où, la patinoire ?

Oh. Je lui explique, puis je retourne dans les vestiaires juste à temps pour trouver mes coéquipiers en train de s'équiper.

— Est-ce que quelqu'un est allé dans sa salle d'habillage ? demandé-je. Si vous avouez maintenant, je serai clément.

En d'autres termes, je ne casserai que la moitié des os que je briserais autrement.

Ils me rappellent tour à tour que Jack les a prévenus qu'il ne fallait pas l'approcher, et que bien évidemment, jamais ils ne seraient entrés dans son vestiaire.

— Dans ce cas, elle est peut-être victime d'un harceleur, dis-je d'une voix lugubre. Si vous voyez quoi que ce soit de louche, prévenez-moi sur-le-champ.

— Pas de problème, répond Isaac d'un ton solennel.

— Ouais, renchérit toute l'équipe.

Sur ces mots, ils finissent de se préparer et sortent. Je leur emboîte le pas.

Une fois qu'on est sur la glace, je canalise ma frustration pour l'entraînement, et ça doit fonctionner, parce que le coach m'appelle pour me dire que si je continue comme ça, on arrivera peut-être à battre les Yétis à New York.

J'entends quelques gloussements étouffés et me rends compte que tout le monde s'est arrêté pour regarder Calliope arriver sur la patinoire en monocycle, son rat sur l'épaule et ce qui ressemble à une tarte dans les mains — enfin, je suppose que c'est Calliope. Elle porte sa tête de mascotte.

Comment elle fait pour garder l'équilibre ? Et dans ce costume, en plus ? C'est remarquable.

— Boo ! s'exclame-t-elle en prenant une voix plus grave. Tu as fini de t'entraîner ?

Les gloussements se transforment en petits rires et tout le monde me regarde.

— Oh oui, lui répond Dante. Boo était une vraie bête, aujourd'hui, mais il a fini, maintenant, il est tout à toi.

Elle approche sur son monocycle, se gare près de nous et parcourt la distance restante en se dandinant.

— Boo, dit-elle avec enthousiasme.

— *Ptichka,* dis-je avec bien plus de réserve. Si tu envisages de…

Boum.

Elle me plaque la tarte en pleine face, comme je le redoutais.

Un silence s'abat sur la patinoire et le coach pose une main sur mon épaule pour m'apaiser, ce que je trouve très insultant.

Même si elle s'apprêtait à m'assassiner, jamais je ne ferais de mal à une femme. Encore moins à *cette* femme.

J'essuie la crème sur mon visage avec mon doigt, avant de le mettre dans ma bouche.

— Merci, dis-je d'une voix forte. La prochaine fois, apporte-m'en une à la barbe à papa, s'il te plaît.

Comme si une bulle avait explosé, tout le monde lâche un rire tonitruant, et disproportionné par rapport à la situation, si vous voulez mon avis.

Dante approche sur ses patins et retire son masque de gardien.

— Boo, j'ai l'impression que tu vas pouvoir te passer de ton soin du visage quotidien.

Calliope glousse.

— Va à la bite, Nosferatu, répliqué-je en essuyant le reste de crème avec ma manche.

Calliope salue le coach.

— Monsieur Bloom à votre service, Coach, dit-elle comme si elle ne venait pas de m'agresser avec une pâtisserie. Est-ce que je devrais m'entraîner à quelque chose, aujourd'hui ?

Des rides se forment au coin des yeux du coach.

— Ton boulot est assez libre. La seule chose que tu *dois* faire, c'est apprendre à donner des autographes en tant que Monsieur Bloom, pour que ça corresponde à la signature de Ted et de ses prédécesseurs. Mis à part ça, tu peux mobiliser toute ta créativité. À moins que tu aies besoin de mon aide ?

— Ça ira, répond-elle. J'ai regardé quelques vidéos des pitreries de Ted, et je pense pouvoir les améliorer.

Elle fait un geste vers le monocycle de sa patte duveteuse.

— J'avais juste une question : vous tenez à ce que je vienne en patins, ou est-ce que je peux marcher quand je ne suis pas sur mon monocycle ? Je sais faire du roller, mais…

— Ça t'aidera, c'est sûr, répond le coach. Il faut de l'équilibre pour les deux, mais compte tenu de tes talents avec le monocycle, je suis sûr que tu en as à revendre. Le déplacement vers l'avant est similaire. Il est plus facile de tourner sur la glace. Ce qui sera différent, c'est la façon de s'arrêter.

— Je vais travailler là-dessus, alors, répond-elle. Même si pour l'instant, vu le costume que je porte, je pourrai me contenter de rentrer dans quelque chose ou quelqu'un quand je voudrai m'arrêter.

Si c'est dans *quelqu'un,* il y a intérêt à ce que ce soit moi.

— Vous auriez des patins à ma taille, par hasard ?

demande Calliope. Je meurs d'envie d'essayer, tout à coup.

Le coach me lance un regard subreptice et je lui adresse un signe de tête imperceptible — en grande partie parce que je suis curieux de voir à quelle vitesse elle peut apprendre à faire du patin à glace.

— Tu fais quelle pointure ? demande le coach.

— Du quarante-et-un, répond-elle.

— Ça revient à un sept virgule cinq en pointure enfant, c'est ça ? demande le coach.

Elle penche sa tête de clown-ours sur le côté.

— Qu'est-ce que j'en sais ?

— Désolé, répond le coach. Quand on a des enfants, on fait ce genre de conversion tout le temps.

Il se tourne vers moi.

— Michael, tu sais où on pourrait trouver des patins à glace de cette taille ?

Il sait bien que oui, alors au lieu de répondre, je m'éloigne et localise une paire de patins d'à peu près cette taille — je regrette un peu de ne pas avoir pu mesurer le pied de Calliope d'abord, comme on est censé le faire pour trouver sa pointure de patin.

Ouais. C'est pas comme si j'avais envie de voir ses pieds et de les toucher. Ou de vérifier si elle a du vernis à ongles pailleté sur les orteils, assorti à ses doigts. Ou si elle porte une bague d'orteil. Ou un bracelet à la cheville. Non. Il faut juste être mesuré pour avoir des patins qui vous conviennent, voilà tout.

À mon retour, Calliope a retiré sa tête de mascotte,

et quand je lui tends la première paire de patins à essayer, elle plisse les yeux.

— Pourquoi vous avez ça sous la main ? s'enquiert-elle en scrutant mes coéquipiers. Je doute qu'aucun des Néandertaliens ici présents porte des patins aussi délicats que ceux-là.

Je pousse un profond soupir.

— Un merci aurait été plus approprié.

Hors de question que je parle de mon projet secret maintenant. Elle approche et se penche pour me murmurer à l'oreille :

— Tu utilises ça pour séduire des groupies à la patinoire ?

Ses lèvres effleurent mon oreille et je remercie les dieux du hockey pour ma coquille protectrice. Autrement, elle aurait vu ma furieuse érection, et tous les autres aussi.

— Pourquoi ? dis-je dans un murmure. Tu es jalouse ?

Elle souffle de manière indignée.

— Si on fait semblant de sortir ensemble, on doit aussi faire au moins semblant de n'être avec personne d'autre.

Un muscle se contracte sur ma mâchoire.

— C'est tout à fait vrai, *ptichka.* Je n'accorderai de regard à personne d'autre, et aucun homme sauf moi n'aura le droit de s'approcher à moins de deux mètres de toi.

Elle marmonne « espèce de grizzli » entre ses dents, mais hoche la tête, avant d'essayer les paires de patins.

Elle finit par opter pour des roses avec des paillettes brillantes cousues dessus — comme c'est étonnant !

Dès qu'elle se met à avancer sur la glace, elle évolue de manière gracieuse, ou autant que possible pour un ours en peluche géant. Quand je surprends mes coéquipiers en train de l'observer avec un peu trop de curiosité, je suggère au coach d'annoncer la fin de l'entraînement, laissant entendre qu'il risque de se retrouver avec quelques joueurs en moins, autrement.

Le coach souffle dans son sifflet et renvoie ces connards au vestiaire.

Pendant ce temps-là, Calliope patine de mieux en mieux, mais dès que j'arrive sur la glace, elle me rentre dedans — c'est peut-être une farce, mais à mon avis, c'est surtout sa seule façon de s'arrêter.

— Je dois y aller, annonce le coach. Michael, tu veux bien me rendre service et apprendre à Calliope à s'arrêter ?

Cette dernière s'écarte de moi.

— Je n'ai pas besoin de son aide.

Le coach sourit.

— Vous faites un couple très mignon, tous les deux.

Sur ces mots, il s'en va, et s'il avait été n'importe qui d'autre que le coach, je lui aurais lancé de tout cœur d'aller à la bite.

CHAPITRE 9

CALLIOPE

J'ai beau lui assurer que son aide n'est pas nécessaire — ni désirée — Michael insiste pour m'enseigner ce qu'il appelle un arrêt en chasse-neige.

Je dépose Wolfgang sur un banc à proximité et tente d'effectuer cette manœuvre. Ça s'avère plutôt facile. Michael m'apprend ensuite une autre manière de m'arrêter, qui consiste à ramener le patin en arrière et le tourner. C'est un peu plus complexe, mais j'y arrive.

— Tu apprends vite, dit-il d'un ton approbateur une fois que j'ai maîtrisé la quatrième technique.

— Et toi, tu es un connard condescendant, dis-je. Contente-toi de m'apprendre la meilleure manière de faire et tirons-nous d'ici.

Il hausse un sourcil et s'éloigne, accélère, puis s'arrête si brusquement que j'ai du mal à en croire mes yeux.

— Comme ça, tu veux dire ? demande-t-il.

Merde.

— Ouais. Comme ça. Tout ce que tu peux faire, je peux le faire en mieux.

Super. Je parle comme dans cette comédie musicale où quelqu'un sort son flingue — ce qui est un geste anodin, ici, en Floride.

— OK, répond-il d'un ton sceptique. Tourne tes patins de manière perpendiculaire à l'endroit où tu vas et utilise le tranchant des lames pour créer une friction. Ça s'appelle un arrêt de hockey.

Il essaie de m'exciter, en utilisant des mots comme « friction » ? Parce que ça ne marche pas du tout. Je ne suis pas tentée de glisser mon bras hors de la manche de mon costume pour me caresser — tout ça dissimulé sous plusieurs couches de fausse fourrure d'ours. Non. Pas tentée du tout.

—… as compris ? demande-t-il.

Merde. J'étais peut-être dans les nuages, l'espace d'une seconde.

— Remontre-moi.

Il s'exécute et je me rends compte que j'ai peut-être un genre de fétiche pour les patins — ou pour le talent — parce que je ne me serais jamais attendue à me mettre dans tous mes états en voyant quelqu'un s'arrêter brusquement sur la glace.

— Comme ça ? demandé-je.

J'accélère pour essayer sa méthode — et ne tarde pas à tomber, ne blessant que mon amour-propre grâce au costume.

Il patine vers moi et me redresse avec une délicatesse dont je ne l'aurais jamais cru capable.

— Tu vas bien ?

— Oui, très bien, dis-je en tentant de me dégager. Je dois juste m'entraîner encore un peu.

— Non, répond-il d'un ton impérieux sans me lâcher. Assurons-nous que tu n'es pas blessée.

Il me soulève comme un sac rempli d'ours en peluche et me porte malgré mes protestations bruyantes.

Quand un concierge nous voit, il fait un clin d'œil entendu à Michael, ce qui m'énerve presque autant que sa façon de me traiter.

Enfin, il me repose à côté d'une porte ornée d'un écriteau « Infirmerie ». La femme à l'intérieur m'apprend qu'elle est chirurgienne orthopédique. À la demande de Michael, elle insiste pour que je retire mon costume afin de m'examiner.

— Non, protesté-je, tapant de mon pied pelucheux pour ponctuer le mot. Je dois aller chercher Wolfgang.

— J'y vais, répond Michael.

Il s'en va avant que j'aie pu objecter.

— Génial, dis-je au médecin. Vous vous apprêtez à avoir deux patients.

Parce que Wolfgang va mordre ce connard, c'est sûr. Je suis la seule humaine en qui il a assez confiance pour la laisser le prendre dans ses mains.

— Wolfgang est un chien ? demande-t-elle.

— Non.

Je ne précise pas que c'est un rat au cas où le bon

docteur soit l'une de ces femmes qui sautent sur les meubles quand elles ont peur. Il n'y a pas beaucoup d'endroits surélevés, dans cette pièce minuscule.

— Vous pouvez retirer ce truc ? demande-t-elle en touchant du doigt mon biceps costumé avec un sourire.

Je m'exécute, bien contente de porter mon short et un débardeur en dessous, plutôt que juste mon soutien-gorge et ma culotte.

Elle m'examine en vitesse et m'annonce que je vais très bien.

— Je sais, dis-je. C'est Michael qui…

Quand on parle du loup. Il entre dans la pièce, un Wolfgang à l'air étonnamment satisfait perché sur son épaule.

Mince alors, ce petit traître pépie même de manière enthousiaste, comme s'il venait de trouver un morceau de fromage.

Enfin, au moins, Wolfgang saute sur mon épaule dès que Michael est à bonne distance. Autrement, je ne sais pas ce que j'aurais fait.

— Oh, dit le docteur. Wolfgang est votre rat. J'aurais dû deviner.

— Comment ça ? demandé-je. Ça vous arrive souvent de supposer que les gens ont des rats ?

— Tout le monde a vu la vidéo sur YouTube, Miel, répond-elle.

— Je l'appelle *ptichka,* grogne Michael. *Pas* Miel.

— Tant mieux pour vous…, répond le docteur d'un air perplexe.

— Elle est blessée ? demande-t-il.

— Boo, je vais très bien, dis-je d'une voix doucereuse.

Le médecin hoche la tête et Michael a l'air si soulagé que je sens un tiraillement dans ma poitrine.

Une seconde. Quoi ? Je suis ridicule. Cette brute s'inquiétait juste parce que je n'ai jamais signé de décharge de responsabilité avant sa leçon. Il n'en a rien à faire, de moi, j'en suis certaine.

— C'est ce que tu comptes porter sous ton uniforme tous les jours ? demande Michael.

Un éclat dangereux se reflète dans ses yeux noirs, pour une raison inconnue.

— Parfois, dis-je. Parfois encore moins.

— Moins ?

Ses narines se dilatent.

— Qu'est-ce que ça peut te faire ? demandé-je, avant de me souvenir qu'on est censés sortir ensemble.

— Bordel de merde, grogne-t-il avant de sortir du petit cabinet en trombes, claquant la porte derrière lui.

— Tous les joueurs de hockey sont des têtes brûlées, m'explique le docteur avec sagesse. Je suis sûre qu'il se calmera et s'excusera pour ça plus tard.

Ça veut dire qu'elle pense toujours qu'on est ensemble ?

— Merci, docteur, dis-je tout en récupérant mon costume.

— Vous ne le remettez pas ? demande-t-elle.

— Pourquoi ?

Elle hausse les épaules.

— Un homme pourrait vous siffler, Michael risquerait de l'entendre et…

— C'est ridicule, lâché-je, en remettant quand même le costume. Vous êtes contente, maintenant ?

— Je n'ai rien à voir là-dedans, assure le médecin. Prenez soin de vous.

La tête haute, je sors du cabinet et retourne sur la patinoire. À mon grand soulagement, il n'y a aucun connard autoritaire dans le coin, je me concentre donc pour maîtriser l'arrêt que Michael m'a montré. Juste au moment où la surfaceuse arrive pour bichonner la glace, j'arrive à effectuer un arrêt parfait, mais mon enthousiasme est écourté quand j'entends quelqu'un applaudir lentement derrière moi.

Je pivote sur moi-même comme pour une figure de patinage.

Surprise, surprise, c'est Michael. Après tout, qui d'autre pourrait être venu gâcher mon plaisir ?

— Tu m'espionnes ? demandé-je.

Je patine vers lui et effectue un autre arrêt parfait. Il hausse les épaules.

— Quelqu'un doit s'assurer que tu ne te casses rien.

— Je me débrouille très bien sans toi, rétorqué-je.

Bien sûr, au moment où je dis ça, je manque de tomber sur les fesses pour aucune raison.

— C'est le signe que tu t'es trop entraînée, grogne-t-il. Tu veux bien aller enfin te changer ?

Je crispe la mâchoire.

— Pourquoi ?

Il soupire.

— Je meurs de faim.

— Alors va manger, répliqué-je. Quel rapport avec moi ?

À moins qu'il veuille me manger, moi. C'est d'une facilité déconcertante, d'imaginer ces lèvres masculines sur mon…

Les lèvres en question vibrent quand il pousse un soupir frustré.

— Le coach m'a demandé de te raccompagner à ta voiture. Les vautours sont encore dehors.

Ah. J'avais oublié.

— Le coach veut qu'ils nous voient ensemble ? m'enquiers-je. Ou il s'inquiète pour ma sécurité ?

— Pour l'amour du ciel, quelle importance ? répond Michael en indiquant la sortie. On peut y aller ?

Son estomac gargouille bruyamment.

— Très bien.

Je ne garde qu'un souvenir très vague de mon arrière-grand-père, mais je suis à peu près sûre que l'une des perles de sagesse qu'il m'a transmise était : « Il n'y a rien de plus dangereux qu'un ours affamé. »

Pendant que Michael me suit jusqu'à mon vestiaire, je me fais un devoir de ne pas prononcer un mot, et il ne rompt pas le silence.

Une fois rentrée dans la pièce, je retire mon costume de mascotte et hésite à rester dans ma tenue étriquée, juste pour l'énerver.

Mais non. Je n'ai pas envie de laisser mes habits ici, où mon harceleur hypothétique pourra y toucher, et si je les prends avec moi, ma ruse sera trop évidente.

Alors je me change et, quand je sors, je le surprends à m'examiner à nouveau de la tête aux pieds, avant de hocher la tête d'un air approbateur — ce qui m'agace.

Je m'avance vers lui et enfonce mon doigt dans sa poitrine — une erreur, parce que toucher ses poils me fait un certain effet. Un effet inapproprié.

— Mettons les choses au clair. Je porte ce que je veux.

— Bien sûr, *ptichka*. Qui a dit le contraire ?

C'est une blague ?

— Toi. Ou tu l'as sous-entendu.

Ses yeux se réchauffent.

— Tu peux te balader toute nue si ça te chante. Je m'occuperai de tous les connards qui s'aviseront de te reluquer.

« M'occuper » est-il un euphémisme pour dire « leur briser le cou » ?

— Pourquoi je m'embête à essayer de raisonner un homme des cavernes ? demandé-je dans le vide.

Wolfgang grince des dents de manière enjouée.

Meine Liebe, je préfère être sur tes épaules quand elles ne sont pas couvertes par des vêtements. Ça me donne l'impression que mes pattes sont sur de la mozzarella bien chaude.

Je me détourne de Michael et m'empresse de traverser le couloir. Il me laisse ouvrir la marche jusqu'à ce qu'on arrive à la sortie. À ce moment-là, il passe devant et rugit en direction de la foule de journalistes — ou c'est l'impression que ça me donne, en tout cas.

D'habitude courageux, les journalistes ouvrent un passage assez grand pour laisser passer toute une fanfare.

Michael grommelle quelque chose d'inintelligible, me prend par le coude et m'entraîne avec lui pendant que je fais mon possible pour ne pas défaillir au contact de ses doigts devant tous ces appareils photo.

Peut-être que je devrais défaillir, en fait? Après tout, on est censés faire croire au monde entier…

— C'est bien la tienne? demande-t-il avec un geste vers ma Coccinelle, le nez plissé.

Je le fusille du regard.

— Tu as quelque chose contre ma voiture aussi?

— Elle n'a pas l'air très sûre, répond-il. En plus, je suis à peu près certain qu'elle a été inspirée par l'une des idées d'Hitler.

Quoi? Je l'ai achetée d'occasion à mon cousin, qui est un clown — au sens littéral — et j'ai toujours associé ce type de voitures aux clowns. Bien sûr, ils ont parfois l'air un peu malveillants, mais rien du niveau d'Hitler.

— Tu conduis quel type de voiture, *toi*? demandé-je d'un ton défiant.

Il indique une grosse cylindrée élégante non loin de là.

— Une Ford Mustang Shelby GT500.

Mince alors. C'est la voiture la plus cool que j'ai jamais vue, et je ne trouve rien de négatif à dire à son sujet. D'un autre côté…

— Ça ressemble au genre de voiture que les

hommes s'achètent quand ils veulent compenser quelque chose.

Je lève le petit doigt de ma main droite avant de le laisser retomber mollement.

— Oh, je n'ai rien à compenser du tout, assure-t-il avec un sourire dangereux. Tu veux une démonstration ?

C'est une proposition ? Je baisse les yeux vers la bosse dans son pantalon et déglutis avec peine.

— Cette conversation est terminée.

Il penche la tête.

— On ne devrait pas faire un truc pour les caméras ?

Je déglutis encore.

— Comme quoi ?

Il réduit la distance entre nous.

— Comme ça.

Il prend mon visage entre ses mains et m'embrasse, brutalement, comme si je lui appartenais.

Ma culotte fait comme la méchante sorcière de l'Ouest après avoir été aspergée avec un seau d'eau — elle fond, et moi aussi.

Au loin, j'entends des appareils photo cliqueter, et ce son me rappelle que c'est juste une façade.

Fulminante, je le repousse.

— À demain, dit-il.

— Va sucer une bite.

Il sourit à ces mots, et ça fait tout autant fondre ma culotte que son baiser.

— L'expression russe, c'est « va à la bite ». Pas « va sucer une bite ».

— Quelle est la différence ?

— Va à la bite se traduit presque littéralement par « va en enfer ».

Je hausse un sourcil.

— Alors tu es en train de dire que ta bite est un enfer ?

— Non, *ptichka,* murmure-t-il. Pour toi, elle sera le paradis.

CHAPITRE 10
CALLIOPE

Après être rentrée chez moi dans ma voiture inspirée par Hitler, la première chose que je fais, c'est réunir Wolfgang avec le reste de la meute de rats. Puis je nous prépare à manger à tous.

Quand Lénine a fini de manger son raisin congelé, il se met à courir partout dans l'appartement.

Tovarisch, c'est une nourriture de bourgeois, et elle est en train de corrompre le prolétari-rat.

J'ignore ses pitreries et me regarde longuement dans le miroir.

— Il m'a juste embrassée pour les journalistes, me rappelé-je.

— Mais pourquoi c'était aussi agréable, alors ? demande mon reflet de manière très raisonnable.

— Parce que tu es une idiote. Parce que tu ne fais pas attention à…

Mon téléphone sonne, et c'est aussi bien, parce que

si je continue à parler toute seule, mes rats me feront enfermer.

C'est un appel vidéo de Seraphina.

Je décroche avec un sourire. Elle n'est pas suspendue au plafond, pour changer.

— Salut, ancienne coloc, lancé-je. Je te manque déjà ?

— Ouais, c'est ça. Je dois juste prendre des nouvelles parce que tous tes autres frères et sœurs m'inondent de questions à propos de toi et de ton joueur de hockey.

— *Mes* autres frères et sœurs ? répété-je, laissant passer le « ton joueur de hockey ». Tu ne veux pas plutôt dire « nos » ?

Elle exhibe ses dents très saines, qu'elle a soi-disant héritées de notre arrière-arrière-grand-père, célèbre pour mâcher des lames de rasoir et avaler des épées.

— Ne joue pas sur les mots. Crache le morceau, maintenant.

— Il n'y a rien à cracher, dis-je.

— Ouais, bien sûr. Tu rougis. Tu l'as sauté, ou pas encore ?

Je lève les yeux au ciel.

— Même *toi*, tu n'es pas aussi dévergondée.

— Dis-moi, s'il te plaît, dit-elle avec des yeux de chien battu. Ce *sourspense* me tue.

Devrais-je lui parler de l'accord qu'on a été forcés de passer ? Personne ne nous a demandé de le cacher à nos familles. En fait, je n'ai pas envie que ma famille croie que c'est réel, et si je dis la vérité à Seraphina, ça reviendra à envoyer un e-mail à tout le monde pour détailler ce qui s'est passé.

Je prends une inspiration.

— OK. On s'est encore embrassés, mais…

Elle émet un couinement si bruyant que tous mes rats dressent les oreilles.

— Je savais que ça porterait ses fruits, de te *pours*ser à bout pour avoir des réponses.

— Comme je m'apprêtais à le dire, c'était juste pour les journalistes.

Marco et Polo approchent en trottinant et je les caresse tous les deux.

Elle penche la tête.

— Pourquoi tu l'embrasserais pour les journalistes ?

Je lui explique que la vidéo virale a constitué une vraie manne financière pour les Ours de Floride, et que Michael et moi allons être payés pour conserver l'intérêt du public. Je ne sais pas trop pourquoi, mais je mentionne aussi les petits patins qu'il avait sous la main, et qui étaient clairement destinés aux pieds délicats et féminins de ses nombreuses groupies.

— Tu es sûre que tu lui as donné un bis*ours* seulement pour les Ours de Floride, et pas parce que tu apprécies ton Boo aux allures d'ours ?

Est-ce que je suis sûre ?

— Cette conversation est terminée.

— Pourquoi ? demande-t-elle. Parce que tu ne *sours*portes plus mes jeux de mots à base d'ours ?

— Non, mais ça n'arrange rien, grommelé-je.

— Laisse-moi *pour*suivre, s'il te plaît, dit-elle. Je vais finir par être à court d'idées.

— J'en doute.

— Tu n'as pas tort. Je suis pleine de ress*ours*.

— Je dois y aller, dis-je en approchant mon pouce de la touche pour raccrocher.

— Attends, s'empresse-t-elle de lancer. Utilise un préservatif quand tu le sauteras. Tu es en âge d'avoir des oursons, après tout.

Je raccroche quand elle commence à me décrire le préservatif comme un moyen de protection en caoutch*ours*.

———

Le lendemain, je commence à m'entraîner pour le petit numéro que j'ai prévu de dévoiler lors de mon premier match en tant que mascotte des Ours : la rencontre amicale contre les Yétis de New York.

Il est inspiré par ma haine grandissante pour la presse, et ma priorité sera de m'incruster sur tous les écrans. Dès qu'une caméra zoomera sur un joueur ou un fan, je sauterai dans le cadre et prendrai une pose amusante. Si tout se passe bien, Wolfgang prendra la même pose que moi. Le problème, c'est que c'est difficile de préparer ça, alors je me concentre sur un truc facile : la nouvelle danse sur la glace de Monsieur Bloom.

Jusqu'ici, cette danse — et j'emploie le terme très librement — consiste à faire semblant d'être un T-rex, attirer les gens avec un lasso invisible et me comporter comme un poulpe s'apprêtant à se faire tuer par un chef de sushis. Oh, et parfois, j'ajoute la manœuvre de clown classique, consistant à glisser sur une peau de banane. Vers la fin, j'avance aussi en traînant des pieds comme un zombie.

Quand je termine ma danse, j'entends des applaudissements familiers derrière moi. J'aurais dû m'y attendre, mais non.

J'effectue une rotation élégante sur la glace et profite du fait qu'il ne peut pas voir où je regarde, tant que je porte mon masque, pour laisser errer mes yeux sur son visage. Qu'il aille se faire foutre. Pourquoi faut-il qu'il soit aussi sexy ? Ce ne sont pas seulement ses muscles saillants ou ses yeux perçants. C'est sa toison. Des poils qui dépassent de son t-shirt jusqu'aux cheveux ébouriffés sur sa tête. Oh, et enfin, mais non des moindres — du point de vue de ma libido — il y a sa barbe. Comme pour me narguer, il ne s'est pas rasé depuis que je l'ai vu hier, et ce qui n'était qu'une barbe de trois jours s'est transformé en quelque chose de plus touffu.

Une seconde. Même si j'apprécie ce régal pour les yeux, pourquoi il se laisserait pousser la barbe ? Après tout, plus il a de poils, plus il se rapproche d'un ours.

— Je commençais à m'inquiéter pour ta santé mentale, fait remarquer Michael.

Je retire mon masque d'ours pour pouvoir le fusiller du regard.

— Ma santé mentale ne te regarde pas. Comme rien d'autre de ce qui me concerne.

Il pousse un soupir.

— Je plaisantais, c'est tout.

— Ce n'était pas une blague. Ça, c'en est une : de quelle couleur sont mes chaussettes ?

Il baisse les yeux sur mes pieds.

— C'est difficile à dire.

— Faux, dis-je. Je n'en porte pas. Je suis *pattes* nues.

Oui, Seraphina a dû déteindre sur moi.

Il ne glousse même pas — sûrement parce que j'ai abordé le sujet interdit des ours.

— Je pense que c'est une bonne idée, que tu te prépares. Ted se contentait d'improviser, et ça n'a jamais paru aussi professionnel que cette danse.

— Une seconde. C'était un compliment ? demandé-je avec un coup d'œil à Wolfgang. Est-ce que l'univers s'apprête à imploser ?

Wolfgang émet des pépiements en faisant grincer ses incisives.

Meine Liebe, pour l'instant, les galaxies s'éloignent les unes des autres, autrement dit, l'univers ne devrait pas imploser avant un bon moment, peut-être même jamais. Selon mes théories, les galaxies pourchassent des trous noirs supermassifs constitués du plus délectable des fromages.

— Tu es prête pour que je t'escorte ? demande Michael d'un ton bourru.

— OK, allons-y, dis-je en levant les yeux au ciel.

Je passe par mon vestiaire et sens ses yeux rivés sur mon dos.

À chacun de mes pas, mon cœur accélère un peu plus d'impatience à l'idée de ce qui va se passer sur le parking. Après tout, on s'est embrassés sous l'objectif des appareils photo, hier, alors on devrait recommencer aujourd'hui, non ?

Par souci de cohérence, bien sûr. Ça n'a rien à voir avec cette barbe.

Une fois de plus, la presse est là quand nous sortons. Tout le monde nous hurle des questions, qui sont interrompues quand Michael suggère à la foule d'aller à la bite.

Dès que les journalistes effrayés nous ont libéré le passage, Michael me prend par le coude pour me guider jusqu'au parking — ce qui me donne l'impression de flotter.

Quand on approche de ma Coccinelle, il me lâche.

— On se voit demain, murmure-t-il.

Je le regarde en clignant des paupières.

— Tu n'oublies pas quelque chose ?

Il hausse l'un de ses sourcils épais et sexy.

— Qu'est-ce que j'oublie ?

Je fais un geste vers les journalistes.

— Un baiser ?

Il donne l'impression d'avoir esquivé toutes les abeilles gardiennes et de s'apprêter à savourer un miel de première qualité.

— Tu ne crois pas qu'ils ont déjà assez de photos de notre baiser d'hier ?

Je m'humecte les lèvres.

— Ce n'est pas pour les photos, cette fois. C'est pour qu'ils nous voient être intimes, ou ne pas l'être.

Ouais. C'est pour ça qu'on devrait le faire.

— Il ne faudrait pas que quelqu'un écrive un article disant qu'on a déjà rompu.

Il se penche, ses lèvres si proches et alléchantes.

— Tu es sûre que c'est pour eux ? Tu as peut-être *envie* que je t'embrasse.

Je me transforme presque en ours grondant à mon tour.

— Pas même si tu étais le dernier homme sur Terre.

Il hausse les épaules.

— On peut faire semblant de s'embrasser pour eux, alors.

Il tourne le dos aux journalistes et m'enveloppe dans ses bras, mais ses lèvres sont à deux bons centimètres des miennes — autant dire un kilomètre.

— Comme ça, ils penseront qu'on s'embrasse, murmure-t-il. Sans qu'on le fasse vraiment.

Mon cœur bat beaucoup trop vite et j'éprouve un drôle de frisson malgré la chaleur de Floride.

— Et si quelqu'un se cachait avec un téléobjectif à un angle parfait ? murmuré-je, ayant envie de me donner des gifles.

Il va encore se moquer de moi. J'en suis sûre.

— Si quelqu'un prend une photo de ce moment, il nous verra en train de nous serrer dans les bras, murmure-t-il. En quoi ça pourrait l'inciter à croire qu'on a rompu ?

Comment ose-t-il utiliser le bon sens et la logique ?
Je le repousse.

— Je rentre chez moi.

Il me souffle un baiser moqueur.

— Fais de beaux rêves, *ptichka.*

———

Je me réveille au milieu de la nuit, et je mouille. Non, c'est un euphémisme. Je dois trouver un mot plus adapté pour qualifier mon besoin désespéré de satisfaction sexuelle.

Grrr. Quel connard ! C'est comme s'il m'avait maudite, quand il m'a souhaité de beaux rêves — je me suis aussitôt mise à rêver de son torse nu, de glisser mes doigts dans les poils à cet endroit. Et ce n'était même pas le pire. J'ai senti sa barbe, dans ce rêve, pendant qu'on s'embrassait et quand il est descendu plus bas... une expérience divine, même si ce n'était que mon imagination.

———

Ma mère m'appelle pendant mon trajet jusqu'au boulot pour m'annoncer que des journalistes grouillent autour du cirque dans l'espoir de me voir.

— C'est très bon pour les affaires, dit-elle. On va sûrement tous recevoir une augmentation grâce à toi.

— Ravie d'avoir pu vous aider. J'espère juste qu'ils

ne découvriront pas où j'habite et qu'ils ne viendront pas m'importuner là-bas.

Sinon, Michael risque de vouloir me raccompagner jusqu'à ma porte, et ça laissera place à la possibilité que je l'invite à entrer par accident, puis que son sexe se retrouve en moi par inadvertance.

— Donc, reprend ma mère d'un ton conspirateur, tu as commencé à prendre des cours de cuisine ?

Quoi ?

— Pourquoi ?

— Tu as un nouveau petit ami, répond-elle. Tout le monde sait que pour gagner le cœur d'un homme, il faut passer par son estomac.

Ça ressemble au genre de truc que dirait un tueur en série.

— Seraphina ne t'a pas tout expliqué ? demandé-je. Ce n'est pas mon petit ami. C'est juste une façade.

— Oui, bien sûr, répond-elle. J'ai vu la vidéo, et les photos. Si tu étais aussi bonne actrice, tu ne serais pas dans un cirque, mais à Broadway.

— Je ne travaille *plus* au cirque, lui rappelé-je. Et je peux t'assurer que rien de tout ça n'est réel.

— Je crois qu'on va chacune camper sur nos positions à ce sujet.

— Ce n'est pas le genre de situation où tu peux utiliser cette expression.

— On va chacune camper sur nos positions deux fois, alors.

Je manque de rouler sur une tortue gaufrée en train de traverser la route. Heureusement, je freine à temps.

— J'ai oublié de te dire que j'étais au volant, dis-je à ma mère tout en attendant que la tortue ait traversé. C'est dangereux de faire plusieurs choses à la fois comme ça.

— Cette fois, on est d'accord, répond-elle avant de raccrocher.

Cette fois? Elle pense donc toujours qu'on sort ensemble, Michael et moi? Je sais que mon père et elle veulent des petits-enfants, mais je ne m'étais pas rendu compte qu'ils étaient devenus désespérés au point de nier la réalité.

Peu importe.

Quand j'arrive enfin au boulot, je ne vais pas enfiler mon costume d'ours tout de suite. J'ai besoin de volontaires dans l'équipe pour m'aider avec une idée que j'ai eue pour mon numéro, et j'espère qu'ils me prendront plus au sérieux dans ma tenue de ville.

Donc… je commets l'erreur de les regarder s'entraîner. Plus spécifiquement, je commets l'erreur de regarder Michael effectuer ses exercices. Sa barbe est encore plus visible, aujourd'hui, et il m'est bien trop facile de l'imaginer s'exercer sur moi, le sexe aussi dur que sa crosse de hockey et la barbe provoquant des démangeaisons agréables sur mon…

— Salut, Calliope, lance le coach, me fichant une trouille bleue.

— Bonjour, Coach.

Je m'essuie la bouche au cas où une partie de l'énorme quantité de salive que j'ai produite se soit échappée.

— Je peux t'aider ? demande-t-il.

— Oui. Demandez à Michael de se raser, lâché-je.

Comme ça, j'aurai moins de risque de perdre la tête en sa présence — et ça réduira ma production de fluides corporels.

Le coach sourit.

— Désolé, mais c'est impossible. Ils ne se rasent jamais avant un match important, et je ne peux pas m'opposer à ça. Encore moins en ce qui concerne Michael, parce qu'à son arrivée dans l'équipe, il s'est moqué de cette superstition. Selon ses mots, « trop de gens le font, comment ça pourrait nous donner un avantage ? » Le fait qu'il ait fini par adopter ce rituel indique qu'il a *vraiment* envie de remporter le match à venir.

Il a bien dit « ils » ? Je regarde les autres joueurs. Ouais. Aucun n'est rasé, en effet. Michael est juste capable de faire pousser sa barbe plus vite, et de la rendre plus broussailleuse.

En parlant de Michael, je le surprends en train de me fusiller du regard sans la moindre raison, alors je lui fais un doigt d'honneur avant de reporter mon attention sur le coach.

— Je plaisantais, de toute façon. Mais j'ai besoin d'un coup de main.

— Qu'est-ce que je peux faire pour toi ? demande le coach.

— Je ne suis pas sûre de vouloir faire ça avec vous, hésité-je. Mieux vaudrait que j'aie quelques volontaires dans l'équipe.

— Pas de problème. Vas-y.

Il souffle dans son sifflet et tout le monde regarde vers nous. Le coach me fait signe de prendre la parole.

— J'ai besoin de quelques volontaires, annoncé-je.

Les visages barbus me regardent comme si j'allais les mordre.

— C'est pour mon numéro, expliqué-je. J'aimerais tendre une corde imaginaire sur la patinoire, et ensuite certains d'entre vous devront trébucher dessus comme si elle était réelle.

La majeure partie des hommes hochent la tête d'un air approbateur — jusqu'à ce qu'ils entendent un grognement grave.

— Je me porte volontaire, lance Michael. Et personne d'autre.

Je le dévisage, incrédule.

— Tu ne comprends pas comment marche le concept de volontariat ?

Il approche sur ses patins.

— Tu veux que je retire ma candidature ?

— Non. Je te retrouve là-bas.

Je lève les yeux au ciel, me retourne et rejoins mon vestiaire pour m'équiper. Une fois que j'ai enfilé le costume, je dépose Wolfgang sur mon épaule et m'examine dans le miroir pour entrer dans mon personnage.

— Homme-Ours est excité comme un taureau en rut. Grrr. Homme-Ours a envie de jouir sur les gros seins de sa Pookie-poo pour les caméras.

Wolfgang se nettoie le visage avec ses pattes.

Meine Liebe, cet Homme-Ours semble avoir besoin de rations régulières de fromage.

Prête à tout, je retourne sur la patinoire, où Michael m'attend avec le coach.

Lorsque j'explique ce que je veux faire, le coach sourit, mais le visage de Michael demeure impassible, comme si je parlais de mes impôts sur le revenu plutôt que d'une farce marrante.

Quand j'ai tendu la corde invisible en travers de la patinoire avec des gestes exagérés, Michael arrive en patinant et tombe délibérément.

— C'était affreux, dis-je. Il faut que ça ait l'air naturel. Tu as juste fait exprès de tomber.

Ses narines se dilatent.

— Comment est-ce que je peux tomber naturellement ?

— Comme si c'était un accident, dis-je, cherchant de l'aide auprès du coach.

— Hé, Michael, lance ce dernier les yeux pétillants. Si c'est trop puéril pour toi, je suis sûr que Dante se ferait un plaisir d'aider Calliope.

— Plutôt qu'il meurt, grogne Michael avant de se tourner vers moi. Montre-moi comment tu veux que je tombe et je le ferai.

Hmm.

— Comme ça.

Je patine vers la corde invisible, avant de m'effondrer comme si un laser m'avait coupé les pieds. Je hurle de douleur, agite les bras comme si j'étais attaquée par une nuée d'abeilles, puis plaque une main sur ma poitrine et m'écroule sur la glace, tressautant et faisant semblant d'agoniser.

— C'était naturel, ça ? demande Michael en nous regardant tour à tour, le coach et moi.

— C'était inspiré, répond le coach. Les enfants vont adorer.

— Et depuis quand le hockey est un sport pour les enfants ? grommelle Michael.

— Tu n'as pas commencé à quatre ans ? rétorque le coach.

Le visage de Michael devient très lugubre, même pour lui.

— Laisse-moi essayer cette foutue chute.

Il serre les dents d'un air déterminé, patine vers la « corde », puis relève le défi ridicule que je lui ai lancé — sauf qu'il parvient à le faire avec une grâce prédatrice qui fait plus penser à un félin.

— Comment ? demandé-je dans le vide.

— Son intelligence kinesthésique est exceptionnelle, explique le coach.

J'échange un regard perplexe avec Wolfgang.

— Ça veut dire que Michael peut lire dans les pensées ?

Meine Liebe, mes pensées sont faciles à lire. « Fromage. »

— Non, répond le coach avec un petit rire. Ça veut dire qu'il peut utiliser son corps avec une précision hors du commun.

Le coach a-t-il fait exprès de susciter chez moi une avalanche d'images coquines, dans lesquelles Michael utilise son corps sur moi… avec une précision hors du commun ? Une seconde. Ça donne l'impression que mes orifices sont difficiles à atteindre, ce qui…

— Alors, c'était comment ? grogne Michael.

— Très… précis, dis-je. Mais pas drôle du tout.

— Mais il y a du potentiel, s'empresse de préciser le coach. Tu peux recommencer en faisant semblant d'être très saoul ?

Il marmonne que tout le monde peut aller à la bite, puis réessaie. Cette fois, sa chute est hilarante.

— Et voilà, dit le coach. Je savais que tu pouvais y arriver.

— Et vous êtes un bon coach, Coach, ajouté-je.

Michael étire ses bras — qui sont sûrement endoloris après toutes ces chutes.

— Qui aurait cru que ce serait aussi difficile d'avoir l'air d'un idiot.

— Tu fais ça si naturellement, pourtant, dis-je en battant des cils d'un air innocent.

— Je l'ai bien cherché, celle-là, hein ? grogne-t-il.

— Voyons le bon côté des choses, intervient le coach, je n'arrête pas de te dire que tu dois plus contribuer à l'équipe, et c'est une excellente manière de le faire.

Une femme se racle la gorge derrière nous. Il s'avère que c'est Linda des ressources humaines.

— J'espère ne pas vous interrompre.

— Vous avez vu quoi ? demandé-je.

Elle tressaille.

— Tu me demandes si j'ai vu notre joueur le plus coûteux manquer de se briser la nuque ?

Le plus coûteux ? Plus les joueurs de hockey sont grognons, plus ils sont payés, c'est ça ?

— Qu'est-ce que tu veux ? demande Michael.

Elle remue d'un pied sur l'autre.

— Je voulais vous proposer quelque chose à tous les deux. Une idée du département des relations presse, explique-t-elle en grimaçant. Ça a un rapport avec votre hébergement à New York.

— Eh bien quoi ? demandé-je.

Linda essuie une perle de sueur sur son front.

— Ils… on voulait savoir si ça vous dérangerait de dormir dans la même chambre d'hôtel.

J'ai l'impression que mon cerveau vient de trébucher sur la corde invisible, agitant mon hippocampe et mon hypothalamus avant de tomber sur mon amygdale.

— Lui et moi ? m'étonné-je en indiquant Michael. Ou lui et le coach ?

Le coach lève les mains comme si j'avais pointé un flingue sur sa poitrine.

— Je serai avec ma femme. Désolé.

— Pourquoi, putain ? demande Michael.

— Pour alimenter encore plus les rumeurs, répond Linda. Autrement, la presse risque de commencer à se demander si vous êtes vraiment ensemble. On ne vous a pas beaucoup vus ensemble, tous les deux, alors…

Je la fusille du regard.

— Je refuse de faire ça.

— Moi aussi, renchérit Michael, ses yeux noirs étincelants de colère.

— Ce sera une chambre avec deux lits, assure Linda d'une petite voix. Avec une séparation entre eux.

— Ces séparations ne sont pas en bois et en papier ? demandé-je.

Je lance un regard en biais à l'entrejambe de Michael sans la moindre raison et ajoute :

— Ça ne me rassure pas vraiment.

Michael ne répond rien, mais son expression fait faire un pas en arrière à Linda.

— Monsieur Ironside, le propriétaire de l'équipe, est prêt à vous offrir un bonus à tous les deux pour le désagrément, murmure-t-elle. Vingt pour cent de votre salaire annuel.

Elle se tourne vers Michael et ajoute :

— Il a aussi dit qu'il ferait un don cent fois plus élevé à ton…

— Marché conclu, grogne Michael avant de se tourner vers moi. Je serai un parfait gentleman, bien sûr.

— Très bien, lâché-je, le cerveau sûrement encore en rade. C'est d'accord.

Cet argent va bien m'aider à réaliser mon rêve de spectacle de rats.

Linda s'enfuit et je regarde Michael en plissant les yeux.

— Il va donner de l'argent pour quoi ?

— Je dois aller me changer, dit-il, ignorant ma question. Où tu veux qu'on se retrouve pour sortir ensemble ?

— Devant les portes d'entrée ?

Il hoche la tête et s'éloigne. Je me tourne vers le coach.

— Vous savez à quoi va servir cet argent ?

— Oui, répond le coach. Mais c'est le projet secret de Michael, alors tu vas devoir le convaincre de t'en parler. Désolé.

Un projet secret ?

— Il gère une association de préservation des ours ?

C'est le genre de truc pour lequel un homme riche aurait envie de donner de l'argent. Mais le coach secoue la tête.

— Ne me mets pas dans cette position, s'il te plaît.

— Très bien. Je vais aller me changer.

Le coach a l'air soulagé, je garde donc ma deuxième supposition pour moi : une agence high-tech où des jouets, du porno et des zèbres sont utilisés de manière astucieuse pour encourager les grands pandas à s'accoupler.

CHAPITRE 11
MICHAEL

Tu vas bien ? me demande Dante quand j'entre dans les vestiaires en trombes.

Je claque la porte de mon casier avec force.

— Ces salopards veulent que Calliope et moi dormions dans la même chambre d'hôtel à New York.

Dante renifle.

— Toi et la fille que tu apprécies, ensemble toute la nuit. Quelle horreur !

Je pivote vers lui.

— Ne me pousse pas à bout. Pour couronner le tout, Linda a failli parler de mon projet secret à Calliope.

Il hausse les épaules.

— Ce serait si grave que ça si elle était au courant ? Elle t'apprécierait peut-être encore plus.

— Merde, lâché-je en retirant mon maillot d'un geste vif.

— Elle ferait même peut-être plus que ça, si elle savait que...

— Ferme-la, putain, sifflé-je en voyant Jack sortir des douches.

Il n'est pas au parfum pour mon secret, et il ne le sera jamais.

— Elle pourrait même t'aider, continue Dante d'un ton vague. Si j'étais toi, je l'emmènerais à la levée de fonds quand...

— Qu'est-ce que tu ne comprends pas dans « ferme-la » ? grogné-je.

D'un autre côté, ça vaut la peine d'envisager l'idée. Même si elle n'accepterait jamais de m'accompagner au moindre événement. Je me change en vitesse, descends et attends que Calliope arrive pendant ce qui me semble des heures.

— Enfin ! ne puis-je m'empêcher de lâcher quand elle apparaît.

— Je peux rejoindre ma voiture toute seule, rétorque-t-elle.

Sans gratifier cette remarque d'une réponse, j'ouvre la porte et décharge ma frustration sur tous ces abrutis dehors.

Manque de bol pour mes poings qui me démangent, ils nous laissent passer, et je prends *ptichka* par le coude pour lui faire traverser le parking — prêt à frapper le premier qui posera une question stupide. Cette fois encore, je n'en ai pas l'occasion.

En parlant de gens que j'ai envie de frapper...

— Tu as revu des signes de ton harceleur ?

Elle secoue la tête.

— On ne sait pas si c'était vraiment un harceleur, mais non.

Elle a l'air un peu incertaine, pourtant.

— Il y a autre chose, hein ?

Elle hésite.

— Maintenant que j'y pense, quand je suis arrivée chez moi le premier jour, quelque chose m'a paru bizarre. Il y avait des taches sur les murs et quelques lattes du plancher semblaient avoir été soulevées, puis replacées.

— Foutu harceleur, grogné-je.

— Ou bien c'était mon imagination, répond-elle. Et puis je ne suis même pas sûre que la vidéo était déjà devenue virale, à ce moment-là.

Je serre et desserre les poings.

— Tu as un système de sécurité ?

— Non.

— Je vais passer quelques coups de fil. On va en faire installer un ce soir.

Elle lève les yeux au ciel.

— Ça me paraît un peu exagéré.

— Mieux vaut avoir un système de sécurité et ne jamais en avoir besoin.

— Si tu insistes, répond-elle en plissant son nez droit. Maintenant… tu veux bien me dire en quoi consiste ton projet secret ?

— Tu sais garder un secret ? demandé-je en me penchant.

Elle hoche la tête avec empressement et se rapproche si près que je peux presque goûter ses lèvres.

— Moi aussi, dis-je.

La déception se peint sur son visage.

— Très bien, dit-elle. Je m'en vais.

Mais elle ne bouge pas d'un pouce. Il suffirait d'un seul battement d'ailes de papillon pour que nos lèvres se touchent.

Mon cœur cogne avec force dans ma poitrine et ma voix est un peu trop rauque quand je dis :

— Ce n'est pas le moment où on fait semblant ?

Elle penche les épaules de manière charmante.

— Tout le monde n'embrasse pas sa petite amie pour lui dire au revoir tous les jours.

— Si tu étais vraiment la mienne, je le ferais.

Merde, qu'est-ce que je raconte ? Pourquoi je dis ça ? C'est comme si un démon avait pris le contrôle de ma langue. Ou de mon sexe.

Elle s'humecte les lèvres.

— J'ai l'impression qu'on n'a pas le choix.

Le démon me pousse dans le dos, me faisant pencher la tête, et mes lèvres se collent aux siennes.

Elle émet un hoquet de surprise qui m'indique qu'elle ne s'y attendait pas — mais elle ne me repousse pas. Non, elle me rend mon baiser avec tant de passion qu'elle mériterait un Oscar.

Je l'attire plus près et elle fond contre moi, les parties molles de son corps rendant dingues les parties dures du mien.

Je reviens à la réalité en entendant des cliquetis d'appareils photo, et m'écarte d'elle.

Les yeux écarquillés, elle se touche les lèvres.

— Je parie que c'était très convaincant.

Je hoche la tête.

— À demain, *ptichka.*

Sur ces mots, je m'oblige à m'éloigner et rentre chez moi dans un brouillard hébété. Quand j'arrive, deux journalistes m'attendent, et l'un d'eux m'interroge sur Calliope.

Je détruis son appareil photo, avant de faire la même chose avec celui de l'autre connard. Puis je promets de briser leurs membres si je les revois, et rentre chez moi.

Enfin. Je suis encore douloureusement dur après ce baiser, j'agrippe donc mon sexe dans mon poing pour soulager la tension. Ensuite, je dîne et m'assois derrière mon ordinateur pour travailler sur mon projet secret.

Quand mes yeux se fatiguent à force de regarder l'écran, j'ai trouvé un nouveau sponsor et réussi à obtenir une invitation à une levée de fonds pour rencontrer d'autres investisseurs potentiels, pendant que je serai à New York. C'est une soirée chic, je me dirige donc vers la valise que j'ai déjà préparée pour y ajouter mon smoking.

Le problème, c'est que porter une tenue de circonstance ne suffira pas à m'obtenir plus de sponsors. Je vais devoir bavarder avec les gens et me montrer poli, ce qui n'est pas mon fort.

Je devrais peut-être demander à Calliope de

m'accompagner. Même si c'est une anticonformiste qui viendrait sûrement avec un rat sur l'épaule même à une soirée mondaine, elle s'en sortirait certainement mieux que moi, s'agissant de charmer les gens. Il y a quelque chose d'attirant chez elle. Une étincelle, faute d'un meilleur mot, et je ne parle pas seulement de la couleur de ses ongles.

Mais non. Je ne peux pas. Ça ressemblerait trop à un vrai rencard. Et c'est la sensation que j'aurais aussi, ce qui est la dernière chose dont on a besoin.

Je referme mon ordinateur, me dirige vers mon télescope et me détends en observant ma famille de faucons.

———

Le lendemain, à la fin de l'entraînement, je me rends compte que je n'ai presque plus de voix à force de hurler sur mes coéquipiers pathétiques.

Transpirant à grosses gouttes, j'approche du coach, qui est en train de parler avec Calliope, et entends cette dernière demander :

— Vous devriez peut-être l'inscrire à des cours de gestion de la colère ?

— Oublie ça, grogné-je. Par contre, tu *pourrais* inscrire ces paresseux à des cours d'introduction au hockey.

Le coach se tourne vers moi.

— Je sais que tu veux gagner, mais tu te mets peut-être un peu trop la pression, ainsi qu'aux autres ?

Je le regarde en plissant les yeux.

— Tu ne devrais pas vouloir qu'on gagne encore plus que moi, Coach ?

— C'est un match amical, me rappelle-t-il. Un entraînement amélioré. Il n'y a aucun argent à gagner. Aucun impact sur notre classement. Ça ne compte pas.

Je secoue la tête avec véhémence.

— Quand on les aura battus, notre récompense sera l'expression sur leur visage.

Surtout un visage spécifique.

— *Si* on les bat, rétorque le coach en insistant sur le premier mot. Nos chances d'y arriver sont minces. Leur équipe est bien plus forte et…

— C'est pour ça qu'ils seront trop confiants, l'interromps-je. Ils ne donneront pas tout ce qu'ils ont… pour les raisons que tu viens de mentionner.

— Pourquoi tu tiens tant à les battre ? demande Calliope au moment où Dante arrive et retire son masque, manquant de tous nous aveugler avec sa pâleur.

— Parce qu'ils l'ont viré, répond-il sans hésiter. Et il ne veut pas seulement battre l'équipe, il veut surtout battre Mason Tugev. La personne responsable de son licenciement.

Je réfrène toutes mes pulsions violentes. Dante est un ami. En plus, c'est un excellent gardien, et on a besoin de lui pour le match en question.

— Tugev prétend que c'est leur coach qui m'a viré, articulé-je entre mes dents. Si j'ai envie de le battre, c'est parce qu'il se prend pour le meilleur de toute la ligue.

— Et le reste du monde est d'accord, rappelle Dante. Mis à part nous, bien sûr.

— Mason Tugev, répète Calliope, sourcils froncés. Ce type n'est pas milliardaire ?

— Tout à fait, acquiescé-je d'un ton lugubre. Tout cet argent l'a ramolli, j'en suis sûr.

— Il est propriétaire de l'équipe, maintenant, ajoute le coach. Alors il songe sûrement plus à la retraite qu'à la victoire.

— Et voilà, dis-je. C'est peut-être ma dernière chance de le battre.

— Tu veux dire que c'est la dernière chance pour *ton équipe* de battre la *sienne* ? demande le coach avec un sourire narquois.

— Mais bien sûr, c'est tout à fait ce qu'il voulait dire, répond Calliope en levant les yeux au ciel. L'égo de cet homme fait la taille du mont Everest.

Dante lui donne une tape dans la main et je suis à deux doigts de lui casser le bras pour avoir osé la toucher – ami/gardien ou pas. La seule chose qui m'en empêche, c'est la main du coach sur mon épaule.

Il me comprend mieux que quiconque.

— Alors, Calliope, dit le coach. Tu as besoin d'aide pour organiser d'autres pitreries ?

Ce connard me lance un regard appuyé.

— En fait, oui, répond-elle. Mais j'hésite entre en parler avec les autres avant où me lancer le jour J.

— Parles-en avec *lui,* disent Dante et le coach à l'unisson en me regardant.

— Surtout si tu prévois ça pour le match contre les Yétis, ajoute le coach.

Elle soupire.

— OK. Je voulais vous attaquer avec un doigt en mousse géant chaque fois que vous marquerez.

— Tu as des pattes en peluche, fait remarquer Dante. Comment tu vas faire pour tenir un doigt en mousse géant ?

— Ne mettons pas la charrue avant les *ours,* répond-elle.

Je serre les dents.

— Très bien, lâché-je. Tu peux utiliser le doigt.

Mais seulement parce que ce plan prend pour acquis qu'on marquera des buts.

— J'appellerai ce numéro « Michael se fait doigter », dit-elle en gloussant.

Le coach et Dante laissent échapper un rire tonitruant, et ma seule option non violente reste de tourner les talons et de partir.

Quand je sors des vestiaires, Calliope m'attend, et elle est particulièrement délicieuse, maintenant que ce costume de mascotte encombrant ne dissimule plus ses courbes.

— Hé ! lance-t-elle, tu es fâché ?

— Fâché, ou fou ?

Après tout, j'ai accepté de sortir avec cette femme.

— Non, fâché, insiste-t-elle en levant les yeux au ciel.

Tu t'es montré d'une gentillesse peu commune en acceptant... appelons ça le projet « Doigt en mousse ». Et j'ai fait une blague à tes dépens au lieu de te remercier.

— Une gentillesse peu commune ? répété-je en haussant un sourcil. Je crois que tu es encore moins douée que moi pour t'excuser.

— Désolée. On peut y aller, maintenant.

— Ouais.

Comme possédé, je lui prends le coude dès maintenant — alors qu'il n'y a aucun journaliste en vue. Si ça la dérange, elle n'en montre rien, on marche donc comme ça jusqu'à sa voiture.

— Donc..., commence-t-elle en faisant un signe de tête vers les idiots avec leurs appareils photo, tout se mordant la lèvre. On y va ?

Oh oui. Je l'embrasse à nouveau, et son goût de barbe à papa est aussi enivrant qu'excitant. Le monde autour de nous disparaît, du moins jusqu'à ce qu'elle s'écarte doucement — c'est à ce moment-là que j'entends le cliquetis des appareils photo par-dessus les battements de mon cœur.

— On se voit demain, dit-elle d'une voix timide.

La meilleure réponse que je peux offrir, c'est un grommellement. Mais bon, ça aurait pu être pire.

J'aurais pu grogner.

———

Les jours suivants passent dans un brouillard. Je m'entraîne comme si ma vie dépendait de cette victoire, puis j'embrasse Calliope devant les objectifs avec une ferveur similaire, et sans me soucier d'avoir les couilles bleues. Après ça, je me masturbe, je bosse sur la levée de fonds, j'observe les faucons et je vais dormir, puis tout recommence.

— Donc…, commence Calliope quand on se sépare avec réticence après notre baiser le jour de notre vol. On se voit dans l'avion, hein ?

— Exact.

Je doute que ce soit nécessaire, mais j'ai déjà prévenu mes coéquipiers que je m'assoirai à côté d'elle et qu'ils avaient intérêt à garder leur distance sous peine de… d'éprouver beaucoup de peine.

— Pourquoi tu poses la question ? Tu voulais qu'on regarde un film ensemble ?

Ses yeux s'illuminent.

— On peut ?

— Bien sûr. Tu aimes quel genre de films ?

Elle lance un regard à Wolfgang.

— *Ratatouille* est mon film préféré, mais j'aime aussi *Encanto*… pour les amis de Bruno.

Grâce à mon projet secret, je connais les films en question, alors je demande :

— On a le droit de parler de Bruno ?

Elle écarquille les yeux.

— Tu as raison. On ne parle pas de Bruno. Non. Non. Non.

Je résiste à l'envie de l'embrasser à nouveau.

— Donc… il y a toujours des rats dans les films que tu aimes ?

Elle secoue la tête.

— J'aime *Stuart Little,* et c'est une souris.

— Ah. Tu aimes les rongeurs, alors.

Elle secoue à nouveau la tête.

— J'aime Pikachu, et c'est un Pokémon… une créature fictionnelle avec des superpouvoirs.

— Ouais, mais il ressemble quand même à un rongeur.

Elle plisse les yeux.

— Comment ça se fait que tu en saches autant sur tous ces trucs pour enfants ? Tu en as ?

— Non.

— Des nièces ou des neveux ?

— Non, répété-je d'une voix plus brusque que je le voulais. Je n'ai *aucune* famille.

Bordel de merde. Comment on a pu en arriver à parler de ça ?

Elle me regarde, bouche bée.

— Aucune ?

— Non. J'ai grandi dans un orphelinat en Russie… et moins j'en parlerai, mieux ce sera.

Sinon, je risque de péter un câble contre les abrutis des médias non loin de là, et ça ne plairait pas au responsable des relations presse de l'équipe.

— Je suis désolée, murmure-t-elle, les yeux levés vers moi. Je ne savais pas.

Je sens un muscle palpiter sur ma mâchoire.

— On peut changer de sujet ?

— Oui. Bien sûr. Finissons notre discussion sur les

films. Qu'est-ce que tu aimes ? On pourrait peut-être en trouver un qui nous plaira à tous les deux ?

— J'aime les films avec des espions et des superhéros, dis-je. Mon personnage préféré, c'est Black Widow.

Elle lève les yeux au ciel.

— C'est parce que tu trouves Scarlett Johansson sexy ?

— Non. Je m'identifie à l'histoire du personnage.

Merde. Pourquoi j'ai dit ça ?

Quand Calliope me dévisage comme s'il m'était poussé une deuxième tête, je suis obligé d'expliquer.

— Elle est née en Russie, elle a été recrutée dans un programme d'entraînement exténuant. La seule différence, c'est le curriculum : l'espionnage d'un côté, le hockey de l'autre.

Elle continue de me regarder fixement, un kaléidoscope d'émotions passant sur son visage.

— Alors quand le coach a dit que tu avais commencé le hockey à quatre ans… ce n'était pas de ton plein gré ?

— Non, mais j'ai commencé à aimer le hockey peu de temps après, et je comprenais que ma vie serait bien pire, sans ça. Malgré tout, je ne recommanderais pas les méthodes d'entraînement de l'ère soviétique, même à mes ennemis.

Elle prend ma main, refermant sa petite paume douce et chaude autour de mes doigts.

— Je suis désolée… encore.

— C'est bon, dis-je avec un signe de tête vers les journalistes. Ils doivent récupérer d'excellentes photos de nous en pleine discussion à cœur ouvert, c'est déjà ça.

— Ouais, acquiesce-t-elle en lâchant ma main.

Le contact de sa peau me manque aussitôt, mais je ne peux pas le lui dire.

— Tu as des suggestions de films ? demandé-je à la place.

Elle hoche la tête.

— Pourquoi pas *The Suicide Squad* ?

Je penche la tête.

— Le premier, ou le plus récent ?

J'ai entendu dire que la première version était nulle.

— Seule la version récente à un « the » dans le titre, répond-elle. Et c'est la seule où il y a Ratcatcher 2, un personnage qui aime les rats tout autant que moi.

— Pas de spoilers, dis-je d'un ton bourru. Je ne l'ai pas vu.

— Oh, répond-elle en souriant. Tu vas te régaler.

Merde. Pourquoi j'ai l'impression que cette séance de film est un rencard ? Le pire, c'est qu'on ne peut même pas se dire qu'on fait ça pour maintenir notre subterfuge, puisqu'on sera dans les airs et que personne ne nous verra, sauf mon équipe, qui croit déjà qu'on est en couple.

— Tu crois que ce serait une bonne idée de s'embrasser encore ? demande Calliope d'une voix timide. Je suppose que c'est ce que font les vrais couples après une discussion à cœur ouvert.

Une bonne idée ? Oh que non ! Mais je l'attire à moi quand même et l'embrasse de toutes mes forces.

CHAPITRE 12
CALLIOPE

Durant le trajet de retour chez moi, puis celui jusqu'à l'aéroport, je songe à ce que j'ai appris sur Michael aujourd'hui — et j'étoffe ces infos avec tous les petits détails que j'arrive à trouver en ligne. Apparemment, quand il était bébé, il a été abandonné devant la porte d'un orphelinat de Novossibirsk, une ville de Sibérie, dans une région de Russie réputée pour être si froide et sombre que, pour punir les gens, on les envoyait autrefois en exil là-bas. À quatre ans, Michael a été découvert par un coach de hockey pour ses aptitudes pour ce sport. Il a eu toute une carrière de hockey en Russie quand il était ado et, une fois adulte, il a déménagé aux États-Unis.

Moi qui fais partie d'une famille très grande et tapageuse, je n'imagine même pas ce que ce serait de grandir sans eux. Ni de vivre dans un endroit aussi glacial que Novossibirsk. Les journées les plus chaudes sont juste en dessous de nos jours les plus froids, ici en

Floride, alors je frissonne rien que d'imaginer leurs hivers.

Michael et moi avons une chose en commun, cependant : quelqu'un nous a entraînés très tôt dans notre vie. Mais dans mon cas, c'était plutôt indulgent, tout bien considéré.

Alors oui, Michael a eu des débuts difficiles dans la vie, ce qui explique peut-être en partie son côté grincheux.

Mon cœur se serre quand je l'imagine en tant que petit garçon, avec ses yeux noirs mélancoliques et la moustache la plus précoce de toute l'Histoire. Si j'avais une machine à remonter dans le temps, je…

La voiture s'arrête, interrompant mes pensées. La portière s'ouvre, révélant Michael dans toute sa gloire.

Mon cœur déjà débordé fait un saut périlleux. Il porte un débardeur et un short qui exhibe ses jambes puissantes et délicieusement poilues. Oh, et il a taillé sa barbe.

— Non, dit-il d'un ton sévère au chauffeur, qui vient d'ouvrir le coffre. Je m'occupe de ses bagages.

Pendant qu'il ramène ma valise, je prends ma caisse de transport à rats sur le siège à côté de moi et sors.

— Combien de rats tu as là-dedans ? demande Michael, les yeux fixés sur la caisse.

— Six, dis-je. Ceux que tu n'as pas encore rencontrés s'appellent Lénine, Marco, Polo, Damon et Cataire.

— Lénine ? répète Michael en haussant un sourcil. En référence à…

— Un camarade de ta mère patrie, acquiescé-je en pointant Lénine du doigt pour lui montrer la ressemblance troublante.

— Pourquoi ? demande-t-il.

Hmm. Il n'a pas l'air de la voir.

— Il s'est mis à ressembler à son homonyme en grandissant, mais même quand il était petit, il avait un côté communiste ; jamais satisfait par le nombre de friandises que je lui donnais, ou de la distribution de friandises en général. J'ai envisagé de le nommer Karl, en référence à Marx, mais j'aurais eu deux rats avec des noms allemands.

— Tu as bien Marco et Polo. Ce ne sont pas deux noms italiens ?

Je soupire.

— Marco et Polo sont des jumeaux, alors… je pense que ça justifie une exception.

Enfin, je suppose qu'ils sont jumeaux. Ils viennent de la même portée et se ressemblent comme deux gouttes d'eau.

Il scrute les rats dans la caisse de transport avec fascination.

— Les six ont l'air identiques, à mes yeux.

— Waouh. C'est vraiment ratiste, de dire ça.

Il lève les yeux au ciel.

— Tu es prête à embarquer ?

Je hoche la tête et on grimpe dans le jet privé, qui est aux avions de ligne ce qu'est la première classe aux bus. Les sièges sont plus grands que mon fauteuil chez moi, et il y a assez de place autour de chacun d'eux pour qu'un homme de la taille de Michael puisse s'étirer confortablement.

— Ici, dit-il avec un geste vers une paire de sièges adjacents près du coach et de Dante. Assois-toi là.

Je m'exécute et, avant que j'aie pu faire la moindre remarque sur l'aspect confortable des coussins, il s'installe à sa place et appuie sur un bouton qui rapproche nos sièges, les transformant en causeuse improvisée.

Je rêve où j'entends ses coéquipiers glousser ?

Michael leur lance un regard mauvais et ils se taisent tous.

— On va regarder *The Suicide Squad,* annonce-t-il. Quelqu'un a un problème avec ça ?

Personne n'admet avoir un problème, mais Dante marmonne que ce n'est pas un film très romantique.

— Je peux vous offrir quelque chose à boire ? propose une hôtesse de l'air qui doit travailler comme ninja le soir et comme mannequin les week-ends.

— Un jus de tomate, répond Michael.

— Sans alcool, dit-elle d'un ton approbateur tout en battant de ses cils ridiculement longs. Vous avez ce match important demain.

Sérieux ?

— Je vais prendre un Bloody Mary, lancé-je d'un ton très appuyé.

C'est à croire que la femme n'avait vraiment pas remarqué ma présence jusqu'à cet instant, à voir l'expression de son visage parfait.

— Tout de suite, répond-elle d'un ton désinvolte.

Elle reporte ensuite son attention sur Michael et susurre :

— Vous voulez du sel dans votre jus ?

Oh, je vous en prie. Pourquoi elle ne m'a pas demandé quelle quantité de vodka je voulais dans ma boisson, ou de sauce épicée, et ainsi de suite ? Et puis j'ai le drôle de pressentiment qu'elle a l'intention d'y ajouter un crachat, peut-être même une touche de cyanure.

À sa décharge, Michael se contente de refuser d'un grognement sans même lui accorder un regard.

— Vous voulez autre chose ? demande-t-elle d'un ton sous-entendant que ses parties intimes sont sur la liste des propositions.

Michael me regarde, et ce doit être mon imagination, mais je crois voir le coin de ses lèvres s'étirer, comme en une esquisse de sourire.

— Tes rats veulent boire quelque chose ?

— Des rats ? répète l'hôtesse de l'air, ses yeux s'arrondissant tellement qu'ils auraient eu leur place dans un dessin animé.

Je lui présente la caisse de transport comme Rafiki avec Simba.

La meilleure expression pour décrire ce qui arrive à l'hôtesse de l'air serait qu'elle « a des vapeurs ». Elle hurle comme une banshee en rut, devient encore plus pâle que Dante, puis escalade le coach comme un arbre.

— Mes rats sont inoffensifs, assuré-je quand elle a cessé de hurler. Et ils sont dans leur caisse.

Pour l'instant, en tout cas. J'envisage de les laisser

sortir se dégourdir les pattes, mais entre les turbulences possibles et tous ces gigantesques joueurs de hockey, je ne suis pas sûre d'avoir envie de prendre le risque.

L'un des pilotes arrive, accompagné d'une autre hôtesse de l'air — une femme encore plus attirante que l'hystérique.

— Quel est le problème ? demande le pilote.

Je leur montre ma caisse de transport.

— Je crois qu'elle a peur de mes animaux de soutien émotionnel.

Le pilote et l'autre hôtesse de l'air réagissent avec tant de calme à la vue de mes rats que c'est à croire qu'ils rencontrent des passagers comme moi tous les jours.

— Hé, Précieuse, dit le pilote en regardant l'hôtesse de l'air perchée sur le coach. Tu vas réussir à te ressaisir ?

Précieuse ? Elle a été nommée par Gollum ?

Avec un effort visible, Précieuse descend du coach et secoue la tête. Un cafouillage s'ensuit, durant lequel Précieuse est échangée contre quelqu'un de beaucoup moins musophobe. Pendant ce temps-là, les joueurs de hockey taquinent le coach parce qu'il est troublé de s'être fait agresser par une femme qui n'est pas son épouse.

— Désolée, tout le monde, dis-je une fois que les blagues à l'encontre du coach se sont calmées. Je ne voulais pas nous retarder.

— Ne t'en fais pas, répond Dante. Elle a essayé de

flirter avec ton homme, alors tu as lâché une nuée de rats sur elle. C'est logique.

Je fronce les sourcils.

— Un groupe de rats est appelé une bande.

— On ne dit pas une colonie ? demande Jack le kangourou.

— Une bande, insisté-je avec fermeté.

— Une nuée, c'est pour les sauterelles, intervient le coach, l'air ravi qu'on ait changé de sujet.

— Précieuse a de la chance d'être partie avant que le film commence, dis-je. Il y a…

— Pas de spoilers, grogne Michael. En fait, et si on lançait ce foutu film avant que quelqu'un gâche tout ?

En réponse, un grand écran se déroule devant nous, et le logo du studio de cinéma apparaît.

À la moitié de la première scène, on nous demande de mettre notre ceinture et de nous préparer au décollage. Dès qu'on est autorisés à ôter notre ceinture, Michael se rapproche et passe son grand bras autour de moi, provoquant un court-circuit dans mon cerveau.

Je refuse toutes les boissons et la nourriture offertes et ne rappelle à personne que j'ai demandé un Bloody Mary qui n'est jamais arrivé, parce que je ne suis pas sûre qu'il ne contiendra pas de la salive de Précieuse — ou pire encore. Je suis bien contente d'avoir déjà vu ce film, parce que je ne me souviendrais sûrement de rien mis à part la chaleur du bras de Michael. Il n'est pas seulement chaud, il est torride. Il reste sur mon épaule jusqu'à l'apparition du générique et, à ce moment-là, mes ovaires ont dû libérer une douzaine d'ovules désormais cuits comme des œufs au plat dans mon utérus.

— Vous ne trouvez pas ça suspect, qu'on atterrisse juste au moment où le film se termine ? demande Dante.

— Une coïncidence, assure le coach. Ce film dure environ deux heures, tout comme le trajet en avion de la Floride à New York.

Tout le monde discute de ça pendant que Michael et moi nous esquivons pour sauter dans l'une des limousines qui nous attendent.

Une fois dans le véhicule, et malgré toute la place indécente à l'intérieur, on s'assoit l'un à côté de l'autre, si près que j'éprouve à nouveau des chatouillis.

— J'ai vraiment aimé ce film, dit-il au moment où on démarre. Merci.

Un film ? Quel film ? Tout ce dont je me souviens, c'est de son bras autour de mon corps, et des vagues successives d'hormones du bonheur.

Je racle ma gorge très sèche, pour une raison inexplicable.

— Tu te sens prêt pour le match de demain ?

Il hoche la tête.

— Je vais écraser Tugev.

J'émets un petit rire.

— Super. Ce n'est pas du tout ce que dirait un méchant diabolique. Pas du tout.

Il hausse les épaules.

— Comme tu viens de le voir dans ce film, la différence entre méchant et héros peut être mince.

Avant que j'aie pu répondre, Wolfgang émet un petit couinement dans la caisse de transport.

— Ah, c'est vrai.

Je le fais sortir et le laisse se percher sur mon épaule.

— Bravo, tu as été patient jusqu'à maintenant.

Wolfgang me regarde en clignant des yeux.

Meine Liebe, la meilleure manière de me montrer ta gratitude serait une portion de fromage.

— Très bien, lui dis-je. Je commanderai une assiette de fromage quand on sera à l'hôtel.

Toute la bande émet des piaillements excités. Ils semblent comprendre le mot en « f ».

— Tu leur parles ? demande Michael.

Il n'a pas l'air désapprobateur, comme mon ex, juste curieux. J'esquisse un sourire penaud.

— Ce sont mes amis.

— Je pense que je comprends, répond-il.

Je l'examine d'un air sceptique.

— Ah oui ?

— Pourquoi pas ? demande-t-il. Tu me prends toujours pour un monstre ?

Wolfgang dresse les oreilles. Il doit avoir entendu « munster ».

— C'est juste que tu n'as jamais mentionné avoir des animaux de compagnie, dis-je.

— Quand est-ce que j'étais censé le mentionner ? Après que tu m'as écrasé une tarte en pleine face ? Ou quand tu m'as fait faire le mort... comme un foutu chien ?

Je lève les yeux au ciel.

— Tu as oublié « après avoir été agressé par un doigt en mousse géant ».

— Je n'ai pas oublié, grogne-t-il. Le doigt en mousse m'attend dans un futur proche… mais je suis sûr que tu vas me poser toutes sortes de questions personnelles, ensuite.

— Eh, c'est toi qui as commencé, rappelé-je, parce que c'est la réponse la plus mature qui me vient à l'esprit. En plus, tu m'interdis de faire des farces à quelqu'un d'autre que toi.

— Peu importe, dit-il d'un ton bourru.

Il attend une seconde, puis admet :

— Je n'ai pas d'animaux de compagnie.

Je plisse les yeux.

— Mais il y a quelque chose. Je le sens.

— Pas d'animaux, répète-t-il, mais il semble étrangement hésitant.

— Un aquarium, peut-être ? suggéré-je. Avec un lompe à épines dedans ?

C'est un poisson que possède l'un de mes cousins, et je n'ai jamais vu une créature ressemblant autant à son nom ni à son propriétaire.

— Je n'ai aucun animal, articule-t-il entre ses dents. J'observe juste les oiseaux.

Il est ornithologue amateur ? Je n'aurais jamais deviné.

— Quel genre d'oiseaux ?

— Toutes sortes.

Je souris.

— Alors… des pingouins ? Des autruches ?

Sa mâchoire se contracte.

— Je les observe dans la nature, pas dans un foutu zoo.

— Ah, alors des oiseaux de Floride ?

Il hoche la tête.

— Des ibis blancs, des geais buissonniers, des tantales d'Amérique, des passerins nonpareils, des milans des…

Je glousse.

— Tu es spécialisé dans les oiseaux aux drôles de noms ?

— Non. Je les énumérais par ordre de rareté.

Waouh. Il est *vraiment* passionné par ça.

— Pourquoi tu ne prends pas un oiseau comme animal de compagnie ?

— Parce que les oiseaux sont faits pour voler. Comment ils pourraient faire ça en intérieur ?

Je hausse les épaules.

— Tu pourrais accueillir un oiseau ayant perdu une aile, ou un truc comme ça ?

Il prend un air songeur, puis secoue la tête.

— Je préfère les observer dans leur habitat naturel.

Il hésite, puis ajoute :

— En ce moment, j'observe une famille de faucons.

Je hausse un sourcil.

— Comment tu sais que c'est une famille ?

— Je les ai vus construire un nid, puis elle a pondu un seul œuf, explique-t-il, prenant une expression plus sombre. Il aurait dû y en avoir entre trois et six.

— Waouh, dis-je. J'ai l'impression que tu t'es attaché à eux.

— Non, répond-il dans un grognement peu convaincant.

— Tu leur as donné un nom ?

Sa mâchoire se contracte.

— Qu'est-ce que ça prouve, putain ?

— Alors c'est un oui, lancé-je d'un ton triomphant. Comment ils s'appellent ?

Il fronce les sourcils.

— Ethan et Mo pour les parents, Œil pour l'oisillon.

Ce sont ses faucons de compagnie, aucun doute. Ils vivent juste dehors. C'est alors que je réalise les noms qu'il vient de prononcer et souris comme une idiote.

— Un faucon qui s'appelle Œil ? C'est une référence à Œil-de-Faucon, le meilleur ami de Black Widow ?

Son froncement de sourcils est remplacé par une esquisse de sourire qui monte jusqu'à ses yeux, et c'est la seule confirmation dont j'avais besoin.

— Et sachant qu'en anglais, « faucon » se dit « hawk », les parents sont donc Mo Hawk et Ethan Hawk ?

Son sourire étire pour de bon ses lèvres délicieuses — qu'on voit à peine sous sa barbe.

— Espérons que les faucons ne rencontrent jamais tes meilleurs amis, parce qu'ils les mangeraient.

Je balaie cette remarque de la main.

— Mes rats vivent en intérieur.

Et c'est un habitat plutôt naturel, pour eux.

— Tu es sûre ? remarque-t-il avec un geste vers Wolfgang.

Je me renfrogne.

— Si un imbécile d'oiseau s'avisait de tenter de s'en prendre à lui, je lui casserais le bec.

L'estomac de Michael gargouille, fort.

— J'aurais dû manger quelque chose dans l'avion.

— En fait, j'ai faim aussi.

Je me délecterais bien de ses lèvres cachées… mais de la nourriture ne serait pas mal non plus.

Il donne un petit coup sur la paroi qui nous sépare du chauffeur. Quand elle s'abaisse, il lui demande s'il y a de quoi grignoter dans sa voiture, et on nous présente un menu digne d'un restaurant chic — qui inclut une assiette de fromages.

La paroi se referme et je laisse sortir les rats pour qu'ils puissent se régaler avec nous. Ça n'a pas l'air de déranger Michael le moins du monde.

— Tu sais, dit-il tout en portant un biscuit couvert de caviar à sa bouche, je t'ai parlé de ma situation familiale, ou de son inexistence, mais tu ne m'as jamais parlé de la tienne.

Ah. Ça. Je crains qu'il ne veuille même plus faire semblant de sortir avec moi, s'il en apprend plus sur ma famille. D'un autre côté, s'il est comme ça, qu'il aille se faire foutre. Je n'aurais pas envie de sortir avec lui non plus. Pour de faux, je veux dire.

Alors tout en dévorant les amuse-bouches raffinés, je lui explique que j'ai grandi dans un cirque, avant d'énumérer les « métiers » les plus extravagants des membres de ma famille.

— Une seconde, dit-il quand je mentionne mes grands-parents. Tu plaisantes, ou ton pépé était vraiment un boulet de canon humain ?

Ce n'est qu'avec ça qu'il pense que je plaisantais ? Alors que j'ai mentionné un cousin au numéro de régurgitation ?

— Non, je suis sérieuse. Pépé a été tiré d'un canon jusqu'à ce qu'il prenne sa retraite. Oh, et son numéro a été retiré du spectacle aussi, expliqué-je en souriant. Ils n'ont pas pu trouver un autre homme de son calibre.

Au cas où ce ne serait pas clair, j'ajoute :

— C'était une blague.

Michael grogne.

— Tous les meilleurs comédiens préviennent les gens quand ils viennent de faire une blague.

— J'ai encore d'autres blagues en stock, dis-je.

Il hausse un sourcil sexy et broussailleux.

— Tu sais comment on appelle le numéro qui consiste à manger un membre de ma famille ?

Il secoue la tête.

— Je te donne un indice. Pourquoi tu ne voudrais pas manger un membre de ma famille ?

Il me regarde comme si j'avais besoin d'un psy.

— Parce que… ce serait du cannibalisme ?

— Faux. Les réponses respectives sont : « feuille de rose » et « parce qu'on a un drôle de goût ».

— Je ne comprends pas, dit-il. C'est fait exprès ?

— Oh, allez. Notre nom de famille est Klauncul,

rappelé-je en le prononçant comme tous les autres le font, cette fois.

— Clown cul ? dit-il en penchant la tête. Tu n'as pas dit que c'était « clow-un-coul » ?

Je soupire.

— C'est clown cul. Je ne voulais pas te donner d'autres munitions, c'est tout.

Il grogne encore.

— Je comprends, maintenant, même si je le regrette. « Feuille de rose » signifie faire un anulingus en argot, et on ne voudrait pas manger un clown parce qu'ils ont un drôle de goût.

J'applaudis lentement et lève les yeux au ciel.

— Tu te crois plus doué que moi pour faire des blagues ?

Il plisse les yeux.

— Un homme se perd dans les bois et se met à hurler. Un ours arrive vers lui et lui demande pourquoi il fait tout ce bruit. « Je suis perdu, s'exclame l'homme. J'espérais que quelqu'un m'entende. » L'ours montre les dents. « Je t'ai entendu. Tu te sens rassuré, maintenant ? »

Je réprime un petit rire.

— C'est un test ?

Il s'immobilise, sur le point de mordre dans un biscuit.

— Quoi ?

— Tu racontes une blague avec un ours, je ris, et tu t'énerves.

Il pousse un soupir.

— Tu as le droit de rire quand je fais une blague avec un ours. Contente-toi de ne pas me qualifier d'ours.

— Marché conclu, dis-je.

Mais je ne peux m'empêcher de lui demander pourquoi c'est un sujet aussi sensible pour lui. Il m'explique, et bizarrement, c'est logique. En tant que Klauncul, je peux comprendre.

— C'est pour ça que tu détestes la mascotte ? demandé-je en tapotant ma valise, où Monsieur Bloom est rangé sous vide dans un sac spécial.

— Je déteste savoir que des gens *me* qualifient de mascotte dans mon dos.

Ah.

— Qui ?

Ils sont suicidaires ?

Il serre et desserre les poings.

— Les joueurs des autres équipes qui parlent le russe.

— Ils ne doivent pas être si nombreux que ça.

Ça explique pourquoi il a cassé autant de nez sur la glace, par contre.

— Dix pour cent des joueurs de la ligue sont russes, précise-t-il. En plus, des tas de gens comme Tugev ne sont pas russes, mais parlent assez cette langue pour pouvoir se moquer de moi.

Waouh.

— Je ne m'attendais pas à ce qu'ils soient aussi nombreux.

— Oh, c'est pas grand-chose. Il y a quatre fois plus

de Canadiens, répond-il en s'essuyant les mains sur sa serviette.

Je l'imite.

— Ça m'étonne moins.

— Ouais, répond-il. Dante est canadien.

— Ah oui ? J'aurais plutôt dit transylvanien.

Cette fois, Michael sourit pour de bon, exhibant ses dents blanches, et c'est un grand moment, comme un lever de soleil sur un océan déchaîné.

Comme dotée d'une vie propre, ma main se pose sur sa cuisse.

— Je ne ferai plus jamais de blague sur les ours.

Ses yeux se réchauffent.

— Et je ne commencerai jamais à en faire sur les culs de clowns.

Je me rapproche de lui.

— Marché conclu.

Il se penche vers moi.

— Il faut qu'on scelle ce marché dignement.

Je ne sais pas trop qui bouge en premier, mais nos lèvres se joignent.

Le monde entier commence à disparaître… c'est alors que cette fichue limousine s'arrête.

CHAPITRE 13

MICHAEL

ordel de merde. Je ne sais pas contre qui je suis le plus furieux : nous deux pour avoir décidé de nous embrasser sans le moindre appareil photo en vue, ou le chauffeur pour nous avoir interrompus.

— On est arrivés, dit Calliope en touchant ses lèvres pulpeuses et en se raclant la gorge. Et ça vaut sûrement mieux.

— Ouais. On n'aurait pas dû faire ça.

C'est comme manger du bacon couvert de chocolat — c'est bon sur le moment, mais ça a un effet néfaste sur votre cœur.

Les narines de Calliope se dilatent.

— Vraiment pas. Qu'est-ce qui nous a pris ?

Je pousse un soupir.

— Tu viens de dire qu'il valait peut-être mieux que…

— Et c'est vrai. On ne devrait faire ce genre de truc que quand quelqu'un nous regarde. Autrement, à quoi ça sert ?

— Je suis d'accord.

Je sors, manquant d'arracher la portière de la limousine, et libère ma frustration en aboyant sur le chauffeur et le bagagiste qui tentent d'aider Calliope avec sa valise.

Ces foutus journalistes sont là, et prennent des photos pendant que j'emporte ladite valise à l'intérieur.

— C'est pour ça que tu insistes pour porter mes affaires ? demande-t-elle quand on entre dans l'hôtel. Pour les photos ?

— Ouais, articulé-je entre mes dents. Je ne peux pas faire un truc gentil sans que ce soit froidement calculé.

— Je t'en prie. Tu ne fais pas ça par gentillesse. C'est juste un comportement de macho.

Je décide de réagir en adulte et de ne pas répondre, même si ce doit être le truc le plus difficile que j'aie jamais fait. Au lieu de ça, je m'avance vers la concierge la plus proche, m'assure qu'elle ne puisse pas voir la caisse de transport des rats et lui donne nos noms.

— Ah, bien sûr, répond-elle avec un sourire conspirateur. On sait qui vous êtes, tous les deux, alors on a amélioré votre chambre.

Elle nous tend une clef d'accès à Calliope et moi avant d'expliquer comment entrer dans la chambre en question.

— Je suis sûre qu'elle vous plaira.

Elle accompagne les deux derniers mots d'un léger mouvement de ses sourcils dessinés au crayon.

Bordel. Jusqu'ici, j'ai fait de mon mieux pour ne pas penser au fait qu'on va partager la même chambre, mais les insinuations de la concierge — ou quoi que ça ait pu être — me ramènent à la réalité de notre situation.

On va respirer le même air. Calliope va se retrouver dans la même douche que…

— Excusez-moi, lâche Calliope, pourquoi avoir dit « vous plaira » comme ça ?

La concierge devient rouge comme une tomate.

— Parce que la vue sera magnifique ? Et le…

— Laissez tomber, crache Calliope.

Elle se dirige vers l'ascenseur sans attendre de voir si je la suis, et je dois courir pour la rejoindre avant que les portes se ferment.

— Ce foutu bouton pour fermer les portes ne marche pas, marmonne Calliope, l'air de s'adresser à Wolfgang.

— C'est très mature, dis-je.

Calliope émet un soupir agacé et on monte vers le dernier étage sans un mot. Le silence se poursuit durant tout le trajet jusqu'à la porte ouvragée de notre chambre.

On ne se remet à parler qu'une fois à l'intérieur — à supposer qu'une bordée de jurons puisse être qualifiée comme telle.

— Ils nous ont donné une suite de lune de miel, dit Calliope une fois à court d'injures.

Vu qu'elle ne parle qu'une seule langue, son vocabulaire est plus limité que le mien à ce niveau-là.

Je lance un regard noir à l'énorme lit à baldaquin couvert de pétales de rose.

— Il y a forcément un autre endroit où l'un de nous pourra dormir.

Elle écarquille les yeux et court vers une porte toute proche.

— C'est une salle de bain, annonce-t-elle avant d'ouvrir l'autre porte. Et ça, c'est une penderie.

— Alors… il n'y a qu'un seul lit, putain ?

Compte tenu de la taille de cette suite, ils auraient pu ajouter un autre lit, mais quelqu'un a préféré insérer un espace repas ouvert inutile à la place. Il y a aussi un jacuzzi, mais on risquerait de se noyer, si on dormait là-dedans.

— Et puis merde, lâche-t-elle.

Elle sort de la chambre et retourne dans l'ascenseur si vite que j'ai du mal à suivre. Elle s'avance à grands pas vers la concierge et exige qu'elle nous donne la chambre qu'on avait réservée au départ.

— Mais pourquoi ? demande la concierge, l'air déconcertée. Votre nouvelle chambre est la meilleure dont on dispose.

— Parce qu'elle l'a dit, grogné-je.

La concierge pâlit.

— Je suis désolée. Votre chambre initiale n'est plus disponible.

— Très bien. Donnez-nous une autre chambre,

alors… avec deux lits séparés, demande Calliope. Ou bien deux chambres.

La concierge recule d'un pas.

— Pardonnez-moi. On est l'hôtel le plus proche du stade et avec le match qui arrive, on n'a plus de chambre disponible.

— Dans ce cas, on va s'installer dans un autre hôtel, menace Calliope.

— Il est vingt-et-une heures, rappelle la concierge. Et le match a lieu demain. Vous n'avez quasiment aucune chance de trouver une chambre.

— Et il n'y a pas de « nous », intervins-je d'un ton catégorique. Je n'irai pas dans un autre hôtel.

Calliope se tourne vivement vers moi.

— Ah non ?

— Je dois me coucher tôt, la veille d'un match.

En fait, je compte aller dormir dans environ une heure.

— Très bien, articule Calliope entre ses dents avant de repartir en trombes vers cette foutue suite.

Je la suis. Elle déambule d'un mur à l'autre, examinant notre chambre comme si un autre lit se cachait peut-être quelque part.

— Tu te rends bien compte que la concierge pourrait parler de cet incident à un journaliste, lui fais-je remarquer. Et que ça pourrait lancer la rumeur qu'on a rompu ?

Elle étrécit les yeux.

— Tu es en train de dire que tu as *envie* qu'on dorme dans le même lit ?

— Non, grogné-je. Mais qui a dit qu'on était obligés de le faire ? Ça ne me dérange pas de dormir par terre.

Elle baisse les yeux comme si elle n'avait pas remarqué le sol jusqu'alors, puis secoue la tête.

— Tu n'arriveras pas à dormir correctement.

— Ça ira. J'ai déjà dormi dans des conditions bien pires.

Il y a un tapis, ici, ce que j'aurais considéré comme un luxe, à l'époque où...

— Tu as un match demain, me rappelle-t-elle.

Merde.

Je croise les bras sur ma poitrine.

— Il est hors de question que tu dormes par terre et moi sur le lit.

— On peut le partager, alors, propose-t-elle. Mais pas d'entourloupe.

— D'entourloupe ?

Est-ce qu'elle rougit, ou ses joues sont juste rouges de colère ?

— Pas de sexe, précise-t-elle. On ne se touche pas. On ne s'embrasse pas.

Je hausse les épaules.

— Tu n'as pas à t'en faire pour ça. Je suis toujours abstinent la veille d'un match.

Sans oublier que je ne couche pas avec mes collègues ni avec les femmes bornées aussi exaspérantes qu'elles soient...

— Comme par hasard, répond-elle d'une voix dégoulinante de sarcasme. Je prends mon devoir de mascotte très au sérieux et j'évite aussi le sexe avant un match. Je m'abstiens aussi de parler avec les connards.

Sur ces mots, elle se dirige à grands pas vers la salle de bain, ondulant des hanches comme si elle essayait de me faire remarquer la splendeur de ses fesses.

Et elles le sont. Splendides, vraiment. Je ne suis pas du genre à écrire de la poésie, mais si c'était le cas, je dédierais un sonnet à ces fesses.

Elle verrouille la porte et j'entends la douche couler.

Bordel. Je ne pense qu'à sa nudité, à l'eau chaude qui coule sur son corps, ses fesses galbées mousseuses et…

Génial. J'ai une érection douloureuse, maintenant, et je ne peux rien y faire. Mon abstinence d'avant-match m'interdit de jouir, la masturbation est donc tout autant proscrite que le sexe.

Après ce qui me paraît des heures, elle sort de la salle de bain, vêtue d'un peignoir de l'hôtel.

— Wolfgang, lance-t-elle à l'un de ses rats, tu veux bien demander à Michael de partir le temps que j'enfile mon pyjama ?

— Sérieux ? lâché-je.

Je prends un caleçon propre, me dirige vers la salle de bain d'un pas furieux et claque la porte.

Bordel. Ça sent la chair fraîche féminine, et ça me rend encore plus dur — je ne pensais même pas que c'était possible.

Je tourne le robinet pour faire couler l'eau la plus froide possible, me déshabille et entre sous la douche.

Mince. La dernière fois que j'ai eu aussi froid, c'était

à Novossibirsk — et le pire, c'est que la douche n'arrange même pas mon problème d'érection. Pas du tout.

Eh bien, je vais rester là-dessous plus longtemps.

J'attends de me mettre à frissonner, et l'érection s'apaise un peu.

Dieu merci, putain.

Je sors de la douche, me brosse les dents et enfile mon caleçon.

— Hé, Wolfgang, hurlé-je avant d'ouvrir la porte. Calliope est décente ?

Pas de réponse. Pas même un couinement de rat.

— Je sors.

Personne n'émet d'objection.

Quand j'ouvre la porte, la suite est plongée dans la pénombre. Les volets sont fermés, occultant toute la lumière qui émane de la ville qui ne dort jamais, mais une petite lampe est allumée dans un coin de la pièce.

Craignant de marcher sur Wolfgang ou l'un des autres rats, je sors mon téléphone pour avoir un éclairage supplémentaire.

— Pourquoi t'es en pleins phares ? grommelle Calliope d'un ton endormi.

Je commets l'erreur de regarder vers elle et remarque une épaule délicate qui dépasse de sous les couvertures. Tous ces efforts sous la douche froide sont réduits à néant en un instant, et mon érection monstrueuse revient en force.

— Tu es couchée au milieu, fais-je remarquer d'une

voix un peu trop rauque. Si on partage le lit, tu vas devoir choisir un côté.

Même son soupir mécontent est sexy, quand elle se déplace du côté droit du lit. Je me couche à gauche et reste aussi près du bord que possible.

OK. Si je veux remettre Tugev à sa place, j'ai plutôt intérêt à m'endormir vite.

C'est plus facile à dire qu'à faire. Savoir que Calliope est juste là, à ma portée, rend ma libido complètement folle.

Putain. D'après le réveil sur la table de chevet, je me retourne dans tous les sens depuis une heure, sans avoir réussi à fermer l'œil.

Mon sexe est resté dur tout ce temps ? Ou il se raidit seulement quand je reporte mon attention sur lui ? Il est dressé et prêt à l'action, à cet instant. À la fin des pubs pour le Viagra, on nous prévient de consulter un médecin si notre érection dure plus de quatre heures, alors je dois être prudent.

Peut-être que si je me mets à compter, ça m'aidera à oublier mes couilles bleues ?

Non. Quand j'arrive au numéro huit, je visualise le chiffre couché sur le côté, ce qui me rappelle les jolies fesses de Calliope. Je continue quand même, mais abandonne au nombre soixante-neuf.

Compter est une activité trop sexy.

Je dois trouver autre chose. Parfois, j'imagine la manière dont je prépare un match dans ma tête comme un hybride entre une imagerie guidée et un exercice mental. Alors c'est ce que je fais, et au début, ça se passe bien, puis j'imagine la réaction de Calliope après les diverses farces de mascottes qu'elle m'a jouées, et je deviens plus alerte… et plus en érection, bizarrement.

Bordel de merde. Je devrais peut-être tenter cette technique de relaxation progressive des muscles que la psychologue sportive a appris à toute l'équipe pour gérer le stress. À l'époque, je pensais qu'ils n'étaient qu'une bande de mauviettes, d'écouter ce cours avec autant d'attention, mais bon, aux grands maux les grands remèdes.

Je tente de me souvenir comment faire, fléchis mes biceps et mes triceps, puis les relâche.

Hmm. C'est agréable, alors je recommence avec mes autres muscles, me sentant m'assoupir de plus en plus, jusqu'à arriver à mes muscles fessiers — et c'est à ce moment-là qu'une main délicate se pose sur mes fesses désormais détendues.

C'est quoi, ça, putain ?

Je suis à nouveau bien réveillé, mais la respiration de Calliope est lente et régulière.

Elle me pelote dans son sommeil.

Bordel.

Cette fois, la relaxation des muscles progressive ne sert à rien, alors je tente une autre technique qui m'a été apprise par cette même psy : la respiration profonde. J'aspire de l'air jusqu'à mon sexe palpitant, avant de le relâcher lentement. Ma prochaine inspiration est plus lente, plus profonde, et la suivante encore plus.

Au bout d'un moment, je me sens sombrer dans le

sommeil — et bien sûr, c'est à ce moment-là que Calliope décide de se draper autour de moi comme l'écharpe la plus sexy du monde.

Je me fige, n'osant plus bouger. Elle sent si bon. Elle est si douce et chaude. Est-ce un sein rebondi que je sens contre mon flanc ?

Oh merde. Je vais exploser si je ne m'écarte pas tout de suite.

Mais je ne bouge pas.

Je ne peux pas.

Je devrais.

Putain, il le faut vraiment.

Je prends une inspiration, mobilise toute ma volonté et m'extirpe délicatement de sous son corps endormi doux et féminin.

Aussi haletant que si j'avais fait cinquante tours de patinoire, je me laisse tomber sur le dos et tente de recommencer mes exercices de respiration profonde. J'ajoute à ça la relaxation musculaire et je m'imagine en train de remporter le match de demain.

Je ne saurais dire combien de temps passe ni quelle technique fonctionne, mais je finis par m'endormir.

———

— Hé, appelle une voix sensuelle dans mes rêves. Tu es sur moi.

J'ouvre les yeux dans la chambre peu éclairée.

Merde.

Dire que je suis sur elle est peut-être un peu

exagéré, mais je dors en cuillère autour d'elle, un bras passé autour de son corps, la paume refermée sur son sein doux et mon sexe très dur pressé contre ses fesses parfaites.

Je serre les dents et m'écarte.

— Je ne t'ai pas réveillée quand *tu* t'es enroulée autour de moi.

Elle se tourne vers moi, les yeux pétillants.

— Je n'ai jamais fait ça.

— Tu m'as aussi touché les fesses, grogné-je. Et je ne t'ai pas réveillée non plus.

— Touché les fesses ? raille-t-elle. Dans tes rêves.

Des rêves érotiques, c'est sûr. Putain. Je ne peux pas laisser mes pensées s'aventurer sur cette voie.

— Je peux dormir, maintenant ? J'ai un match important demain.

— Je serai mascotte durant ce même match.

C'est à mon tour de ricaner.

— Bien sûr. Ce sont des postes tout aussi exigeants.

Elle se rapproche et agite un doigt devant mon visage.

— Mon boulot est tout aussi important que le tien.

J'attrape son poignet avant qu'elle me crève un œil — la perception des distances est très importante, au hockey.

— Calme-toi.

— Que je me calme ? s'écrie-t-elle. Tu te comportes comme un vrai grizzli.

Elle fait référence à un ours alors que je lui ai expliqué pourquoi ça me dérangeait autant ?

Je vois blanc.

Puis rouge.

Puis rose.

Pour être plus précis, des lèvres roses et pulpeuses qui prononcent des mots que je n'entends plus.

Poussé par une force plus puissante que la gravité, je me penche et la fais taire d'un baiser.

CHAPITRE 14
CALLIOPE

Pourquoi je lui rends son baiser ? Je devrais le repousser, mais mes mains l'attirent si près que je sens ses poils de torse chatouiller ma clavicule nue, et ça m'excite d'une manière qui n'a ni logique ni raison.

Comme s'il l'avait pressenti, il approfondit le baiser, le rendant plus brutal, et sa langue pénètre ma bouche exactement comme je voudrais que son sexe...

Oh oui.

Il m'arrache mon haut de pyjama comme s'il était en papier de soie, puis s'empare de mon sein droit avec sa main calleuse, tandis que quelque chose de gros et dur se presse contre mon ventre à travers son caleçon.

De *très* gros et dur.

J'en ai littéralement l'eau à la bouche.

Haletante, je me tortille pour me débarrasser de mon short de pyjama et de ma culotte, avant de plonger la main dans son caleçon.

Parce que je dois le sentir. Je risque bien de mourir, si je ne le fais pas.

Il grogne quand mes doigts effleurent son sexe. Je suis à deux doigts de grogner aussi, parce qu'il a la sensation de la soie et de l'acier, dur, prêt à l'action et si épais. Si magnifique.

— Je le veux en moi, hoqueté-je.

J'enroule la main autour et il grogne à nouveau, avant de se pencher pour un autre baiser intense.

Les lèvres collées aux miennes, il me couche sur le dos et se met sur moi.

Oui ! Je sens son caleçon se baisser.

— Enfin, gémis-je dans sa bouche.

Il guide son membre en moi et je savoure la merveilleuse sensation d'étirement quand son gland me pénètre.

Il relâche mes lèvres pour grogner de plaisir, avant de s'enfoncer plus profond avec lenteur, laissant mon corps s'ajuster à cette intrusion.

— Tu es si douce, grogne-t-il. Et tu mouilles tellement pour moi.

Je réprime de peu un autre gémissement.

— Et tu es dur. Et…

Il se raidit soudain et écarquille les yeux.

— Préservatif. J'ai complètement oublié.

J'agrippe ses fesses, parce que je mourrai s'il se retire.

— Je suis clean et je prends la pilule.

— Oh, bien. Moi aussi, répond-il, son sexe durcissant encore plus en moi. Je suis clean, je veux dire.

— Alors arrête de te laisser distraire, dis-je en haletant.

Je l'attire vers moi, enfonçant son sexe si profondément qu'il touche un nœud de nerfs dont je ne connaissais même pas l'existence.

Mes yeux roulent dans mes orbites.

Il donne des coups de reins de plus en plus rapides, et heurte à nouveau ce même endroit.

Oh, mon Dieu. Mes orteils se crispent et je jouis dans un cri.

— Bien, *ptichka,* dit-il, d'une voix grondante dans mon oreille. Donne-m'en un autre.

Un autre ?

Il me pilonne plus fort, glisse la main vers mon clitoris encore sensible après mon orgasme et appuie juste au bon endroit. Je pousse un cri, une nouvelle tension s'accumulant en moi.

— Michael ! Oh putain, Michael...

Quand l'orgasme arrive, il est si puissant que je vois blanc derrière mes paupières closes, et sens l'extase parcourir toutes mes terminaisons nerveuses. J'ai l'impression que le plaisir me fait voler en éclats avant de me réassembler, en me changeant de manière inexprimable.

Michael grogne quand mes muscles se contractent autour de son sexe, et je sens le jet chaud de son sperme en moi. Un autre mini-orgasme me secoue, me faisant perdre connaissance une seconde. Ou plusieurs minutes. J'ai la tête aussi cotonneuse que les poils de Monsieur Bloom.

Je sens vaguement Michael se retirer et s'écarter. Il revient un instant plus tard et me nettoie avec un gant de toilette chaud et humide. Ou je crois que c'est ce qu'il fait, en tout cas. Je n'ai plus assez d'énergie pour en être sûre. Je suis juste contente d'être sur le dos, parce que je ne peux plus bouger un seul muscle.

Je bâille comme un rat satisfait et me laisse sombrer dans un doux sommeil.

———

Je suis réveillée par un grognement furieux que je ne comparerai pas à celui d'un ours, parce qu'une promesse est une promesse.

J'ouvre un œil et vois que la colère de Michael est dirigée contre le réveil sur la table de chevet, bizarrement.

— Un problème ? demandé-je, ouvrant mon autre œil avec réticence.

— Il est onze heures et demie, annonce-t-il d'un ton sinistre.

Ah.

— Mais le match a lieu à midi, dis-je d'un ton rassurant. On n'est pas très loin. Je pense qu'on peut arriver à l'heure si on se dépêche.

Son regard courroucé passe du réveil à moi.

— Ma routine est foutue.

— Ta routine ?

— Un petit déjeuner sain, puis un goûter d'avant-match. Une bonne hydratation. Un échauffement. Appliquer de l'adhésif sur mes crosses.

Il saute du lit, divinement nu.

— Je n'ai pas le temps de te faire toute la liste, ajoute-t-il avant de se précipiter dans la salle de bain.

Merde. Celui qui a inventé l'expression « réveil brutal » devait avoir Michael en tête. Tout ce qu'il vient de dire sous-entend que c'est ma faute s'il s'est réveillé aussi tard, alors qu'en réalité, c'est lui qui ne m'a pas laissée dormir.

Même quand je me suis endormie, j'ai fait des rêves érotiques démentiels.

À moins que… oh. Je suis endolorie.

Soit ce rêve très réaliste où j'avais les meilleurs ébats de toute ma vie est arrivé pour de vrai, soit je dors encore.

Il faut qu'on parle, Michael et moi. Tout de suite.

Je saute sur mes pieds, enfile un peignoir et me précipite vers la porte de la salle de bain.

Elle est verrouillée.

Je frappe avec force.

— Accorde-moi une minute, putain ! rugit Michael de l'autre côté.

Merde. J'ai aussi un boulot à faire durant le match.

Je prends ma valise, en sort le costume de mascotte sous vide, puis enfile le legging et la brassière de sport que j'ai prévu de porter au-dessous. Je récupère ensuite la nourriture pour mes rats et les laisse se régaler.

Michael n'est toujours pas sorti.

J'échange un regard inquiet avec Wolfgang.

Meine Liebe, si tu veux que je coopère, tu vas devoir t'armer de cette tranche de cheddar.

— Non, dis-je à Wolfgang. Le cheddar est pour plus tard, une récompense pour ta performance sur la glace.

Je suis à peu près sûre que Wolfgang m'a comprise, parce que ses yeux se mettent à pétiller d'impatience.

Je me dirige vers la porte de la salle de bain et cogne dessus de toutes mes forces.

— Une seconde, grogne Michael.

— Je n'ai pas beaucoup de temps, moi non plus ! m'écrié-je. Je n'aurais même pas le temps d'enfiler mon costume, si tu ne sors pas de là.

— Enfile-le maintenant, alors, rétorque-t-il en grognant depuis la salle de bain.

— J'aurais l'air ridicule, si je rejoins le stade comme ça.

— C'est pas mon problème. Tu aurais dû y penser avant de faire la grasse matinée.

Très bien. Ce ne sera pas la première fois que je suis poilue en public. Et puis, vu qu'il fait semblant de sortir avec moi, il devra donc entrer à mes côtés, et on aura tous les deux l'air ridicules.

Avec un soupir, je sors Monsieur Bloom et l'enfile — gardant la tête pour quand je me serai brossé les dents, parce qu'il y a des priorités dans la vie.

Enfin, la porte s'ouvre et Michael sort.

Quand je le vois, toutes mes remontrances meurent sur mes lèvres. Il a réussi à devenir encore plus séduisant en l'espace d'une nuit, même si ma perception est peut-être altérée par ces orgasmes qu'il m'a donnés. Et ses épaules sont plus larges. Même ses yeux semblent plus noirs, le blanc plus blanc.

Attendez une seconde. La peau autour de ses yeux n'a jamais paru aussi sombre jusqu'alors, et je n'arrive pas à croire que même les meilleurs des orgasmes me fassent voir ça. C'est comme si…

— Tu as mis du maquillage noir autour de tes yeux ?

Et comment se fait-il que ce maquillage le rende encore *plus* masculin ?

— Ce n'est pas du maquillage, grogne-t-il. Ce sont des peintures de guerre.

Je ne prends pas la peine de lui demander la différence.

— C'est de l'appropriation culturelle ? m'enquiers-je. À moins que… les Russes de l'ancien temps avaient des peintures de guerre ?

Michael plisse les yeux et le maquillage le fait paraître encore plus féroce.

— Batman le fait bien. Pourquoi pas moi ?

Batman ? Ah, c'est vrai. Le chevalier noir doit appliquer un maquillage similaire pour dissimuler la peau blanche autour de ses yeux, quand il porte son masque. Mais…

— Pour quoi faire ?

Il fait un pas menaçant vers moi.

— Le meilleur match que j'aie jamais joué a eu lieu après une bagarre qui m'avait valu deux yeux au beurre noir. Maintenant, chaque fois que ça compte vraiment, je fais ça pour améliorer mes chances.

Perturbée par sa proximité — et sa grandeur — je m'écarte de son chemin.

— Alors tu n'as pas voulu me laisser entrer dans la salle de bain parce que tu étais occupé à suivre une superstition ridicule ?

En réponse, il émet ce qui ressemble tout à fait au rugissement d'un animal sauvage auquel j'ai promis de ne plus le comparer.

— Je suis en retard, lâche-t-il.

Sur ces mots, il se dirige à grands pas vers la porte.

— Attends ! m'exclamé-je.

— Quoi ? aboie-t-il par-dessus son épaule.

— Il faut qu'on parle, dis-je avec un coup d'œil vers le lit. De ce qui s'est passé.

— On n'aurait pas dû faire ça, dit-il d'un ton brusque avant de quitter la chambre.

Je réprime l'envie de lui courir après pour lui hurler que je suis bien d'accord et que c'était une erreur. Mais je ne peux pas. Si je veux arriver au stade à temps, je dois me dépêcher.

Je me brosse les dents en fulminant. Puis, comme si la situation n'était pas déjà assez grave, un besoin pressant m'oblige à retirer mon costume pour me soulager.

Dès que je suis à nouveau dans Monsieur Bloom, Wolfgang perché sur mon épaule, je m'adresse un bref discours d'encouragement dans le miroir avant de prendre la tête d'ours et de sortir dans le couloir.

Quand j'approche de l'ascenseur, je vois un

cheesecake attendant d'être récupéré par le personnel de ménage, et auquel il ne manque qu'une part.

— Ce serait dommage de gaspiller toute cette nourriture, dis-je à Wolfgang.

Meine Liebe, un gâteau au fromage, ça m'a tout l'air d'un don du ciel.

— Tu ne peux pas en avoir. Désolée.

J'appuie sur le bouton de l'ascenseur, enfile mon masque et prends le gâteau.

— D'après certaines recherches, le sucre est plus addictif que la cocaïne, pour un cerveau de rat.

Wolfgang pépie.

Meine Liebe, j'ai envie d'un gâteau à la cocaïne et au fromage, maintenant.

L'ascenseur s'ouvre et le couple âgé à l'intérieur examine ma tenue, ainsi que mon rat, avec un sourire à peine contenu. Dans le lobby de l'hôtel, certains gloussent même, mais quand je sors, personne ne sourcille. Tout le monde se comporte comme si à New York, les clowns ours avec un cheesecake à la main et un rat sur l'épaule étaient aussi courants que les loyers hors de prix.

Quand j'arrive au stade, la sécurité me laisse passer sans ciller.

Intéressant. Si j'étais un fan cinglé voulant voir le match sans billet, tout ce que j'aurais à faire, c'est me procurer un costume de mascotte.

Je repère une grosse horloge, pose une main sur Wolfgang pour le retenir et me mets à courir, repoussant les fans de hockey de mon chemin, au grand amusement de tout le monde.

— Salut, lance le coach en me voyant. Tes patins sur mesure sont terminés.

Il fait un geste vers l'autre côté du couloir.

— Ils sont sur le banc, là-bas.

J'entre dans la pièce en question et écarquille les yeux. C'est un vestiaire pour femmes. Qui aurait cru qu'une telle chose existait, dans le monde du hockey ?

Vu que je suis pressée, je pose le gâteau et m'empresse de glisser mes pieds dans les patins. Ils sont confortables et me vont à la perfection, exactement comme le sexe de Michael dans le mien.

Quand je ressors de la pièce, j'ai encore les joues brûlantes, et je suis bien contente que ma tête d'ours empêche le coach de les voir.

— Dépêchons-nous, dit-il quand j'arrive avec le gâteau. C'est l'heure d'entrer en scène.

Il me mène jusqu'à la patinoire et je suis bien contente de m'être autant entraînée, parce que, le moins que l'on puisse dire, c'est que c'est perturbant de voir tous ces gens dans les gradins.

— Tenez-moi ça, dis-je en tendant le gâteau au coach. C'est pour plus tard.

Pour quand je verrai Michael, pour être plus précise.

Je me mets à glisser sur la glace, ignorant les martèlements de mon cœur, et entame mon numéro avec ma danse de mascotte.

CHAPITRE 15

MICHAEL

Quand je finis de m'équiper, tous mes coéquipiers sont déjà sortis depuis longtemps et le coach attend pour délivrer son discours.

— Ça te dérange si je dis quelques mots ? demandé-je.

Il semble pris de court, mais secoue la tête.

— Écoutez, les gars, dis-je en les regardant dans les yeux tour à tour. Je sais que, techniquement, ce match compte pour du beurre, mais je tiens à vous dire qu'il est important, en réalité. En fait, c'est le match le plus important de toute votre vie, parce que tout le monde s'attend à ce que vous échouiez, donc qu'ils aillent se faire foutre.

Je continue mon discours fortement inspiré par celui prononcé devant l'équipe de hockey américaine durant les Jeux olympiques de 1980, avant qu'ils l'emportent sur l'équipe soviétique bien plus forte, une victoire si improbable qu'elle est connue sous le nom de « miracle sur glace ».

Parce qu'on a besoin de notre propre miracle, cette fois.

Quand j'ai terminé, tout le monde applaudit, et pas de manière sarcastique, de ce que je peux en dire.

— Je ne pense pas avoir besoin de prononcer un discours, aujourd'hui, dit le coach avec un sourire. Difficile de passer après Michael.

Isaac me regarde comme si j'avais pissé dans sa bière. Il comptait sûrement jouer les capitaines et prononcer quelques mots.

Tous les autres m'acclament encore, et on se dirige vers la patinoire.

En chemin, je m'efforce de me motiver comme je l'ai fait avec mes coéquipiers, mais c'est difficile. Tout a tellement dérapé, jusqu'à maintenant. Pour l'amour du ciel, j'ai même enfreint ma règle d'or : pas de sexe avant un match. Et le pire, c'est qu'une partie de moi a le sentiment que, même si on perd, ça vaudra la peine d'avoir pu être en Calliope.

Quoi qu'il en soit, on n'aurait pas dû faire ça avant un match.

Sans parler que c'était si bon. Tellement que c'en est effrayant.

— Mec, tu as vu ça ? demande Isaac en indiquant le milieu de la patinoire, me ramenant à la réalité.

Je suis son regard et crispe les poings.

La mascotte de l'équipe des Yétis — une créature aux allures de gorille aux yeux rouges et à la fourrure blanche — gifle le masque du costume d'ours dans lequel se trouve Calliope.

Le monde entier se réduit à un tunnel de fureur. Je bondis sur la patinoire, réduis la distance entre moi et ce connard de Yéti en deux enjambées, puis mon poing entre en collision avec le visage de gorille, assez fort pour que je sente une mâchoire sous toute cette fourrure.

Le Yéti agite ses longs bras velus et patine en arrière jusqu'à heurter un mur et s'effondrer. Les gens dans les gradins se mettent à rire, pensant que ça fait partie du numéro de la mascotte.

— Qu'est-ce que tu fous ? demande Calliope en plaquant ses pattes d'ours sur les larges hanches de son costume. Pourquoi tu as fait ça ?

— Je l'ai vu te gifler, dis-je.

Je me dirige vers le Yéti à terre et utilise l'avant de la lame de mon patin pour bousculer l'endroit où se trouveraient les fesses, chez un humain.

— Debout. Je n'en ai pas encore fini avec toi.

J'appellerais bien ce connard par son nom, mais je suis incapable de m'en souvenir — à supposer que c'est encore la même personne qu'à l'époque où j'étais dans l'équipe.

— C'était juste un sketch, siffle Calliope. Il est venu me voir pendant que je m'incrustais sur des photos et a suggéré qu'on fasse semblant de se battre.

— Merde.

J'ai l'impression d'être plus proche du gorille que le

type que je viens de frapper, soudain. Je plie un genou devant le Yéti.

— Tu vas bien ?

— S'il vous plaît, dit-il d'une voix râpeuse. Ne me frappez plus.

— Il ne le fera pas, répond Calliope d'un ton rassurant.

— C'était un malentendu, assuré-je d'un ton bourru. Désolé.

Le Yéti se redresse en position assise.

— C'est rien. Je suppose. Vous voulez bien m'aider à me relever ? Le spectacle doit continuer.

Je l'aide à se lever, puis Calliope me fait trébucher sur une corde invisible en guise de vengeance. Quand je tombe sur les fesses, la foule rit aux éclats.

Une fois que je me suis relevé, Calliope et le Yéti s'approchent de moi chacun d'un côté, et vu que sa main est cachée dans son dos, j'arrive à anticiper avant qu'elle me jette le gâteau au visage — et à esquiver.

C'est le pauvre Yéti qui le prend en pleine face — et qui s'écroule à nouveau.

— Pourquoi tu as fait ça ? demande Calliope avec colère.

— Je ne t'ai jamais autorisée à m'écraser des tartes sur le visage quand tu voulais.

Je vais aider le type à se relever, mais il m'assure que tout va bien, qu'il est juste tombé pour rire.

— C'était un cheesecake, pas une tarte, répond Calliope, et tu méritais de le recevoir.

— Je ne suis pas d'accord, dis-je avant de me

tourner vers l'autre mascotte. Je te paierai une bière après le match.

— Non merci, répond le gorille.

— Traduction, intervient Calliope, il ne veut plus jamais te revoir.

Une main se pose sur mon épaule.

— Le match va bientôt commencer, annonce Isaac.

— Désolé, dis-je à nouveau au Yéti avant de rejoindre mes coéquipiers.

— Tu as bien défendu l'honneur de ta dame, dit Dante de sous son masque de gardien.

— J'étais juste d'humeur à cogner quelqu'un de pâle, grogné-je. Alors je me tairais si j'étais toi.

— Bref, répond Dante.

Il reprend un ton plus sérieux et regarde vers l'équipe adverse.

— Où est Tugev ?

Je scrute mes anciens coéquipiers, mais ne vois pas l'homme en question.

— Bizarre. Je ne le vois pas non plus.

— C'est rien, répond Dante. Je l'ai vu en vidéo. Et puis il sera là pour la mise au jeu.

C'est vrai. En parlant de ça.

— C'est l'heure.

Je patine vers le milieu de la patinoire, où un arbitre attend déjà. Mais c'est Noah Brown — un joueur canadien qui, selon mes informations, jouait dans une autre équipe — qui me rejoint pour la mise au jeu.

— Où est Tugev ? demandé-je.

Je me rends compte que c'est la première fois de ma vie que je parle pendant une mise au jeu.

— Il a pris sa retraite, répond Noah. Tu n'étais pas au courant ?

Je suis si stupéfait que si l'arbitre avait lâché le palet à ce moment-là, je l'aurais raté. Puis une vague de fureur justifiée me submerge, qui a été amorcée quand j'ai cru qu'on s'en prenait à Calliope.

Comment Tugev a-t-il osé ne pas se présenter à ce match ? Tout le but était de…

Le palet tombe sur la glace.

Mon instinct prend le relais. Je le prends à Noah et le passe à Jack, selon le plan.

Je canalise toute ma frustration à l'encontre de Tugev pour patiner et me retrouve bientôt face à face avec Jason, alias Vendredi, le gardien des Yétis. Comme prévu, on me repasse le palet.

Jason semble prêt, mais je n'en ai rien à foutre. Je fais semblant de tirer, puis donne un coup de crosse et marque entre les jambes de Jason.

Mon équipe se déchaîne et, sur l'écran géant, Calliope apparaît en train d'applaudir avec ses grosses pattes, son rat sur l'épaule.

CHAPITRE 16
CALLIOPE

Jusqu'à ce jour, j'éprouvais un attrait assez mitigé pour le hockey, surtout pour une mascotte d'équipe. Je ne connais toujours pas la différence entre un tir du poignet et un lancer frappé, par exemple, et je ne sais pas non plus pourquoi les joueurs ne reçoivent qu'une pénalité de cinq minutes pour des altercations qui leur vaudraient une plainte pour agression hors de la patinoire. Pourtant, je regarde avec une fascination émerveillée pendant que Michael et le reste des Ours de Floride affrontent avec acharnement leurs adversaires bien plus forts.

Michael, en particulier, est sublime, surtout quand il marque un but. J'en oublie presque que je suis en colère contre lui pour avoir dit que coucher avec moi était une erreur. Le pire, c'est que le regarder me donne envie de réitérer cette erreur. Ce qui est dingue. C'est déjà assez grave que notre fausse relation me paraisse parfois réelle. Si j'ai d'autres orgasmes comme ceux qu'il m'a donnés la nuit dernière, la frontière entre…

Un coup de corne annonce la fin du match. Le score est de trois à quatre pour les Ours de Floride.

Autrement dit, on a gagné !

Toute l'équipe s'empile sur Michael avec jubilation. Quand toutes ces émotions viriles se sont apaisées, je patine vers lui et retire mon masque d'ours.

— On l'a fait ! s'écrie-t-il avant de se pencher vers moi pour un baiser passionné.

Oh bon sang. Tous les bruits autour de nous deviennent étouffés et je perds la notion du temps. Ce n'est que lorsque Michael s'écarte que je vois notre baiser diffusé sur l'écran et comprends qu'il a juste fait ça pour préserver les apparences.

Quelque chose se tord au fond de moi, mais je fais de mon mieux pour balayer cette déception bizarre.

— Félicitations, dis-je en me touchant les lèvres. Je sais que tu tenais à gagner.

Son excitation s'estompe.

— Ce que je voulais, c'était battre Tugev, mais ce salopard a pris sa retraite avant que j'en aie l'occasion.

Ah.

— Ce n'est pas le propriétaire de l'équipe ?

Michael hoche la tête.

— Tu as battu son équipe. Je suis sûre que ça le contrarie.

— C'est pas pareil, dit-il d'un ton lugubre.

Le coach arrive vers nous, une expression extatique sur le visage.

— C'était du beau travail d'équipe. De l'excellent boulot ! J'ai toujours su que tu en étais capable, dit-il en donnant une tape sur l'épaule de Michael.

Il a raison. C'était vraiment du bon travail d'équipe, alors que pour mon Boo, ce comportement doit être aussi naturel que le yoga pour un ours.

Michael hoche la tête avec brusquerie.

— Je n'aurais pas pu y arriver sans ton coaching.

Le coach balaie cette remarque de la main et me fait un clin d'œil.

— Et notre nouvelle mascotte ? demande-t-il. Tu es sûre qu'elle ne t'a pas inspiré, elle aussi ?

— Bien sûr, répond Michael en me lançant un regard en coin. Elle m'a fait prendre conscience qu'apprendre à mes coéquipiers à mieux jouer au hockey ne devrait pas être plus difficile qu'apprendre à un rat à faire du monocycle.

— Cette victoire va bien t'aider pour ta levée de fonds de ce soir, dit le coach.

L'expression de Michael s'assombrit.

— Je t'ai parlé de ça à titre confidentiel.

— Quelle levée de fonds ? demandé-je.

Le coach se tourne vers Michael avec une expression de stupéfaction exagérée.

— Tu n'as pas invité Calliope ?

— Non, grogne Michael. J'y ai bien pensé, mais…

— Pourquoi tu dois aller à une levée de fonds ? l'interrogé-je. C'est pour ton projet secret ?

Je ne vois pas d'autre raison pour qu'il ne veuille pas

m'impliquer là-dedans. C'est la seule qui ne me blesse pas, en tout cas. À moins qu'il ait prévu d'y aller avec quelqu'un d'autre ? Quelqu'un qui porte de petits patins ? Non. Il ne prendrait pas le risque de foutre en l'air notre comédie en se faisant repérer par un paparazzi. Malgré ça, rien que cette idée me rend malade.

— Oui, acquiesce Michael en jetant un regard furtif vers les gens en train de quitter les gradins. Je dois lever de l'argent… et c'est vrai que ton aide me serait utile.

— *Mon* aide ?

Je regarde Wolfgang comme s'il pouvait comprendre la situation mieux que moi.

Meine Liebe, dit oui. Qui dit levée de fonds dit hors d'œuvres, et un tas de délicieux parmesan.

— Je ne suis pas doué pour me montrer sociable, dit Michael (c'est l'euphémisme de l'année). Si tu venais avec moi, ça se passerait peut-être mieux.

Hmm. C'est drôlement gentil à lui, de dire ça.

— C'est un événement huppé ? l'interrogé-je.

Il hoche la tête. Je me mords la lèvre.

— Je n'ai rien à me mettre.

— Je te procurerai tout ce dont tu as besoin.

Ses yeux pétillent d'une telle chaleur que je sens que les vêtements qu'il vient d'imaginer ne couvriraient pas grand-chose.

Ma peau se réchauffe à cette idée, mais je conserve une expression neutre.

— Dans ce cas-là, passons un marché, proposé-je d'une voix douce. Explique-moi ce qu'est ce projet et je t'accompagnerai.

Ma dernière théorie en date, c'est qu'il veut extraire l'ADN de moustiques préhistoriques coincés dans l'ambre pour ramener à la vie une espèce disparue de panda à dents de sabre.

Michael et le coach échangent un regard.

— Je croyais que tu le lui avais déjà expliqué quand tu lui as donné ces patins, dit le coach.

Les patins suspects, petits et féminins, auxquels je pensais un peu plus tôt. Ceux qui m'ont laissée croire qu'il était proche d'une femme. Mais je ne vois pas le rapport avec son projet secret. À moins que... les pandas préfèrent-ils les femmes aux hommes ?

— Très bien, grogne Michael, mais ça doit rester entre nous.

Comme le fait qu'on a couché ensemble ?

— OK.

Il scrute les gens encore en train de quitter le stade.

— Retournons dans notre chambre d'hôtel, je te le dirai là-bas. Ensuite, on ira faire du shopping.

— D'accord, dis-je même si ma curiosité a atteint un niveau stratosphérique. On se retrouve là-bas.

———

Dès que j'arrive dans notre suite de lune de miel, je saute sous la douche pour me débarrasser de la sueur peu distinguée qui s'est accumulée sous mes bras à cause de mon costume d'ours. Puis je rajuste ma coiffure et mon maquillage jusqu'à ce qu'on frappe à la porte de la salle de bain.

— Une seconde.

J'enfile un peignoir et sors, rentrant dans Michael.

Bordel. Ses cheveux sont ébouriffés et il sent le propre — il a dû se doucher dans les vestiaires.

— Quand est-ce qu'on va faire du shopping? demande-t-il avec une expression indéchiffrable.

— Pas si vite. Tu m'as promis de tout me dire.

Il pousse un soupir, se dirige vers la salle à manger et s'assoit.

— On peut parler en attendant le service d'étage, au moins? Je meurs de faim.

— Très bien.

J'appelle et commande pour tout le monde, y compris ma bande de rats. Puis je regarde Michael.

— Maintenant… il faut qu'on parle.

Son regard s'égare vers le lit.

— De plusieurs choses, précise-t-il.

Merde. Je crois que je rougis.

— Pas la peine de parler de ce qui s'est passé *là-bas.* Tu as dit que c'était une erreur, et je ne vais pas te contredire.

Mon cerveau ne le fera pas, en tout cas. Mes autres organes, en particulier mon vagin et mon cœur, ne sont pas aussi sûrs.

— J'ai dit qu'on n'aurait pas dû faire ça *avant le match,* corrige-t-il. Mais on a gagné, alors je suppose…

— Bien essayé. Je suis certaine que tu parlais d'une « erreur » au sens large. Et tu avais raison.

Il serre les dents.

— Et pourquoi ça ?

— Parce qu'on ne sort pas vraiment ensemble et que les coups d'un soir ne m'intéressent pas.

Et il serait inutile qu'on commence à sortir ensemble pour de vrai, parce que ça ne durerait que jusqu'à ce qu'il rencontre ma famille.

— On travaille aussi ensemble, rappelle-t-il. Et tu me détestes.

— Non, c'est *toi* qui me détestes, rétorqué-je.

— Non, c'est toi…

On frappe à la porte et il s'avère que c'est le service d'étage. Je nourris d'abord les rats et, comme d'habitude, Lénine demande une deuxième part, puis une troisième.

Tovarisch, nous le prolétari-rat faisons tout le boulot, ce qui accroît notre appétit, naturellement.

— Très bien.

Je lui donne une petite carotte entière, ce qui semble l'apaiser, pour l'instant en tout cas.

Je reviens à la table, où mes tacos m'attendent, et souris en voyant à quelle vitesse Michael dévore la majeure partie de la salade au quinoa et au saumon qu'il a commandée.

— Donc, reprends-je une fois qu'il a aussi englouti un verre entier de jus de tomate d'une traite. C'est quoi, le projet secret ?

— OK, répond-il, prenant un air songeur sans

cesser d'avaler le reste de son repas. Le projet a pour but d'accorder à d'autres le coup de pouce dont j'ai bénéficié.

Il semble avoir terminé ses explications, mais je n'ai aucune idée de ce dont il veut parler, et je le lui dis. Il soupire.

— Je veux offrir une chance de jouer au hockey, ou à d'autres sports, aux gamins des orphelinats, pour leur permettre d'avoir une meilleure vie.

J'ai la tête qui tourne. Parmi toutes les possibilités, je ne me serais jamais attendue à ça — et pas seulement parce que ça n'a aucun rapport avec les pandas. C'est un acte vraiment généreux de sa part, et ce mot n'est pas le premier qui me vient à l'esprit quand je pense à Michael.

Je me rends compte qu'il me regarde, l'air d'attendre une réaction.

— Waouh, lâché-je. C'est merveilleux. Comment ça se passe ?

— Pas très bien. Jusqu'ici, je n'ai réussi à aider que des enfants de Floride, et même ça, j'ai surtout réussi à le faire grâce au coach. C'est lui qui a convaincu les personnes haut placées de la ligue d'autoriser mes gamins à avoir accès à la patinoire et à de vieux équipements. Tout ce dont ils avaient besoin au-delà de ça, je l'ai acheté avec mon argent — et celui des quelques sponsors que j'ai pu trouver jusqu'ici.

Oh. Ces petits patins qu'il m'a donnés étaient destinés à des enfants, pas des femmes ? Le soulagement que j'éprouve est assez ridicule, et c'est sûrement parce que Michael est si sexy, quand il mange. Et qu'il respire.

— Bref, continue-t-il. J'aimerais intensifier de manière drastique ce que j'ai accompli jusqu'ici. Pour ça, je dois créer une vraie fondation, qui pourra aider les enfants dans le monde entier, mais ça demande beaucoup d'argent, raison pour laquelle j'ai contacté les personnes que je pense à même de m'aider.

— Je t'aiderai du mieux que je peux, assuré-je.

Je regarde mes rats et une idée se forme dans ma tête.

— Si tu veux, je peux amener ma petite troupe et organiser un spectacle à la levée de fonds, pour attirer les foules. Quand les gens se seront arrêtés, tu pourras leur parler de ta fondation.

Ses yeux s'illuminent.

— Tu ferais ça ?

— Bien sûr.

Toutes les excuses sont bonnes pour me produire en spectacle.

— Ce serait génial, répond-il. Ça résout mon plus gros problème : aborder des gens que je ne connais pas. Comme ça, ce seront eux qui viendront vers moi.

Je souris.

— Ne sois pas si reconnaissant, s'il te plaît. Il y aura peut-être des gens qui n'aiment pas les rats, là-bas.

— Ne pas aimer les rats ? répète-t-il avec une expression faussement horrifiée. Il faudrait qu'ils soient morts à l'intérieur. Des gens aussi cruels n'auraient rien donné pour ma cause de toute manière, ça me fera donc gagner du temps de les filtrer avant d'expliquer mon projet.

— Alors c'est décidé, lancé-je en fourrant mon dernier morceau de tacos dans ma bouche. Allons faire du shopping, maintenant.

Celle-là ? suggère Calliope en plaçant une robe de soirée noire sans bretelles devant son corps. Ou bien celle-là ?

Elle remplace la noire par une rouge, qui semble encore plus courte et à laquelle il manque encore plus de tissu au dos.

Mes narines se dilatent. Mon sexe durcit rien que de l'imaginer dans l'une de ces tenues, ce qui rend difficile de prendre une décision.

— Pourquoi ne pas les essayer ?

Merde. Je viens plus ou moins de lui demander un strip-tease privé, et je m'attends à ce qu'elle me rétorque d'aller à la bite.

— Excellente idée, répond-elle avant de courir vers la salle d'essayage, prenant quelques robes supplémentaires au passage.

Tout en l'attendant, je positionne subtilement mes jambes de manière à cacher mon érection — et je fais bien, parce que quand elle ressort vêtue d'une robe noire courte, mon sexe a soudain besoin de beaucoup d'espace supplémentaire.

Bordel, même Wolfgang — qu'elle a laissé à côté de moi — semble siffler.

Et c'est avant qu'elle tourne sur elle-même, m'offrant un aperçu de son dos gracieux et de ses fesses parfaites.

— Qu'est-ce que tu en penses ? demande-t-elle d'un ton timide.

— Tu es magnifique, *ptichka,* dis-je d'une voix rauque. Tu vas attirer les foules même sans le spectacle de rats.

Et je leur collerai à tous mon poing dans la gueule.

— Merci, répond-elle en rougissant. Je devrais prendre celle-là ?

— Non, dis-je avec bien trop d'empressement. Essaie les autres.

Même si mes testicules risquent d'exploser en poussière bleue.

La robe rouge expose encore plus sa peau laiteuse, et je suis obligé de marmonner mon compliment, parce que mon sexe ne laisse pas affluer assez de sang dans mon corps pour permettre à ma langue de fonctionner correctement.

À partir de là, ça ne fait qu'empirer. Ou s'améliorer, selon comment on voit les choses. La robe blanche est plus courte que les autres. Celle qui est argentée et scintillante fait remonter ses seins.

— Laquelle tu préfères ? demande-t-elle.

— Difficile de choisir.

J'ai envie de toutes les prendre, mais pas pour la levée de fonds. Mon nouveau fantasme, c'est de la faire porter toutes ces tenues pour moi, dans l'intimité de ma chambre.

— Tu les fais toutes paraître magnifiques.

N'en choisir qu'une reviendrait à décider lequel de mes testicules je préfère.

— Mais si tu devais dire laquelle tu préfères ? insiste-t-elle en agitant les deux robes dans sa main.

— La rouge ?

C'est sans doute la couleur que son rat communiste, Lénine, choisirait, s'il était là.

Elle fronce les sourcils.

— Je crois que je préfère la noire.

Je hausse un sourcil.

— La noire te va à ravir. Comme je l'ai dit, elles te vont toutes.

— Oui, mais tu préfères la rouge, dit-elle avant de faire un signe à la vendeuse. Je pense que je devrais en essayer encore quelques-unes.

Et bon sang, c'est ce qu'elle fait. Si ma banque d'images sur lesquelles me masturber était une vraie banque, elle devrait ouvrir une nouvelle succursale.

Est-ce qu'elle essaie de m'aguicher ? Est-ce une tentative de séduction ?

Si oui, elle avait réussi dès la première robe. Je ne me souviens même plus pourquoi ce serait une mauvaise idée de la baiser jusqu'à l'épuisement —

surtout sachant que je n'ai pas de match de prévu demain ni avant un moment.

Non. Je crois que c'est mon sexe qui prend ses désirs pour des réalités, et qui me fait croire que c'est une séduction. Elle…

— Et maintenant ? demande Calliope. Tu as une préférence ?

Ça commence à ressembler à une question piège.

— Je peux revoir la noire ?

Elle hoche la tête d'un air approbateur et disparaît dans la cabine d'essayage. J'attends en retenant mon souffle, le sexe dur.

Quand elle ressort, je regarde la robe comme si je la voyais pour la première fois.

— Celle-là, dis-je d'un ton solennel.

Et j'entends par là qu'à partir de maintenant, quand je l'imaginerai, elle portera soit cette robe, soit, plus probablement, rien du tout.

Elle me lance un regard rayonnant.

— Qui aurait cru que tu avais aussi bon goût ?

———

Quand on revient dans la chambre d'hôtel, j'ai tout juste le temps de prendre une douche froide et d'enfiler mon costume. Puis suivant les instructions de Calliope, je frappe avant de sortir de la salle de bain, « au cas où elle ne serait pas décente ».

Merde. Rien que de penser à ce que ça implique réduit à néant tous les bénéfices de la douche froide.

— Tu peux sortir, dit-elle.

Lorsque je reviens dans la suite, elle tourne le dos à l'énorme miroir, ce qui me permet de la voir à la fois de face et de dos.

— Waouh, lâché-je, et c'est l'euphémisme du siècle.

Elle rougit.

— Tu m'as déjà vue comme ça au magasin.

Devrais-je lui avouer que je pourrais la voir un million de fois dans cette robe que j'aurais toujours la même réaction ?

— Tu n'étais pas coiffée, au magasin, dis-je sans conviction. Ça ajoute à l'effet « waouh ».

Elle a coiffé ses cheveux en chignon, ce qui expose son long cou délicat qui ne demande qu'à être embrassé.

Elle me regarde d'un air ravi.

— Tu n'es pas mal non plus, dit-elle en approchant et prenant ma cravate. Laisse-moi juste ajuster ça.

Pendant qu'elle redresse la cravate rebelle, je réprime l'envie irrésistible de lui arracher sa robe pour l'emporter vers le lit immense.

— C'est mieux, dit-elle en battant de ses jolis cils. On peut y aller, maintenant.

C'est la dernière chose que j'ai envie de faire, mais on est déjà en retard. En plus, elle ne voudrait pas que je l'emmène au lit. Elle n'est pas intéressée par les aventures sans lendemain, et je ne suis pas sûr qu'on ait le temps d'entamer une vraie relation. Non pas que ce soit une bonne idée. Si on sortait ensemble pour de vrai, elle s'en irait juste au moment où je commencerais à tenir à elle, comme toutes les autres personnes dans ma vie. Non, mieux vaut…

— Tiens, lance-t-elle en me fourrant la caisse de transport des rats dans la main. Rends-toi utile.

Elle fouille ensuite dans sa valise et en sort des cerceaux « pour que les rats sautent au travers », des balles « pour qu'ils se tiennent en équilibre dessus », un monocycle pour des raisons évidentes, un minuscule ballon de football et deux filets de but.

— Il ne faudrait pas plutôt un palet ? demandé-je en indiquant le ballon.

Elle hausse les épaules.

— Je leur ai appris à jouer au football avant de savoir que je ferais carrière dans le hockey.

Elle range tous ses accessoires dans un sac, qu'elle échange avec la caisse dans mes mains.

— Allons-y.

———

— Donc, dis-je pendant qu'on est assis l'un à côté de l'autre dans un Uber. Tu ne savais pas que tu ferais carrière dans le hockey ?

Elle secoue la tête.

— J'ai travaillé comme personnage de parc d'attractions, mais quand j'ai été mise sur liste noire dans ce secteur, j'ai accepté le boulot de mascotte. Ce que je veux vraiment, par contre, c'est vivre de mes spectacles de rats.

— Ah oui ? demandé-je en regardant la caisse de transport. Pourquoi ?

Elle réfléchit à ma question pendant environ un pâté de maisons.

— Historiquement, les rats ont toujours souffert d'une mauvaise réputation, ils ont été tenus responsables d'un tas de trucs, comme d'avoir répandu la peste.

— C'est juste une mauvaise réputation ? m'enquiers-je. Je croyais qu'ils avaient *vraiment* répandu la peste.

Elle secoue la tête.

— Les études récentes ont démenti cette théorie. Ce sont les humains qui l'ont répandue, pas les rats.

J'adresse un signe de tête à Wolfgang en guise d'excuse.

— Je ne savais pas.

— Peu de gens le savent. En réalité, les rats sont des créatures mignonnes et intelligentes. S'agissant de cohabiter avec les humains, ils sont supérieurs aux chats à tous les points de vue, et pourtant, à cause de leur mauvaise réputation, ils sont loin d'être aussi intégrés que les félins. Pire encore, certains créent des pièges à rats ou du poison anti-rats… ce qui est affreux.

Je hoche la tête.

— Tes spectacles ont pour but de montrer les rats sous un meilleur jour ?

— Tout à fait. Mon objectif est de perpétuer l'excellent travail entamé par Pixar avec *Ratatouille.* Un travail poursuivi par des héros rongeurs tels que Pizza Rat.

Je regarde les rues de New York, de l'autre côté de la vitre, m'attendant à moitié à voir passer un rat avec une part de pizza à la main.

— Je crois que je comprends.

Moi aussi, j'ai souffert d'une mauvaise réputation, après tout — même si dans mon cas, c'était peut-être mérité.

— Donc, reprends-je. Si tu avais ton spectacle, qu'est-ce que feraient les rats ?

Pendant le reste du trajet, elle m'explique ses numéros dans les moindres détails, et je prends conscience de quelque chose que je n'aurais jamais imaginé.

J'ai envie de voir son spectacle de rats.

———

La levée de fonds est très chic, comme elle ne pourrait l'être qu'à New York. S'il y avait un thème, ce serait « vieille fortune » et/ou « snobisme ». La plupart des femmes ont un collier de perles qu'elles semblent adorer tripoter, et tous les hommes ont à la fois les mains douces et un nez n'ayant jamais été cassé, une combinaison rare, dans le monde du hockey.

Rien que de m'imaginer entamer une conversation avec une seule de ces personnes fait grimper ma pression sanguine en flèche, bien plus que si j'avais dû entrer sur le ring de boxe avec un champion poids lourd.

— Installons-nous ici, propose Calliope avec un geste vers l'une des longues tables du milieu de la pièce.

— OK.

Ravi d'avoir une excuse pour retarder le moment où je devrais aller réseauter, je porte le sac rempli d'accessoires pour rats sur la table et regarde Calliope tout mettre en place.

— Je vais faire mon numéro et, avec un peu de chance, les gens viendront voir, dit-elle.

À sa demande, les rats se mettent à jouer au football — une activité choisie parce que c'est un sport, ce qui devrait m'offrir une bonne transition pour parler de ma fondation.

Quelques personnes se rassemblent et regardent avec fascination jusqu'à ce que la performance se termine, quand Marco — ou peut-être Polo — marque le dernier but.

— C'est incroyable, dit l'un des hommes en se tournant vers sa femme. N'est-ce pas, Sucre ?

J'ouvre la bouche pour essayer d'aborder la levée de fonds, mais Sucre intervient, demandant à Calliope si elle a une carte de visite.

— Non, répond-elle, désolée. Il n'est pas question de moi.

Elle fait un signe de tête vers moi.

— Cette performance avait pour but d'attirer l'attention sur la fondation de Michael.

Tout le monde se tourne vers moi, je me lance donc

dans le discours que j'ai répété si souvent dans ma tête. À ma stupéfaction, non seulement ils sont intéressés, mais certains sortent même leur carnet de chèques — y compris le mari de Sucre.

— Maintenant que c'est réglé, dit Sucre en se tournant vers Calliope. Comment je peux vous joindre si je veux vous embaucher pour que vous présentiez ce genre de spectacle pour moi ?

Calliope écrit son numéro sur une serviette en papier.

— Merci, dit Sucre avant de s'éloigner.

— Mince alors, soufflé-je. Tu vas peut-être avoir ton spectacle plus tôt que tu le pensais.

Calliope secoue la tête.

— Je veux me produire dans des salles de spectacle ou des cirques. Sucre avait clairement un événement privé, comme un anniversaire, en tête.

— Quand même. Il y aura peut-être un invité à cet événement qui est propriétaire d'une salle de spectacle ou d'un cirque.

— Et si on se concentrait sur toi pour l'instant ? suggère-t-elle.

Elle relance le match de football, ce qui attire une foule encore plus grande.

— Vous êtes Miel et Boo Boo ? demande une dame une fois la performance achevée.

— Oui, répond Calliope, mais on n'utilise pas ces surnoms.

Savoir que nous sommes des célébrités pousse les gens à sortir leur carnet de chèques encore plus vite et, pour couronner le tout, Calliope distribue deux serviettes de plus avec son numéro.

Au moment où on rassemble une troisième foule, quelqu'un approche que je regarde à deux fois.

Je m'attendais à le voir plus tôt dans la journée.

— Tugev, articulé-je entre mes dents. Qu'est-ce que tu fais ici ?

Lui et sa cavalière lèvent les yeux des rats et il fait comme s'il me remarquait tout juste.

— Mi… Medvedev ? s'étonne-t-il en écarquillant les yeux.

Ma mâchoire se contracte. Je sais qu'il s'apprêtait à m'appeler « Misha », avant de décider de ne pas proférer une insulte qui aurait sans le moindre doute causé une scène.

— Qu'est-ce que tu fais là ? demande-t-il.

— J'ai demandé en premier, rétorqué-je en croisant les bras sur ma poitrine. Et tant qu'on y est, pourquoi tu n'étais pas au match ?

— C'est moi qui l'ai fait venir ici, dit sa cavalière avec un sourire avant de me tendre la main. Bonjour, je suis Sophia. Vous devez connaître Mason par l'intermédiaire du hockey.

— Appelez-moi Michael, dis-je en serrant sa main. C'est aussi vous qui l'avez interdit de jouer, plus tôt ?

— Je n'ai pas joué parce que je suis à la retraite, grogne Tugev.

Alors c'est vrai ?

— Comme c'est commode. Juste quand je

m'apprêtais à te botter les fesses sur la glace, tu prends ta retraite.

— Oh, je t'en prie, rétorque-t-il d'un ton railleur. Si j'avais été là, vous auriez perdu, ton équipe et toi.

— Ce qu'il veut dire, c'est « félicitation pour votre victoire », corrige Sophia.

— Je pensais ce que j'ai dit, lui assure Tugev.

Puis il se tourne vers moi et ajoute avec réticence :

— J'ai été impressionné par ton esprit d'équipe. Ou que tu aies réussi à travailler en équipe tout court.

C'est un compliment ou une pique ?

À cet instant, Lénine marque le dernier but et Calliope lève les yeux du match de rats.

— Hé, lance-t-elle à Tugev. Vous n'êtes pas le type que Michael tenait à battre aujourd'hui ?

Tugev esquisse un sourire narquois.

— Je ne savais pas que tu pensais autant à moi. Je suis flatté.

Je crispe les poings.

— Dans tes rêves. Par contre, tu vas te retrouver *flagada* si tu continues…

Calliope pose une main apaisante sur mon épaule.

— Tu lui as parlé de ta fondation ? Sachant que vous êtes tous les deux passionnés de hockey, il ferait peut-être le sponsor idéal.

— Quelle fondation ? s'enquiert Sophia, l'air sincèrement intriguée.

Tugev ne dit rien, mais hausse un sourcil de manière très appuyée.

— Très bien, lâché-je.

Je serre les dents, pense aux enfants et me lance dans mon discours. Je l'ajuste même pour mon public, soulignant que je compte commencer par mettre l'accent sur le hockey et par recruter en Russie et dans les anciens pays soviétiques.

— C'est merveilleux, dit Sophia en donnant un coup de coude à Tugev.

— Je suis d'accord, acquiesce-t-il. Dis-m'en plus.

Stupéfait par ce revirement de situation, je parle un bon moment. À sa décharge, Tugev pose des questions intelligentes. Bientôt, Sophia et lui me recommandent leur avocat, me suggèrent des gens qui pourraient siéger au conseil de la fondation, et m'invitent à d'autres événements où je pourrai lever des fonds.

— Tu en as parlé à Orehov ? demande Tugev vers la fin de notre discussion.

— Pourquoi ?

Orehov est un joueur de hockey singulier, parce que des rumeurs persistantes le relient à la mafia russe. Je n'ai aucune idée si c'est vrai, mais la seule fois où il s'est battu avec quelqu'un sur la glace, le type a disparu peu après.

— On dit qu'il a beaucoup de contacts en Russie, répond Tugev. Ça pourrait s'avérer pratique, si tu comptes aider les jeunes là-bas.

— Je pense pouvoir me débrouiller sans lui, dis-je. Je reçois régulièrement des lettres de fans russes, c'est à eux que je demanderai de l'aide.

Parce que la dernière chose dont j'ai envie, c'est de

mêler l'aide que je veux apporter aux enfants avec la mafia russe.

— Comme tu voudras.

Tugev plonge la main dans sa poche de veste et sort son carnet de chèques.

— Ce n'est qu'un premier don, dit-il en remplissant le chèque avant de me le tendre.

Quand je vois le montant, j'écarquille les yeux. C'est plus d'argent que quiconque a jamais versé pour ma cause, même en combinant tout et en ajoutant quelques zéros. J'aurais dû m'y attendre, je suppose. Après tout, Tugev est milliardaire, mais…

Un hoquet sonore s'échappe de la bouche de Calliope, et je trouve ça drôlement sexy. Elle a remarqué la somme indécente, elle aussi.

— Ça va aider beaucoup d'enfants, dis-je d'un ton grave en regardant Tugev. Merci, Mason.

Il me tend sa carte de visite.

— Comme je l'ai dit, ce n'est que le début. Reprenons contact quand tu auras levé un peu plus de fonds, et je pourrai faire une contribution plus significative.

Abasourdi à l'idée qu'il fasse un chèque encore plus gros, je hoche la tête et les regarde s'éloigner, Sophia et lui, pour aller discuter avec d'autres gens.

— Tu crois qu'il a fait ça parce qu'il s'en voulait d'avoir loupé le match ? demande Calliope.

Je hausse les épaules.

— Si c'est le cas, je suis bien content qu'il ait pris sa retraite. Cet argent va tout changer.

Elle serre mon épaule.

— Continuons tant qu'on est en veine.

— OK.

Le spectacle de rats reprend et on repasse en mode levée de fonds. Tout se passe de manière bien plus détendue, maintenant que j'ai cet énorme chèque. C'est comme si les gens sentaient le succès et étaient attirés par lui. Soit ça, soit mes compétences sociales sont meilleures quand je n'ai plus la pression. En fait, je perds le compte des chèques que je reçois et, juste au moment où le dernier groupe s'éloigne, une femme monte sur le podium devant la salle et tapote le micro.

— Le marathon de danse s'apprête à commencer, annonce-t-elle. Mais il nous manque des danseurs. Quelqu'un veut se porter volontaire ?

Elle pose les yeux droit sur nous et ajoute :

— Des gens qui sont au cœur d'un phénomène viral en ce moment, par exemple ?

Je secoue la tête. Calliope aussi.

— Oh, ne soyez pas timides, insiste la femme. Je suis certaine qu'on lèvera beaucoup d'argent, si vous participez… et ça pourra aller à la cause de votre choix.

— Même si c'est la sienne ? demande Calliope en me pointant du doigt.

— Bien sûr, répond la femme.

Merde. On va vraiment faire ça ?

Sûrement pas. Calliope a encore l'air hésitante.

— Je ne peux pas laisser mes rats tout seuls, dit-elle.

— Je les surveillerai, promet la femme.

Elle doit avoir eu recours à beaucoup de Botox,

parce qu'elle arrive à plisser le nez sans laisser apparaître une seule ride.

— Je ferai une promesse de don de cent mille dollars si vous dansez, lance Sophia, les yeux pétillants de malice. Je suis sûre que d'autres seront encore plus généreux.

Elle fait un signe de tête vers son cavalier.

D'autres décident de jouer le jeu et nous mettent la pression, faisant des promesses de don à leur tour. Puis d'après l'instigatrice de tout ça, de l'argent supplémentaire sera envoyé par la plèbe qui va regarder le marathon de danse en ligne.

— On devrait le faire, me murmure Calliope à l'oreille. Les enfants ont bien besoin de cet argent.

— Grâce au chèque de Tugev, rien ne nous oblige à faire un truc qu'on n'a pas envie de faire, dis-je à voix basse. Tu en as déjà beaucoup fait.

Je n'aurais sûrement pas pu lever ne serait-ce qu'une fraction de cette somme démentielle tout seul.

Ses lèvres effleurent mon oreille quand elle murmure :

— Si on danse ensemble, ça nous aidera aussi à faire croire à notre comédie. Les vrais couples dansent.

Bordel. Imitant un patineur artistique, je tends la main de manière théâtrale.

— M'accorderais-tu cette danse ?

Pour une raison inconnue, elle se met à rougir, puis elle prend ma main et on avance vers la piste de danse, où on est rejoints par les volontaires mentionnés plus tôt par la dame.

— Et vous deux ? demande cette dernière à Tugev et Sophia. Vous voulez participer ?

Ils acceptent. Tout comme un autre couple, et quelques autres après ça.

En attendant que la musique commence, je me rends compte que mon cœur cogne dans ma poitrine — et pas juste à cause de la proximité de Calliope ni de sa main fine dans la mienne. Je ne suis pas non plus dérangé à l'idée que cette performance soit diffusée en direct. Non. Mon cœur bat la chamade parce que je viens de prendre conscience de quelque chose à retardement.

J'ai envie que cette fausse relation avec la mascotte de mon équipe devienne réelle.

CHAPITRE 18
CALLIOPE

ne more time des Daft Punk s'échappe des haut-parleurs tout autour de nous et on se met à danser, ce qui me rappelle quand Michael s'est retrouvé en moi, il n'y a pas si longtemps. À moins que ce ne soit pas qu'un flash-back. J'ai peut-être envie qu'il y revienne ? Tout ce que je sais, c'est que je suis bien trop excitée devant les gens les plus riches de New York, et que le corps puissant de Michael en train de tournoyer à côté de moi n'arrange rien.

— Tu danses bien, me murmure-t-il à l'oreille.

— Tout est une question d'équilibre et de rythme, dis-je dans un hoquet. Et tu ne te débrouilles pas mal non plus.

J'entends par là qu'il est sexy à souhait.

Avec un sourire narquois, il fait onduler son corps de manière encore plus sensuelle, et je prie pour que ma réaction face à lui reste à l'intérieur de mon string.

Quand la chanson s'arrête, les danseurs sont notés, et le couple à côté de nous reçoit les notes les plus hautes.

Michael se penche et je m'attends à moitié à ce qu'il m'embrasse, mais il se contente de me parler à l'oreille à voix basse.

— Ce marathon de danse est une occasion de battre Tugev.

Je fronce les sourcils.

— Même après tout cet argent qu'il a donné pour les enfants ?

Il hausse les épaules.

— C'est une compétition. Quelqu'un doit gagner. Pourquoi pas nous ?

— Je suppose.

Comment on appelle l'équivalent féminin des couilles bleues ? Les lèvres bleues ? Je demande pour une amie.

La danse suivante est encore plus torride, et on reçoit les notes les plus hautes. Hélas, Sophia et Tugev remportent la manche suivante et, à en croire le regard qu'échangent les deux hommes, Tugev est tout aussi compétitif que Michael.

— On doit remporter plus de points de sensualité à la prochaine manche, dit Michael.

— Comment ?

Et est-ce vraiment une bonne idée ? Je suis déjà à quelques points d'escalader Michael comme un panda sur le plus délicieux — et dur — des bambous.

— Reste plus proche de moi, dit-il. Et tournoie plus.

— Si je m'approche plus, on aura besoin d'un préservatif, marmonné-je entre mes dents.

Mais je fais ce qu'il suggère et ça nous vaut le score maximal une fois de plus — tout en me rapprochant des lèvres bleues.

Malheureusement, lors de la prochaine chanson, on a beau tournoyer du mieux qu'on peut, c'est Tugev et Sophia qui remportent la victoire — autrement dit, on est à égalité.

Vient ensuite un cha-cha — et, comme c'est une danse de salon, ça requiert un entraînement que Michael et moi n'avons pas. Ni Tugev et sa cavalière, semble-t-il. Le meilleur score est attribué à un adorable couple de personnes âgées qui est si doué qu'il pourrait s'agir de professionnels à la retraite. Ce même couple domine durant la valse qui s'ensuit, puis le tango et toutes les autres danses de salon — ce qui leur permet de remporter la compétition. Personne ne semble se soucier de savoir qui est arrivé en deuxième ou troisième.

Michael arbore une expression orageuse qui me fait craindre pour la sécurité du couple âgé. À notre gauche, le visage de Tugev est similaire — ce qui ne fait que confirmer que tous les joueurs de hockey sont trop compétitifs pour être considérés comme sains d'esprit.

— Allons voir mes rats, dis-je.

Michael semble repousser les fantasmes violents qu'il nourrissait contre les vainqueurs.

— Ouais. Et ensuite, on s'en va ?

Je hoche la tête. Plus vite on sera revenus à l'hôtel, plus vite je pourrai changer de culotte.

———

Quand on arrive devant la porte de notre suite de lune de miel, je remarque qu'elle n'est pas bien fermée, et le fait remarquer à Michael.

— Laisse-moi voir.

Il se penche pour examiner la serrure, et tous les muscles de son corps semblent se raidir.

— Quelqu'un est entré par effraction, dit-il d'un ton lugubre en se redressant, les poings serrés.

— Tu crois ?

Je pousse la porte, et elle s'ouvre. On a clairement trifouillé la serrure.

— Reste ici, ordonne Michael. Je vais entrer pour…

— Non, protesté-je en l'attrapant par le coude. Et s'il était encore là ?

Un éclat sombre brille dans ses yeux.

— C'est ce que j'espère.

Je resserre la main autour de son bras.

— Non. Je te l'interdis.

— Tu me l'interdis ? répète-t-il, libérant son bras et plissant les yeux.

— Tu pourrais être blessé.

Rien qu'à cette idée, mes entrailles s'emplissent de nitrogène liquide.

— C'est ton harceleur qui s'apprête à être blessé, pas moi.

La manière glaciale dont il a prononcé ces mots me rappelle la scène d'agression terrifiante de *The Revenant.*

Je le dévisage.

— Tu penses que c'est lié à…

— Oui. C'est ce que je pense.

Je lui prends à nouveau le bras.

— Dans ce cas-là, je veux *encore moins* que tu entres là-dedans. Et si ce psychopathe avait un flingue ?

Il hausse les épaules.

— J'aurais quand même le dessus.

C'est officiel. La testostérone est une toxine.

— S'il te plaît. Ne fais pas ça. J'ai peur qu'il passe à côté de toi et s'en prenne à moi.

— Oh.

Michael se tourne vers moi et l'inquiétude se lit sur ses traits.

— Je n'avais pas pensé à ça. Descends. Tout de suite.

— Non. On va y aller ensemble.

Il a l'air réticent, alors j'ajoute :

— Et si le harceleur était dans le lobby ?

— C'est vrai, articule-t-il entre ses dents. Allons-y.

On entre dans l'ascenseur ensemble, on court voir le concierge et on lui explique la situation. Bientôt, deux agents de police apparaissent, ainsi qu'une femme qui semble faire partie de la direction de cette chaîne hôtelière. Les flics entrent dans la suite, puis reviennent et nous annoncent qu'il n'y a personne — et que la pièce n'avait pas l'air d'avoir été saccagée.

— Excepté le costume d'ours, précise le flic barbu. Quelqu'un l'a déchiré.

Mon costume de mascotte ? Pourquoi ?

— Vous devriez aller voir s'il manque quoi que ce soit, suggère la directrice.

On accepte et elle nous accompagne, ainsi que la police, à l'étage. On se rend compte que tout est en ordre mis à part mon costume, que quelqu'un a déchiqueté en morceaux de la taille d'un ourson en peluche.

— Qui ferait un truc pareil ? demandé-je en regardant le pauvre costume, les yeux ronds.

— Et pourquoi ? renchérit la directrice.

— Un fan bizarre ? suggère le flic barbu.

— Je pense que c'est un harceleur, répond Michael. Quelqu'un qui en a après Calliope.

Il lance un regard noir au costume et ajoute :

— Je pense que c'était un genre de rituel malsain.

Waouh. C'est très sombre, comme théorie. Il croit que le responsable m'imaginait dans le costume, quand il l'a réduit en charpie ?

Je me tourne vers la femme.

— Vous pourriez découvrir qui c'était grâce aux caméras de sécurité ?

Elle hoche la tête.

— Les policiers ont déjà demandé les vidéos. Malheureusement, on a récemment changé de système et on m'a dit qu'il faudrait peut-être plusieurs jours avant de mettre la main sur les enregistrements.

— Envoyez-les moi dès que vous les avez, dit Michael d'un ton impérieux.

— Je les enverrai à la police.

Michael arbore une expression qui pousse les deux flics à poser la main sur leur arme.

— Vous allez m'envoyer ces vidéos, ou…

— Nous serons en Floride dans deux jours, interviens-je.

J'ai le sentiment que Michael s'apprête à se faire arrêter pour avoir proféré des menaces de mort, alors je m'empresse d'ajouter :

— Et si c'est bien un harceleur, il nous suivra peut-être à la maison, ce qui empêchera la police de New York de faire quoi que ce soit.

Ce que je ne précise pas, c'est que je doute que les flics prennent la peine de regarder ces enregistrements, vu que rien n'a été volé et que personne n'a été blessé.

— En fait, dit le flic barbu, si…

— Ça suffit, grogne Michael en venant se dresser devant la directrice. Vous savez qui on est ?

Elle secoue la tête.

— Cherchez « Miel et Boo Boo » sur Google, dit-il d'un ton lugubre. Et demandez-vous si vous tenez à ce qu'on dénigre publiquement votre hôtel, parce que c'est ce qu'on fera si vous n'acceptez pas ma requête très raisonnable.

La femme sort son téléphone, fait une recherche et pâlit.

— C'est quoi votre e-mail ? demande-t-elle à Michael.

Il le lui donne et elle promet de lui envoyer les vidéos de surveillance.

— On va y aller, annonce le flic barbu.

— Merci pour votre aide, lui dis-je.

Dès qu'ils sont partis, Michael demande une autre chambre à la directrice.

— Deux autres, même, renchéris-je.

Maintenant que le match est passé, ils devraient avoir plus de chambres libres.

— Deux ? répète la directrice, l'air perplexe. Vous n'êtes pas ensemble ?

Merde. La fausse relation.

— On s'est disputés.

Eh, ce n'est pas tout à fait un mensonge.

— J'ai besoin d'un peu d'espace.

— Une seule chambre, intervient Michael en se tournant vers moi, les yeux plissés. J'insiste.

— Pourquoi ?

Malgré cette frayeur, ou peut-être à cause de ça, je suis plus excitée que jamais, et je ne me ferais pas confiance dans le même lit que lui. Surtout après hier.

Il approche et me prend la main.

— Tant que cette histoire de harceleur ne sera pas réglée, je ne veux pas que tu sois seule.

Bordel. Ce qu'il dit est sensé — mais ça veut aussi dire qu'on va partager la même chambre pendant quelques jours de plus, une idée qui me fait frétiller, étrangement.

— OK, cédé-je avant de regarder la directrice d'un air impassible. Une seule chambre, s'il vous plaît.

— Vous pouvez prendre la suite présidentielle, propose-t-elle. Il y a deux chambres, vous pourrez donc dormir comme vous le souhaiterez.

Pourquoi je suis aussi déçue à l'idée qu'il y ait deux chambres ? Et pendant que la directrice nous aide à déménager dans la suite présidentielle, Michael n'a pas l'air ravi non plus.

— Je vais embaucher un service de sécurité privé pour qu'il surveille le couloir devant votre porte, dit la directrice avant de s'en aller. Et en attendant qu'ils arrivent, je vais demander à deux bagagistes de se poster ici.

Waouh.

— Merci. Vous surpassez toutes nos attentes.

Je pourrais presque la pardonner pour son idée des deux chambres.

Presque.

— Aucun problème, répond-elle avant de sortir.

— Quand est-ce qu'on s'est disputés ? demande Michael dès qu'on est seuls.

— Quoi ?

— Tu lui as dit qu'on s'était disputés, rappelle-t-il. Tu parlais de quoi ?

Je le regarde en clignant des paupières.

— C'était juste une couverture pour justifier qu'on ait besoin de deux chambres.

— Ah, dit-il en faisant un pas vers moi. Mais ça me fait me demander : *pourquoi* tu veux deux chambres séparées ?

Mon cœur se met à battre à tout rompre.

— Pourquoi pas ? C'est ce qu'on voulait hier soir.

Un éclat dangereux passe dans ses yeux noirs.

— C'était *avant*.

Je lève le menton.

— Avant l'acte que tu as qualifié d'erreur ?

Ses narines se dilatent et je me rends compte qu'il a un nez fort et attirant.

— C'est l'hôpital qui se fout de la charité, lâche-t-il. C'est toi qui as dit que ce qui est arrivé était une erreur. Tu as mentionné ne pas être intéressée par les aventures sans lendemain et as affirmé que je ne sortais avec personne.

— Eh bien, c'est vrai. Tu as une règle ridicule à ce sujet.

Il réduit la distance et me lève le menton entre ses doigts repliés.

— Il y a des exceptions à toutes les règles.

Sur ces mots, il s'empare de mes lèvres en un baiser brutal, dévorant.

CHAPITRE 19
MICHAEL

lle me rend mon baiser avec une férocité à laquelle je ne m'attendais pas, puis elle tend la main pour déboucler ma ceinture.

Une sorte de bête — sans doute un ours — se réveille au fond de moi, et je résiste à l'envie de rugir, la soulevant pour la porter jusqu'au lit géant.

Dans une frénésie éperdue, on tire sur nos vêtements respectifs jusqu'à ce qu'ils forment une pile au bout du lit, révélant Calliope dans toute sa gloire pâle et délectable.

— J'ai tellement envie de te baiser, dis-je dans un grognement douloureux. Tu n'as même pas idée de l'effet que tu me fais, *ptichka.*

En réaction, ses joues et ses seins prennent une teinte rose plus foncé que ses cheveux.

— Je parie que j'en ai encore plus envie.

— Impossible, dis-je en prenant son sein en coupe.

— Tout doit être une compétition, avec toi ?

demande-t-elle dans un hoquet, son téton durcissant sous mes doigts.

— Non.

J'écarte ses jambes et dépose des baisers aussi légers que des plumes depuis son genou jusqu'à sa cuisse.

— Avec toi, j'ai l'impression d'avoir déjà tout gagné.

— Ça n'a aucun sens, dit-elle d'un ton hébété. Si…

Mes baisers atteignent la chair humide et échauffée de son sexe, et ça semble la faire taire — un petit tour que je garderai en tête pour plus tard.

Quand je lèche avidement sa fente, elle a un goût enivrant de barbe à papa, de noix de pécan grillées et d'autre chose d'ineffable qui n'appartient qu'à elle.

Un gémissement désespéré s'échappe de ses lèvres, m'encourageant à la lécher plus haut, où son clitoris enflé se cache timidement au milieu d'un nœud de chair rose.

— Oh, mon Dieu, souffle-t-elle quand j'atteins ma destination.

Je l'attrape par ses fesses rondes délicieuses, la soulève vers moi et dessine des cercles avec ma langue autour du petit bout de chair, la faisant gémir encore. Et encore.

— C'est ça, murmuré-je contre sa jolie chair quand ses muscles se mettent à trembler. Jouis pour moi.

Elle s'exécute avec un cri.

Je remonte la langue le long de son ventre et continue jusqu'à avoir atteint son cou, que je mordille.

— Ce n'était que le début, murmuré-je dans son

oreille d'une voix sensuelle. Ce soir, je vais te faire jouir plus de fois que tu l'as fait de toute ta vie.

Elle secoue la tête avec langueur.

— Comme je le disais, tu es si compétitif.

Merde. C'est peut-être vrai. Parce que j'ai envie de la baiser avec tellement de minutie que ça effacera tous ceux qui sont passés avant moi de sa mémoire.

— Retourne-toi, ordonné-je d'une voix rauque.

— Pourquoi ? demande-t-elle en obéissant.

— Tu vas recevoir un massage des fesses.

Je peux enfin refermer les mains sur ces fesses douces qui me narguent à chaque instant.

— OK.

Elle lève le derrière en l'air, sans doute dans un effort malavisé pour m'aider.

Meeeerde. J'oublie toute idée de massage. Ce que je veux vraiment, c'est plonger mon sexe en elle, par-derrière, et la pilonner jusqu'à…

Non.

Si je veux accomplir mon objectif énoncé plus tôt, je vais devoir mobiliser tout mon self-control.

J'agrippe sa chair pâle, la serre à deux mains, puis commence à pétrir le muscle.

— Waouh, lâche-t-elle, se détendant visiblement. C'est plutôt agréable.

Plutôt agréable ? J'intensifie mes bons soins jusqu'à ce qu'elle se transforme en pâte à modeler dans mes mains et gémisse de plaisir.

Quand j'ai l'impression que mon sexe va exploser, je la lèche par-derrière jusqu'à ce qu'elle jouisse une nouvelle fois, les mains serrées autour des draps amidonnés et un cri désespéré s'échappe de ses lèvres.

— Retourne-toi, ordonné-je d'une voix bourrue.

Elle obéit et j'éprouve une satisfaction démesurée quand je vois ses tétons durs et ses yeux voilés.

Elle a l'air bien baisée, et mon sexe n'est même pas encore entré en elle.

— Tiens, dis-je en approchant l'index et le majeur de ma main droite de ses lèvres parfaites. Mouille-les pour moi.

Elle écarquille les yeux, puis suce mes doigts comme une bonne fille. Une fois qu'ils sont assez lubrifiés à mon goût, je les glisse en elle, l'étirant délicatement — je manque de jouir en sentant la chaleur glissante en elle.

L'expression béate sur son visage m'encourage à continuer et je fais aller mes doigts d'avant en arrière, avant de les recourber pour localiser le nœud de nerfs juste derrière…

— Oui ! hoquette-t-elle. Juste là. S'il te plaît.

Eh bien, puisque c'est demandé si gentiment, je n'ai pas le choix, hein ? Je me concentre sur l'endroit que je viens de trouver jusqu'à ce que ses orteils se crispent et qu'elle pousse un cri à l'arrivée d'un autre orgasme.

— C'est bien, *ptichka,* susurré-je d'une voix rauque. Encore un.

— Quoi ? s'étonne-t-elle, les yeux écarquillés.

Puisque l'action vaut toujours mieux que les mots, je plaque à nouveau ma langue sur son clitoris, et il suffit de quelques coups de langue avant qu'elle jouisse une fois de plus pour moi.

— Maintenant, grogné-je, je veux être en toi.

— Enfin !

Elle attrape un préservatif, déchire l'emballage et enveloppe mon sexe.

Je ne sais pas si je viens de développer un nouveau fétiche, mais rien que de voir ses ongles pailletés près de mon membre manque de me faire éjaculer trop vite. Heureusement, j'arrive à me retenir. Au lieu de ça, je pénètre avec prudence son sexe si douillet, puis je nous laisse nous ajuster tous les deux aux sensations une seconde avant d'oser bouger.

— Non, implore-t-elle en se tortillant sous moi. Ne sois pas délicat. Je veux que ce soit brutal.

Et dire que j'avais l'impression de me comporter comme une bête avec elle ! Parce que ce n'était rien comparé à la férocité avec laquelle je m'enfonce en elle, me faisant un plaisir de lui donner ce qu'elle veut.

— Oui ! hurle-t-elle en me griffant le dos avec ses ongles. Comme ça !

Je la pilonne de toutes mes forces et elle jouit sur mon sexe, encore et encore, jusqu'à ce que je perde le compte de ses orgasmes en même temps que je perds la raison. Enfin, avec un grognement sauvage, je jouis à mon tour.

La suite est un peu embrouillée dans ma tête. Elle va se nettoyer, et je crois que je fais pareil, puis on se retrouve enlacés sous les couvertures, après quoi je plonge dans le sommeil le plus profond et le plus agréable de toute ma vie.

CHAPITRE 20
CALLIOPE

À mon réveil, je suis enroulée autour de Michael comme une couverture polaire. Au moment où je me détache de lui, il ouvre les yeux.

— Bonjour, murmure-t-il.

Je ne sais pas trop pourquoi, mais je rougis. Je recouvre aussi mes seins avec la couverture, comme si on n'avait pas…

— Tu veux aller à la salle de bain en premier ? demande-t-il. Ou j'y vais ?

Comment peut-il être assez réveillé pour réfléchir à des choix aussi difficiles ?

— Vas-y.

Comme ça, je pourrai enfiler quelque chose en attendant. Il saute du lit comme s'il avait déjà bu deux espressos. J'admire ses fesses nues et ses cuisses qui se contractent à chacun de ses pas.

Dès que j'ai un peu d'intimité, je m'habille et

réfléchis aux implications d'hier soir – à savoir les meilleurs ébats que j'ai jamais connus, diminutif ME.

Juste avant que les ME commencent, Michael a sous-entendu que, même s'il avait pour règle de ne sortir avec personne, il était prêt à faire une exception pour moi. Bien sûr, je ne sais pas bien si c'était sa façon de me proposer qu'on se mette ensemble, ou s'il déclarait juste que c'était une vague probabilité.

Quoi qu'il en soit, ce que je ne sais pas non plus, c'est si j'ai envie qu'on sorte ensemble. Dès qu'il aura rencontré ma famille, il se rendra compte que…

— La salle de bain est tout à toi, lance Michael, me faisant sursauter.

Quand je lui lance un coup d'œil, je vois qu'il a enfilé un peignoir — dommage.

— Tu veux bien commander au service d'étage ? demandé-je.

Il hoche la tête et je fonce dans la salle de bain pour effectuer ma routine matinale. Quand je ressors, il est habillé et termine tout juste un coup de fil.

— J'ai pu avancer notre vol, annonce-t-il en rangeant son téléphone.

Je penche la tête d'un air interrogateur.

— Je me sentirais rassuré si je pouvais me charger de ce harceleur sur mon territoire, explique-t-il.

Oh merde. Il m'a baisée avec tant de minutie que j'ai complètement oublié le danger qu'on courait. Maintenant que je m'en souviens, je ne suis pas sûre de me sentir plus en sécurité chez moi, et je le lui dis, lui rappelant qu'on s'est introduit dans mon vestiaire, et peut-être aussi dans mon appartement.

— C'est pour ça que je veux que tu t'installes avec moi, répond-il. Je vis dans une communauté privée et je suis entouré de voisins curieux. Jamais le harceleur ne pourra...

— Une seconde, l'interromps-je en le dévisageant. Tu es en train de me demander d'emménager avec toi ?

On frappe à la porte.

— Service d'étage.

Michael laisse entrer la femme et je découvre qu'il n'a pas seulement commandé à manger pour nous, mais aussi pour mes rats — c'est l'argument le plus persuasif qu'il pouvait faire pour me faire accepter cette idée folle d'emménager ensemble.

— Oui, répond Michael quand on est à nouveau seuls. Je veux que tu emménages chez moi.

Je serre ma quesadilla si fort qu'une goutte de fromage Monterey Jack coule dans mon assiette. Wolfgang se précipite et l'engloutit.

Meine Liebe, dis-lui que tu acceptes d'emménager s'il peut te garantir que toutes les journées commenceront avec autant de ce délicieux fromage.

Je me racle la gorge.

— Tu ne crois pas que ce serait faire évoluer notre relation, ou quel que soit le nom qu'on donne à ça, un peu trop vite, si on se casait ?

Il fronce les sourcils.

— Qui dit encore « se caser », de nos jours ?

— C'est une étape importante, d'emménager ensemble, insisté-je, ignorant sa pique.

— Je ne te demande pas d'emménager parce qu'on sort ensemble, répond-il en prenant sa cuillère pour la plonger dans un bol d'avoine pas du tout appétissant. C'est pour te protéger.

Hmm. Ai-je mal compris ? Je commence à transpirer sous les aisselles.

— Alors… on ne sort pas ensemble ?

— Bien sûr que si, rétorque-t-il, les yeux brillants. On ne l'a pas établi clairement hier soir ?

Ouf. Ça aurait été embarrassant, si je m'étais trompée. Et très décevant.

— Tu as dit que « tu pouvais faire une exception », lui rappelé-je. Ce n'est pas tout à fait…

— Calliope, dit-il d'un air sombre, j'aimerais faire une annonce importante. Écoute-moi bien, s'il te plaît.

Je pousse un soupir.

— OK, OK, j'ai compris…

— Me ferais-tu l'honneur de sortir avec moi ? demande-t-il sur le même ton. Pour de vrai, cette fois ?

Merde. Maintenant que la question est posée, je me sens totalement paniquée, ce qui est idiot, sachant à quel point j'en avais envie une seconde plus tôt.

— J'accepte à une condition, lâché-je. Que tu rencontres ma famille vendredi prochain.

Ma logique — à supposer qu'il y en ait une dans toute cette folie — c'est que, s'il ne supporte pas ma famille de cinglés, mieux vaut que je le sache tout de suite. Il est encore assez tôt pour que je ne risque pas mon cœur. Pas trop, en tout cas.

Oui. Je n'arrive pas à croire que je n'y ai pas pensé plus tôt.

Michael me dévisage.

— La rencontre avec les parents n'est pas aussi censée être une étape plus lointaine, dans une relation ?

— Parfois, admets-je. Dans notre cas, ma famille pense qu'on sort ensemble depuis tout ce temps. Mis à part ma sœur, Seraphina, qui connaît la vérité… mais elle n'arrêtait pas de dire qu'on finirait ensemble, de toute façon. Ça clarifiera les choses, si tu les rencontres.

Ou ça portera le coup de grâce à cette relation.

— OK. Je rencontrerai les Klauncul, répond-il en employant la prononciation allemande que j'ai inventée.

Je soupire.

— C'est bon. Tu peux dire « clown cul ». Même devant eux. C'est comme ça qu'ils se font appeler.

Il hoche la tête, puis regarde par la fenêtre et écarquille les yeux. Mon cœur se serre quand j'imagine le harceleur en train de faire de la spéléologie devant notre chambre.

Mais ce n'est pas ça.

Un oiseau est posé sur le rebord de la fenêtre.

Un sublime spécimen, au dos bleu-gris, au poitrail blanc et à la tête noire.

— C'est un faucon pèlerin, dit Michael avec déférence.

Ah, c'est vrai. Il est ornithologue. Mais…

— Qu'est-ce qu'il fait ici, à Manhattan ?

Jusqu'à maintenant, je croyais que les grandes villes n'avaient que deux types d'oiseaux : les pigeons et les moineaux. Mais celui-là n'est aucun des deux.

Michael sort son téléphone et prend une photo.

— J'ai entendu dire que des gens les avaient aperçus ici. On a beaucoup de chance.

Certains de mes rats émettent de brefs couinements désapprobateurs, tandis que d'autres émettent des pépiements plus longs, leur version personnelle du « va à la bite ».

— Je ne crois pas que mes rats trouvent qu'on a de la chance, fais-je remarquer.

Michael balaie cette remarque de la main.

— Les rats ne sont pas la source de nourriture principale des faucons pèlerins.

Je ricane.

— Ça veut juste dire qu'ils n'en mangent que quand il n'y a rien de plus savoureux dans le coin.

Je fais rentrer mes petits bonshommes dans leur caisse de transport. On part bientôt, de toute façon, et ils se sentiront plus en sécurité, comme ça.

Michael prend une autre photo.

— Le faucon pèlerin est l'animal le plus rapide sur cette planète, et il est réputé pour ses talents de chasseur. Il peut même attraper d'autres oiseaux.

— Waouh.

Il peut débiter des infos sur n'importe quel volatile ?

— Ils peuvent aussi parcourir plus de vingt-cinq

mille kilomètres par an pour migrer d'un continent à l'autre, continue-t-il. Ils nichent en haut des falaises ou des bâtiments, et ils gardent la même compagne toute leur vie.

Ah. Ce dernier détail me rend cette machine à tuer les rats plus sympathique.

Dans un bruissement d'ailes puissantes, le faucon pèlerin s'envole — et j'espère secrètement qu'il a repéré un pigeon, plutôt qu'une créature mignonne et câline, comme un rat.

— Ça a ensoleillé ton voyage, de voir ça ? lui demandé-je. Ou le gros chèque d'hier soir t'avait déjà satisfait ?

Les yeux de Michael s'assombrissent et il se tourne vers moi.

— Quelque chose a ensoleillé toute mon année, hier soir… mais ce n'était pas le chèque.

Super. Je rougis, maintenant. Encore.

———

— On doit louer un camion de quelle taille pour déménager tes affaires chez moi ? m'interroge Michael quand on a atterri en Floride.

J'émets un petit rire.

— Je partageais encore une chambre avec ma sœur jusqu'à récemment. Mes affaires tiennent dans le coffre d'une voiture.

Et une quantité embarrassante de mes biens matériels sont déjà avec moi en ce moment.

— Super, dit-il.

Il m'aide à placer les affaires en question dans sa voiture, puis on va chez moi et on se gare près du lac. Cette vue va sûrement me manquer.

— Tu n'aimes que les oiseaux ? demandé-je à Michael avant d'indiquer d'un geste l'énorme alligator en train de se réchauffer non loin. Ou tu es aussi intéressé par leurs cousins proches ?

Il secoue la tête.

— Si ça n'a pas d'ailes, ça ne m'intéresse pas.

— Et pour les autruches, alors ? Elles n'ont pas d'ailes.

Il se gratte la tête.

— Elles ont des vestiges d'ailes. Ça n'a pas d'importance, de toute façon, parce que j'aime voir les oiseaux dans leur habitat naturel et qu'on n'est pas en Afrique.

Je lève les yeux au ciel et le fais entrer chez moi, où je lui montre le plancher auquel j'ai eu l'impression qu'on avait touché.

— C'était chez Ted, avant, c'est ça ? demande Michael en s'accroupissant pour examiner le sol.

Je hoche la tête.

— Il aurait pu laisser quelque chose ici, comme de la drogue, puis entrer en douce pour le récupérer ?

Je hausse les épaules.

— Je ne le connais pas, mais c'est possible.

Michael retire quelques lattes et pousse un soupir déçu.

— Il n'y a plus rien ici.

Je hausse à nouveau les épaules et vais emballer mes affaires — ce qui ne me prend pas plus de vingt minutes.

———

— Waouh, ton quartier est très sympa, dis-je quand on passe le portail élégant.

Des hérons et des canards géants barbotent dans un lac tout proche, ainsi que des anhingas, comme les appelle Michael, et tout un tas d'autres volatiles.

— Ça m'a été bien utile de vivre ici, depuis toute cette histoire de vidéo virale, me dit-il après avoir identifié chaque oiseau pour moi. La sécurité empêche tous ces vautours de la presse d'entrer… ou ne serait-ce que de rôder près du portail.

Hmm.

— Tu les effraierais, de toute façon.

Il hausse les épaules.

— Je suis bien content de me voir épargner cette prise de tête.

On se gare dans l'allée d'une maison si grande qu'il ne manque que quelques briques pour en faire un manoir. Je reste bouche bée devant toute cette splendeur et Michael vient m'ouvrir la portière.

— Bienvenue dans mon humble demeure, dit-il une fois qu'on est rentrés.

— C'est ça. Humble.

Les plafonds font au moins cinq mètres de haut, de sublimes tableaux et statues d'oiseaux décorent les murs, et les meubles semblent tout droit sortis d'un catalogue de mobilier européen.

— Tes rats peuvent s'installer dans le petit salon, dit-il en me menant vers une pièce plus grande que l'appartement que je viens de quitter.

Je laisse sortir les rats et tout le monde semble satisfait, sauf Lénine, qui me lance un regard plein de reproches.

Tovarisch, tu me transformes, le prolétari-rat, en gros bourgeois.

— Où je m'installe, moi ? demandé-je à Michael.

Dis « dans mon lit », s'il te plaît.

— J'ai deux chambres d'ami, répond-il. Allons voir laquelle tu préfères.

Je suis à la fois impressionnée et déçue. Et puis je me suis trompée. C'est *bien* un manoir.

— J'ai l'impression que les mascottes ne sont pas payées autant que les joueurs, fais-je remarquer d'un ton songeur pendant qu'on passe d'une pièce luxueuse à l'autre.

Michael grogne.

— Vu que je détestais l'idée de venir vivre en Floride, ils ont dû m'offrir un salaire très compétitif pour me convaincre.

Je me retourne pour le fusiller du regard.

— Qu'est-ce que tu détestes tant dans la Floride ?

— Ce foutu soleil, répond-il en repliant son petit doigt. Il t'éblouit, te donne le cancer et te réveille trop tôt tous les matins.

Il replie l'annulaire.

— Ensuite, il y a toute cette herbe. Il y en a partout, et des serpents rôdent dedans. Il y a aussi les pesticides, et les insectes résistants à ces pesticides.

Il replie le majeur.

— Sans oublier l'océan. Il est trop salé et des gens se noient dedans tout le temps, en plus les poissons pissent dedans. Il y a aussi des requins qui…

— OK, arrête.

Je parie qu'il s'apprêtait à utiliser chacun de ses dix doigts, et peut-être même ses orteils.

— Il doit bien y avoir des trucs que tu as fini par apprécier.

Ses yeux étincellent.

— Mis à part certaines personnes très spéciales, tu veux dire ?

Je hoche la tête, une sensation pétillante envahissant soudain ma poitrine.

Il pince les lèvres d'une manière qui me donne envie de les embrasser.

— Les oiseaux, bien sûr.

Il me guide jusqu'à une grande fenêtre qui donne sur une forêt, et regarde dans un télescope pendant quelques secondes. Un sourire presque enfantin apparaît sur son visage, me provoquant un tiraillement au creux du ventre.

— Ethan et Mo sont en train de nourrir Œil, annonce-t-il en s'écartant. Regarde.

Je m'exécute et c'est mignon, autant que peut l'être le fait de regarder un oiseau vomir de la nourriture dans le gosier d'un autre oiseau plus petit.

— Les faucons gardent le même partenaire toute leur vie ? m'enquiers-je en m'écartant du télescope.

— Cette espèce-là, oui, répond-il. C'est d'autant plus impressionnant sachant que ce sont des oiseaux solitaires.

Hmm.

— C'est vrai qu'ils peuvent s'accoupler en plein vol ? Parce que ça a l'air vraiment cool, surtout si…

— Non, répond-il. Quand le mâle veut courtiser une femelle, il plonge en piqué pour lui montrer qu'il est bon chasseur, puis il la tacle. Ce qui s'ensuit donne l'impression qu'ils s'accouplent dans les airs. Mais en réalité, si elle est d'accord pour baiser, ils font ça sur un perchoir, par terre ou dans leur nid.

Pourquoi l'idée de me faire tacler me paraît si sexy ? Est-ce que j'ai une cervelle d'oiseau ?

Mon téléphone sonne, m'épargnant d'avoir à me pencher sur d'autres questions dans la même veine.

— C'est ma sœur, dis-je à Michael avant de décrocher.

Il hoche la tête d'un air entendu et s'éloigne hors de portée de voix.

— Salut, lancé-je.

— Pas de « salut » avec moi, rétorque Seraphina d'un ton sévère. Encore une fois, ta famille doit avoir de tes nouvelles par le biais de vidéos virales ?

— Quoi ?

— Ton petit ami a failli tuer la mascotte Yéti, dit-elle. Et ce baiser. C'était ins*ours*tenable.

Je ne lui demande pas duquel de nos nombreux

baisers elle parle, parce que ce serait aller trop dans son sens.

— Je vais me faire pardonner auprès de toi et de tout le reste de la famille, promets-je.

— Ah oui ? demande-t-elle d'un air sceptique.

— Maman et papa organisent leur dîner du vendredi soir habituel ?

— Impossible, couine-t-elle. Tu n'es pas sérieuse. Tu vas vraiment…

— Oui. À supposer que ça ne dérange pas maman.

J'entends courir à l'autre bout du fil, puis Seraphina demande à ma mère si elle veut rencontrer mon Boo Boo.

J'entends un fracas bruyant. Seraphina hurle quelque chose qui ressemble à « c'est mon téléphone ».

— Calliope, dit ma mère, et l'excitation dans sa voix est un peu perturbante. Si tu n'amènes pas ton petit ami après m'avoir aguichée comme ça, je ne te parlerai plus pendant un mois.

— Une seconde.

Je retrouve Michael et coupe le son de mon téléphone pour lui demander s'il veut venir dîner avec ma famille vendredi.

Il sourit.

— Je serais ravi de rencontrer ta famille.

Ouais, c'est ça. On écrira ça sur la tombe de notre relation naissante.

CHAPITRE 21
CALLIOPE

l ne me faut pas longtemps pour installer mes affaires dans la chambre d'ami de mon choix, même si je me sens déprimée à l'idée de dormir ici plutôt qu'à côté de Michael... à supposer que ce soit bien ce qu'il a prévu.

J'observe ce qu'il reste de mon costume d'ours et passe un coup de fil au coach, qui m'informe que Michael l'a déjà prévenu et qu'un nouveau costume m'attendra dans mon vestiaire.

Une fois que j'ai terminé, Michael propose de nous préparer à dîner.

— Je peux t'aider ? demandé-je.

— Si tu veux.

Il me mène dans la cuisine, où je le regarde découper des champignons d'une main experte avant de les faire frire, sans jamais avoir besoin de mon aide.

— Je n'avais pas compris que tu avais juste besoin de moi en tant que soutien émotionnel, grommelé-je, mon estomac gargouillant aux délicieuses odeurs terreuses.

Michael émet un petit rire.

— Tu sais comment faire des *vareniki* ?

— Je ne sais même pas ce que c'est.

— Un plat ukrainien incontournable, répond-il. Proche des *pelmeni,* mais avec plus d'options de garnitures.

— Oh, ça explique tout, dis-je en levant un peu les yeux au ciel. C'est quoi, un *pelmeni* ?

Un autre surnom qu'il compte me donner ?

— C'est un type de raviolis russes.

Il sort un sachet de farine d'un tiroir si élevé qu'il me faudrait un tabouret pour l'atteindre.

— C'est originaire de Sibérie, et sûrement inspiré des wontons chinois.

— Oh. Ça a l'air délicieux.

Et puis « ravioli » pourrait être employé comme surnom affectueux, même si je préfère de loin « petit oiseau ».

— Les deux plats sont délicieux. Les *pelmeni* sont toujours fourrés à la viande, alors que les *vareniki* peuvent avoir toutes sortes de garnitures. Ma préférée, ce sont les champignons.

Il commence à pétrir la pâte avec ses mains fortes, ce qui rend mes seins très jaloux, pour une raison étrange.

Wolfgang observe la scène depuis mon épaule et couine.

— Il veut savoir si le fromage fait partie des

différentes garnitures possibles des *vareniki,* dis-je avec un sourire.

— Eh bien, oui, répond Michael. L'une des versions sucrées est fourrée au fromage blanc et au sucre. Je ne suis pas sûr que ça plaise à un rat, par contre.

Je regarde Wolfgang, qui a les yeux écarquillés.

Meine Liebe, tant que c'est rempli d'un type de fromage, je suis prêt à manger n'importe quoi, même une balle de revolver.

— C'est ma partie préférée, dit Michael.

Il prend un rouleau à pâtisserie, saupoudre un peu de farine sur la table, puis se met à rouler la pâte, ses avant-bras nus, poilus et musclés me rendant folle au passage.

— Tiens, dit-il en me tendant un verre avant d'en prendre un pour lui. Fait des cercles avec moi.

Il me montre comment m'y prendre, et je l'aide pendant que mon cœur cogne dans ma poitrine sans raison particulière.

— Maintenant, prends les champignons et place-les au centre de chaque cercle, explique-t-il avant de me faire une démonstration.

Je me rends bien compte que ses paroles et ses actes n'ont rien de vraiment sensuel, mais tout mon corps réagit comme si le mot « champignon » était une métaphore pour qualifier son sexe et que « centre » désignait le mien.

— Oui, dit-il d'un ton approbateur quand je pénètre la farine avec le champignon. Comme ça.

Merde. Je n'aurais jamais cru que faire la cuisine pouvait rendre aussi affamé… d'une verge. Et pourtant.

— Maintenant, on va faire des demi-lunes, explique Michael, dissipant la brume de mon excitation.

Il replie l'un des cercles qu'on vient de faire, avant d'en coller les bords avec ses doigts. C'est moi, où ces bords ressemblent de manière suspicieuse aux lèvres d'un vagin ?

Bref, je parviens à coller ensemble une douzaine de raviolis sans escalader Michael comme un arbre.

Il fait ensuite bouillir de l'eau, jette les raviolis dedans, puis nous attendons qu'ils se mettent à flotter à la surface, ce qui indiquera qu'ils sont prêts.

— Maintenant, on va les manger avec de la crème fraîche, dit-il.

Il remplit deux assiettes et m'en tend une, avec une fourchette. Quand je mords dans un morceau de ravioli, le goût savoureux explose dans ma bouche, me faisant gémir de plaisir.

— Waouh, lâché-je après avoir dégluti. C'était la meilleure chose que j'ai eue dans ma bouche depuis un bon moment.

Michael hausse un sourcil et je rougis en prenant conscience de mes paroles très coquines.

— Alors, tu n'es pas fan de la Floride, dis-je dans un effort désespéré pour changer de sujet. Qu'est-ce que tu n'aimes pas d'autre ?

Il penche la tête.

— On a combien de temps ?

— La liste est si longue que ça ?

Il se gratte la tête.

— Je n'aime pas quand les gens se comportent comme des idiots. Je n'apprécie pas non plus qu'on me montre des photos de ses vacances. Je déteste quand…

Comme promis, la liste continue un bon moment, et ça me rend de plus en plus angoissée à l'idée que Michael rencontre ma famille. Après tout, « se comporter comme des idiots », c'est sujet à interprétation, mais je suis certaine que quelqu'un correspondra à la définition de Michael — sûrement mon grand frère. Quelqu'un risque aussi…

— Oh, et enfin, termine Michael, j'ai envie d'assassiner tous ceux qui se coupent les ongles dans le métro.

— Tu es sûr que c'est tout ? demandé-je d'un ton sarcastique.

— Eh bien, c'est pareil pour les ongles d'orteils, je suppose, répond-il en conservant un visage impassible.

Je lève les yeux au ciel.

— Ça t'est vraiment arrivé de voir ça ?

Il hoche la tête.

— À Brooklyn. La ligne R. Une femme s'est coupé les ongles des orteils, avant d'empester tout le wagon avec son vernis à ongles.

Waouh.

— OK, on est peut-être d'accord là-dessus. Ça ne me plairait pas non plus.

Et je suppose que c'est un avantage qu'on n'ait pas de métro, ici, en Floride.

— C'était dégoûtant.

Son assiette est vide, et Michael repose sa fourchette.

— Et je suis désolé d'avoir parlé de ça à table, ajoute-t-il.

— Oh, ça ne m'a pas coupé l'appétit, le rassuré-je.

À la fois pour la nourriture et pour une certaine personne, aussi longue que soit la liste de ce qu'il n'aime pas.

Avant qu'il ait pu lire cette pensée sur mon visage, je fourre mon dernier ravioli dans ma bouche et fais mon possible pour ne pas gémir quand je le mâche.

Je dois mâcher bizarrement, parce que Michael regarde ma bouche avec intensité, comme s'il essayait de lire un message caché sur mes lèvres.

— Qu'est-ce que tu veux faire après le dîner ? demande-t-il enfin.

Je hausse les épaules.

— Regarder Netflix ?

Et je croise les doigts pour qu'on en profite pour se câliner.

— Bonne idée, répond-il avant de sortir son téléphone pour regarder quelque chose. Pourquoi pas le premier *Suicide Squad* ? On a aimé la nouvelle version, alors…

— OK. Il ne peut pas être si mauvais que ça, hein ?

Il s'avère que la réponse est « si, il peut ». Pourtant, je n'arrive pas à m'en soucier, parce que je suis assise sur le canapé à côté de Michael et que la chaleur de son corps fait fondre quelque chose au niveau de mes parties intimes, m'excitant tellement que même ce drôle de Joker aux dents argentées n'arrive pas à gâcher ça.

Quand il commence à y avoir de l'action à l'écran, Michael passe un bras autour de moi — ce qui ajoute instantanément deux étoiles à ma note du film. Un peu après, Michael m'attire contre lui, me faisant prendre conscience de deux choses : on est officiellement en train de se câliner, et ce film mérite un Oscar.

Je flotte sur un nuage de bonheur jusqu'à ce que le générique se mette à défiler. À ce moment-là, je me tourne vers Michael et le surprends en train d'examiner mes lèvres… encore.

Je les humecte.

— Ça t'a plu ?

En réponse, il plaque sa bouche sur la mienne.

Oh bon sang. Ce baiser est avide, passionné, et je ne m'attendais pas du tout à ça de la part de quelqu'un qui m'a proposé de dormir dans la chambre d'ami.

Un petit gémissement de plaisir s'échappe de mes lèvres, avant d'être aussitôt avalé par les siennes.

En un éclair, on se retrouve debout, à continuer de s'embrasser tout en tirant sur nos vêtements. En deux éclairs, une traînée de ces vêtements mène jusqu'à la chambre de Michael, où il me couche sur les draps avant de me dévorer comme un possédé.

— J'ai envie de te faire jouir encore cent fois, grogne-t-il pendant que je vibre après l'orgasme. Peut-être même mille.

Je parviens à ouvrir les yeux.

— C'est très ambitieux, même pour toi.

Il me fait taire d'un baiser et commence à accomplir son noble objectif jusqu'à ce que je perde le compte du nombre de fois où je jouis.

———

Le lendemain matin, je suis réveillée par des grognements tout proches.

Hmm. Pourquoi est-ce que j'entends des bruits sexy dans lesquels je ne suis pas impliquée ? C'est Michael qui se masturbe après le marathon de sexe de la veille ?

Non.

Impossible.

Je me redresse en position assise et vois qu'il n'est pas en train de se tirer la nouille. Au lieu de ça, il fait des pompes près du lit, ce qui est encore plus bizarre, de bon matin.

Et puis ai-je mentionné qu'il était nu ? Ses muscles sont brillants et des perles de sueur coulent sur sa peau tendue.

Et ses fesses…

Ne me lancez pas sur ses fesses.

Soudain, ce qui m'avait paru être une idée démente une minute plus tôt — se masturber dès le réveil — me semble être une manière très raisonnable et efficace de commencer la journée.

Sans le vouloir, je pousse un soupir torturé.

Michael stoppe ses exercices et se relève d'un bond.

— Bonjour, dit-il, la respiration aussi régulière que

s'il revenait juste d'une balade tranquille. Je t'ai réveillée ?

— Non.

À moins que mon éveil sexuel compte.

— Qu'est-ce que tu fais ?

Il se dirige vers la porte et se suspend à une barre fixée à cet endroit, que je n'avais pas remarquée jusqu'alors.

— Je m'entraîne.

Il hisse son corps massif, son dos nu tourné vers moi, et tous ses muscles palpitent de tension… à moins que ce soit mon sexe qui se projette un peu.

— Quand on fait du sport le ventre vide, ça accroît la brûlure de graisse et ça améliore l'endurance.

— De la graisse ? répété-je.

Il n'en a pas le moindre gramme sur tout son corps ciselé.

— L'endurance ?

C'est comme ça qu'il arrive à me baiser pendant aussi longtemps ?

— Ça me réveille aussi beaucoup plus vite, dit-il en se hissant vers le haut pour la vingtième fois.

— Ça, je te l'accorde.

Ses exercices m'ont réveillée très vite, moi, c'est certain.

Il lâche la barre, se tourne vers moi et j'ai la surprise de découvrir que son sexe est à demi dressé — sûrement sous l'effet de l'exercice.

— Tu veux essayer ?

Son sexe ? Non. Il indique la barre.

— Tu plaisantes, hein ?

Je ne m'étais jamais rendu compte qu'il était aussi difficile de regarder un homme dans les yeux, quand son sexe était exposé.

— Ne t'en fais pas, dit Michael. Je vais t'aider.

Je secoue la tête.

— Je dois d'abord me laver les dents.

— Ah, bien sûr. Je fais la même chose avant de m'entraîner. Je trouve le goût mentholé du dentifrice tout juste assez stimulant pour me préparer à mes exercices.

Et je trouve ses exercices stimulants, ce doit être le cercle de la vie.

Je prends mon soutien-gorge et ma culotte, puis cours dans la salle de bain, les enfile et fais ma petite affaire.

Quand je ressors, Michael est à nouveau au sol, en train d'exercer ses abdos en tablette de chocolat. Ses jambes sont levées, son sexe et ses testicules toujours à l'air, et il se tord d'un côté et de l'autre, un haltère à la main.

— Comment ça s'appelle, ça ? demandé-je dans un souffle.

Mieux vaut que je pose cette question, plutôt que de m'agenouiller pour mettre ce pénis dans ma bouche, ou lécher ces testicules, même si j'ai très envie de faire tout ça.

— Des russian twists, répond-il, l'air toujours pas essoufflé.

Je souris.

— Je pense que tu peux te contenter d'appeler ça des twists.

Il saute sur ses pieds, faisant se balancer son membre.

— Tu veux commencer par quoi, les pompes ou les tractions ?

Ce sont les deux seules options ?

— Je ne pense pouvoir faire aucun des deux.

— Si, tu peux.

Il m'explique comment pratiquer les pompes assistées — avec les genoux au sol — et je me surprends à arriver à en faire quelques-unes.

— Tu vois ? dit-il. Tu es plus forte que tu le pensais.

Je hausse les épaules, ma respiration irrégulière.

— Ça ne veut pas dire que je peux faire des tractions.

— Tu peux, si je t'aide.

Je lance un regard sceptique à la barre.

— Comment tu vas t'y prendre ?

Quand il m'explique, j'ai soudain très envie de faire des tractions.

Apparemment, pour aider quelqu'un à en faire, on leur tient les jambes de manière très sensuelle, et quand Michael le fait avec moi, j'achemine l'accès de désir que ça provoque dans les muscles de mes bras et de mon dos, ce qui me permet d'accomplir l'impossible : j'arrive à me hisser en hauteur cinq fois.

— Tu vois ? dit-il après coup tandis que je halète. Je savais que tu pouvais y arriver.

— Ouais, dis-je en me mordant la lèvre. Je pense que je mérite une récompense.

Ses yeux se voilent et son sexe durcit aussitôt.

— Qu'est-ce que tu avais en tête ?

— Je veux que tu me baises tant que je suis à jeun, dis-je d'une voix rauque. J'ai entendu dire que ça avait certains avantages.

Il saute sur moi d'un bond et on se retrouve sur le lit. Michael se retrouve enfin essoufflé pendant qu'il me pilonne sans interruption.

— Waouh, lâché-je quand j'arrive enfin à reprendre *mon* souffle après coup. Le dernier orgasme était si bon que j'ai cru que j'allais m'évanouir.

— Tu es peut-être un peu étourdie parce que tu as faim, répond-il, sourcils froncés. Reste là. Je vais t'apporter un petit déjeuner.

Un petit déjeuner au lit ?

— OK.

Surtout sachant que je ne pense pas pouvoir bouger. Il revient avec un plateau sur lequel sont posés deux tasses de thé, deux bols de porridge au sarrasin et assez de fruits rouges pour faire tourner un bar à smoothies pendant un an.

— Merci.

Je plonge ma cuillère dans le bol et goûte le petit déjeuner.

— Hmm. Ça s'accorde bien avec le sport.

Dans le sens où c'est un repas sain, pas du tout le genre de truc que j'ai envie de manger régulièrement.

Michael grimpe au lit à côté de moi, améliorant

considérablement la qualité du repas. Je ne pensais pas qu'on prendrait tous les deux le petit déjeuner au lit, aujourd'hui. Je n'ai jamais fait ça avec aucun homme, mais j'adore, et pas seulement parce que cette posture détendue est tout l'opposé des tractions. En fait, c'est si merveilleux qu'une pointe d'appréhension s'introduit dans mes pensées quand je me rappelle qu'on doit rencontrer ma famille ce vendredi — ce qui marquera peut-être la fin de ce qui se passe entre nous.

Et ce serait bien dommage.

— C'est agréable, dit Michael, ajoutant « télépathe » à sa multitude de talents.

— Pourquoi j'ai l'impression que tu voulais dire « c'est agréable, mais… » ? demandé-je en sirotant mon thé, que je trouve délicieux.

— *Mais* on doit aller bosser.

Ah.

— C'est vrai. Tu as ton entraînement.

Et moi aussi, même si le mien consiste à m'entraîner à jeter des tartes au visage des gens.

Avec beaucoup de réticence, on sort du lit, on s'habille, on nourrit mes rats, on laisse Wolfgang se percher sur mon épaule et on fait le court trajet.

Quand on sort du parking ensemble, Michael me prend la main — ce qui rend hystériques les journalistes qui nous attendaient près de l'entrée du stade. Une hystérie assortie aux sauts périlleux que font les papillons excités dans mon estomac.

— On se voit sur la glace, murmure-t-il avec un baiser quand on arrive devant les vestiaires.

— Trouvez-vous une chambre, lance Dante, qui se trouve dans les parages à ce moment-là.

— Pourquoi pas plutôt un cercueil ? rétorque Michael en grognant.

Dante fait un clin d'œil.

— Pourquoi vous voudriez aller dans un cercueil ?

Michael le fusille du regard.

— Ce sont tes fesses de vampire qui auront besoin d'un cercueil dans lequel dormir, si tu ne la fermes pas.

Dante marmonne que ça n'a aucun sens et entre dans les vestiaires. Michael m'embrasse une dernière fois avant de suivre celui qui est peut-être son ami.

Quand j'arrive dans mon vestiaire, je vois le nouveau costume et l'enfile, avant de me regarder dans le miroir pour entrer dans la peau du personnage.

— Grrr. Monsieur Bloom est excité et il a faim. Il veut du miel de manuka partout sur les gros nichons de Pookie-poo, pour pouvoir les lécher avec son énorme sexe velu.

Wolfgang regarde mon reflet dans le miroir en plissant les yeux, comme s'il trouvait que ce n'était pas ma meilleure performance.

— C'est plus difficile, maintenant que je ne m'appelle plus Homme-Ours, expliqué-je. Ce ne serait pas bien, sachant que Michael n'aimerait pas ça.

Meine Liebe, tu peux faire tout ce que tu veux, tant que tu arranges tout avec un peu de fromage fondu.

———

Quand l'entraînement est terminé, Michael nous emmène déjeuner, Wolfgang et moi. Il doit donner un pourboire supplémentaire aux serveurs pour qu'ils ferment les yeux sur la présence d'un rat à notre table. Une fois de retour chez Michael, on sort tous les deux notre ordinateur — il travaille pour sa fondation tandis que je cherche des opportunités pour me produire avec mes rats.

— Tu veux qu'on commande quelque chose, ou que je fasse la cuisine ? demande Michael au moment où mes yeux commencent à se fatiguer de regarder l'écran.

— Ce que tu préfères, dis-je.

J'ai adoré sa cuisine, mais je ne voudrais pas m'imposer… pas plus que je le fais déjà.

— Je vais préparer ma version personnelle de la *solyanka,* dit-il. C'est un genre de soupe assez copieuse pour constituer un repas complet.

— Ça a l'air délicieux. En attendant, je vais aller passer un peu de temps avec mes rats.

Je me dirige vers leur pièce. Les rats sont excités de nous voir, Wolfgang et moi. Si je me fie à leur façon de courir partout dans le salon et de sautiller gaiement, en tout cas.

J'offre une friandise à tout le monde. Lénine en demande une deuxième, puis une troisième.

Tovarisch, tu as réussi à corrompre le prolétari-rat. Bientôt, j'aurais envie de McNuggets, j'investirai dans le marché boursier capitaliste et je regarderai les Kardashian.

— Hé, lance Michael en entrant dans la pièce. Le dîner est prêt.

Je le suis dans la cuisine, où je goûte à sa *solyanka* — ça me rappelle vaguement un ragoût, mais avec des cornichons et des olives, un mélange de saveurs qui se combine aux autres ingrédients pour un résultat étonnamment délicieux.

— Quel film on pourrait regarder, aujourd'hui ? demande Michael quand on termine notre repas.

Je hausse les épaules.

— Et si tu choisissais ?

Franchement, je m'en fiche, tant qu'on fait la même chose qu'hier soir ensuite.

— Pourquoi pas *Tic et Tac, les rangers du risque* ? propose-t-il.

— Pourquoi ?

C'est tout sauf sexy, bizarrement. Est-ce qu'il essaie d'éviter de réitérer ce qui s'est passé hier soir ?

— Je me suis dit que ça te plairait, répond-il. Il y a des rats.

— Non, pas du tout. Ce sont des écureuils, ce n'est pas du tout la même espèce.

Et c'est loin d'être aussi mignon.

— OK, on peut regarder autre chose. Peut-être un truc avec des espions russes ?

— Non, *Tic et Tac,* c'est très bien.

Dans un film d'espions russes, il y aura sans doute un tas d'actrices sexy comme Scarlett Johansson, et ça me rendra trop jalouse pour passer un bon moment.

On se blottit l'un contre l'autre sur le canapé, et ça m'excite tellement qu'on croirait que ce film avait pour héros des chippendales de club de strip-tease plutôt que des détectives rongeurs.

Quand le générique défile, Michael se racle la gorge.

— C'était bien, contre toute attente. Non ?

Je hoche la tête et me tourne vers lui.

— J'ai passé un *très* bon moment.

— C'est ce que tu crois, répond-il, ses yeux noirs pétillants. Mais en réalité, ton plaisir ne fait que commencer.

Sur ces mots, il me soulève, m'emmène dans sa chambre et me baise de manière si rigoureuse que je dois l'admettre : je ne pourrai plus jamais prendre mon pied avec un autre homme.

———

Les jours se suivent et se ressemblent, pour mon plus grand bonheur. À mon réveil, je découvre un Michael nu en train de s'entraîner, je le rejoins, j'ai une douzaine d'orgasmes, je vais travailler, je savoure un repas fait maison et un film, puis d'autres orgasmes s'ensuivent. Le seul point noir, c'est que plus le temps passe, plus je redoute cette rencontre avec ma famille. De manière illogique, j'ai aussi peur que cette histoire de harceleur se résolve, vu que ça risquerait de causer la fin de cette agréable coexistence.

— Tu sais, on n'est pas obligés de rencontrer ma famille ce soir, dis-je à Michael le vendredi alors qu'on rentre du boulot. J'ai envie de *vareniki* et ma mère ne sait pas les faire.

Il fronce les sourcils.

— Tu n'as pas dit à tes parents qu'on viendrait ?

— Si, mais…

— Pas de mais, m'interrompt-il d'une voix sévère. Tu leur as dit que je serais là, et je refuse de les offenser en leur faisant faux bond.

— Oh, ils sauront que c'est de ma faute, assuré-je.

Il s'arrête devant un fleuriste.

— Je ne veux pas prendre le risque.

Avec un soupir, je lui demande pourquoi on achète des fleurs.

— Pour tes parents, bien sûr, répond-il. Je vais aussi acheter une boîte de chocolats.

— Ah oui ?

À mon avis, ces derniers sont symboliques. Pour paraphraser légèrement Forrest Gump, avec Michael, la vie est comme une boîte de chocolats.

On ne sait jamais combien d'orgasmes on va avoir.

’est là, dit Calliope en indiquant le parking du cirque.

Alors elle était sérieuse. Sa famille vit vraiment dans un cirque. Une fois qu’on est garés, je récupère la boîte de chocolats et le bouquet de fleurs dans le coffre pendant que Calliope soupire à nouveau.

— Je t’avais dit que tu n’avais pas besoin d’amener quoi que ce soit, dit-elle pour la énième fois.

— Et moi, je t’ai dit que les Russes ne pouvaient pas se pointer à un dîner les mains vides.

À vrai dire, personne ne devrait faire ça.

Elle me fait traverser la scène et parmi toutes les bizarreries, celle qui attire le plus mon attention, c’est une vieille femme en train de faire du funambulisme près du plafond.

— C’est ma grand-mère, explique Calliope.

Je cherche un filet sous la corde et n’en trouve aucun.

— Elle a un genre de harnais de sécurité relié au plafond ?

Parce que je n'en vois pas non plus. Calliope pousse un lourd soupir.

— Elle affirme ne pas avoir besoin de ce genre de bêtise maintenant qu'elle a quatre-vingts ans.

Je pointe du doigt les gens en train de s'entraîner juste en dessous, sur lesquels la grand-mère tomberait si elle faisait un faux pas : un homme en train d'avaler une épée, un cracheur de feu et un mime.

— Et eux ? Ils ont tous l'air trop jeunes pour être tués par sa chute… ou pour être traumatisés par…

— Tu prêches une convaincue, m'assure Calliope. Et si tu trouves un moyen de convaincre ma grand-mère de prendre des précautions de sécurité, le reste de la famille t'offrira une médaille.

— Salut, cousine ! lance le mime avec un grand sourire. C'est ton nouveau petit ami ?

Calliope fait claquer sa langue.

— Tu es en costume. Tu as le droit de parler ?

La femme retire son gant droit.

— Voilà. Ne dis à personne que je suis sortie de mon personnage, s'il te plaît.

Calliope renifle.

— J'ai l'OMM dans mon répertoire téléphonique, alors…

Le mime pâlit.

— Sérieux. Je ne…

— Si tu peux faire venir toutes les personnes ici à la

table à manger, je ne le dirai jamais à personne, dit Calliope.

— Donc tu n'es pas juste méchante avec moi, fais-je remarquer une fois qu'on est hors de portée de voix du mime névrosé.

Calliope me lance un regard.

— J'ai été méchante ? La dernière chose dont j'ai envie, c'est qu'elle refuse encore de me parler.

Je plisse les yeux.

— C'était une blague sur les mimes ?

Elle hoche la tête.

— Et c'est quoi, l'OMM ? ne puis-je m'empêcher de demander. Une autre blague ? On dirait un genre de mafia des mimes.

— C'est l'Organisation mondiale des mimes, répond-elle. Mais la mafia des mimes m'a tout l'air d'une horreur indicible.

Je renifle.

— Ils utilisent des flingues avec des silencieux, reprend-elle.

Elle continue de faire des blagues sur les mimes pendant qu'on traverse un couloir avec un tas de portes.

— Celle-là, dit Calliope en indiquant la numéro dix. C'est là que je vivais jusqu'à récemment.

Elle frappe.

Personne ne répond, mais j'entends un rire tapageur et des conversations bruyantes à l'intérieur.

— Typique, lâche Calliope avant de sortir une clef et d'ouvrir la porte.

Les bruits gagnent en volume et nous nous retrouvons dans une cuisine. La première personne que je remarque, c'est une femme d'un certain âge qui ressemble tellement à Calliope qu'il est facile de deviner que c'est sa mère. Elle est assise en grand écart, un couteau de boucher dans la main et une planche à découper par terre à côté d'elle. Un homme se tient près d'elle et jongle avec des légumes. Le père de Calliope ?

— Aromates, dit la femme.

Avec adresse, le jongleur jette un oignon dans les airs de manière à ce qu'il atterrisse en plein milieu de la planche à découper. Puis il recommence avec une gousse d'ail.

— Merci, mon chéri, dit la femme avant de se mettre à découper sans cesser son grand écart.

— Salut, maman. Salut, papa, lance Calliope.

Surpris, son père laisse tomber un navet, tandis que sa mère se relève d'un bond. Ils m'examinent tous les deux avec une curiosité non dissimulée.

— Bonjour, dis-je en tendant les fleurs à sa mère. C'est pour vous.

Je donne les chocolats à son père, m'en voulant de ne pas aussi avoir apporté une bouteille de vodka.

— Vous devez être Boo Boo, dit le père de Calliope.

— Non. C'est juste Boo. Au singulier, le corrige Calliope. N'est-ce pas, Boo ?

J'acquiesce d'un grognement.

— Juste Boo ? répète sa mère, sourcils froncés. Mais Internet…

— Essaie de me faire passer pour Miel, termine Calliope à sa place. Alors qu'en réalité, je suis sa pit-chèque-ah.

— Ça se prononce *ptichka*, précisé-je en souriant à ses parents. Ça veut dire « petit oiseau ».

— Oooh, s'extasie la femme. C'est beaucoup mieux que « Miel ».

— Mais un seul Boo, c'est moins bien que deux, intervient son père. Même si je suis sûr que tu trouveras un meilleur petit nom à lui donner avec le temps.

— Je préfère qu'elle m'appelle Michael, dis-je.

— Eh bien, c'est un plaisir de te rencontrer, Michael, dit son père. Je suis Zéphyr.

Devrais-je lui dire que c'est le nom d'une confiserie russe très semblable à la meringue ?

— Et je suis Xanthe, se présente la mère.

— C'est un plaisir de vous rencontrer, dis-je.

Impulsivement, je lui prends la main pour y déposer un léger baiser. Xanthe émet un hoquet, prend sa fille par l'épaule et murmure d'une voix forte :

— Tu as intérêt à l'épouser, celui-là. On aurait bien besoin d'un Klauncul qui a de bonnes manières.

— Il ne serait pas un Klauncul, fait remarquer Zéphyr. C'est elle qui serait une…

— Maman, papa, arrêtez, s'il vous plaît, les interrompt Calliope, les joues écarlates. C'est notre premier rencard officiel, alors parler de mariage est un peu…

— Bonjour, lance un homme qui semble sorti de

nulle part. Je suis le frère de Calliope. Je suis sûr qu'elle t'a parlé de moi.

En fait, elle ne m'a pas parlé tant que ça de sa famille, mais je ne compte pas le leur dire.

— Je suis Michael, dis-je en tendant la main.

— Tortellini, se présente le frère, et tout le monde autour de lui grogne.

Comme ce truc rond italien semblable aux *pelmeni* ?

— En fait, il s'appelle Torey, précise Calliope en levant les yeux au ciel.

— Mais Tortellini est mon nom de scène, explique Torey/Tortellini.

Il me serre la main et, quand il la lâche, une carte à jouer à l'envers reste collée sur ma paume.

— Vite, dit Tortellini. Quelle carte tu penses que c'est ?

Je la regarde.

— L'as de pique ?

L'air triomphant, Tortellini me dit de la retourner.

Eh bien ça alors. C'est *bien* l'as de pique.

— Alors… tu es le magicien de la famille ?

Il fronce les sourcils.

— Tu ne l'avais pas deviné à mon nom ?

— Non.

Par contre, il m'a donné faim.

— Tu n'as jamais entendu parler de Houdini ? demande-t-il. Ou de Slydini ? Ou de Cardini ? Ou de Cantini ?

— Juste du premier, dis-je. Chaque fois que

quelqu'un échappe à une situation délicate sur la glace, le coach dit qu'il a « joué les Houdini ».

Tortellini hoche la tête avec enthousiasme.

— Il devrait aussi utiliser le nom des autres. Si quelqu'un est très furtif avec le palet, il pourrait dire qu'il a joué les Slydini. Et si…

— Tu devrais peut-être me laisser présenter Michael aux autres membres de la famille, l'interrompt Calliope d'un ton sévère.

Elle m'attire à l'écart avant qu'il ait pu répondre.

— Désolée pour Torey, murmure-t-elle. Il est aussi passionné par la magie que moi par les rats.

Je balaie ses excuses de la main.

— Je respecte les passions, et il semble y en avoir beaucoup, dans ta famille.

— C'est ça. Appelons ça des passions.

Elle s'arrête à côté d'une porte et frappe.

— Entrez ! lance une voix de femme.

— Tu es décente ? demande Calliope.

— Bien sûr. Pourquoi je ne le serais pas ?

Calliope ouvre la porte.

— C'était ma chambre, avant, explique-t-elle avant de pointer le plafond du doigt. Et ça, c'est ma sœur et ancienne camarade de chambre.

Plus rien ne devrait me surprendre, mais je suis quand même stupéfait de trouver sa sœur suspendue la tête en bas, comme une chauve-souris.

— Je suis Seraphina.

Elle tend la main et je la serre, un geste assez

déroutant, quand l'autre personne est dans cette position.

— Je suis Michael.

— Je sais, répond Seraphina en agitant les sourcils. Calliope m'a tout raconté du temps de *koala*-té que vous avez passé ensemble.

Je cligne des paupières.

— Koala-té ?

Calliope grogne.

— Seraphina ne sait pas que tu détestes les blagues sur les ours, alors c'était une tentative de blague, je pense.

— J'ai déjà utilisé toutes les meilleures, répond Seraphina en boudant. J'arrive en bout de *course.*

— Et c'est le moment de partir, lance Calliope d'un ton sévère.

Elle me traîne hors de la chambre.

— Désolée pour elle, dit-elle. Elle n'était pas au courant pour ton problème.

Je hausse les épaules.

— Quand les jeux de mots sont *aussi* mauvais, je ne me sens pas offensé. J'ai plutôt pitié du plaisantin.

Surtout si c'est un homme, parce que je lui donnerais quand même un coup de poing, par principe.

— OK, dit Calliope. Laisse-moi te présenter à quelques personnes supplémentaires.

« Quelques personnes » s'avère être un euphémisme. Je rencontre tant de Klauncul que je me souviens à peine de leurs prénoms, et même leurs spécialités au sein du cirque se mélangent.

— Le dîner est prêt ! lance Xanthe.

Calliope me mène jusqu'à la cafétéria du cirque, où quelqu'un a rassemblé toutes les tables en une énorme forme circulaire.

— Assois-toi à côté de nous, lui demandent ses parents. On veut apprendre à connaître Michael, et on ne t'a plus revue depuis une éternité.

On s'installe à côté d'eux et ils me bombardent de questions sur le hockey et mon enfance en Russie, jusqu'à ce que je ramène la conversation sur leur famille et, par extension, le cirque.

Il s'avère que c'est une affaire familiale depuis des générations. À une époque, ils étaient forains, avec tout ce que ça implique. Par exemple, une arrière-grand-mère de Calliope était une femme à barbe, qui a épousé les deux moitiés de frères siamois. Ces derniers avaient un torse pour deux, et donc un seul pénis, mais deux têtes séparées et deux personnalités différentes.

J'ai la tête qui tourne rien que de l'imaginer.

Au bout d'un moment, ils détournent leur attention de moi pour se lancer dans les bavardages et chicaneries familiales habituelles, ce qui me laisse l'occasion de manger et d'observer le clan Klauncul. Je ne peux m'empêcher d'éprouver une douleur dans la poitrine, ainsi que quelque chose qui ressemble un peu trop à de l'auto-apitoiement, teinté de jalousie. Je ne sais pas si ces gens ont conscience de la chance qu'ils ont. En tant qu'orphelin plus ou moins seul en ce monde, c'est l'idée que je me fais du paradis, et je donnerais tout pour…

Calliope agrippe mon avant-bras.

— Je suis tellement désolée de t'avoir traîné ici. Je sens que tu passes un horrible moment.

Merde. Elle a mal interprété mon expression.

— C'est faux, dis-je. Tout va bien.

Elle resserre les doigts.

— C'est Voldemort, c'est ça ?

— Qui ?

Elle fait un geste vers une femme avec un serpent autour du cou.

— C'est ma tante, Azalea, mais certains d'entre nous l'appellent Voldemort à cause du serpent qu'elle a toujours avec elle. Le serpent s'appelle Nancy, mais ça aurait dû être Nagini.

Je renifle.

— Tu es vraiment la mieux placée pour lancer la première pierre, sachant que tu as un rat sur l'épaule ?

— Si ce n'est pas Voldemort qui te perturbe, alors qu'est-ce qui ne va pas ? C'est à cause de ma petite sœur ?

Elle indique une jeune femme qui lui ressemble beaucoup — mis à part qu'elle mange contorsionnée comme un bretzel, une position qui n'a pas l'air recommandée pour la digestion.

— Je n'arrête pas de lui répéter que ces trucs de contorsionniste semblent tout droit sortis d'un film d'horreur.

Je ne sais pas du tout comment lui expliquer la mélancolie que me fait éprouver sa grande famille, alors quand mon téléphone bipe, annonçant l'arrivée d'un e-mail, je suis bien content d'avoir ce moment de répit. Quand je vois la nature de l'e-mail, par contre, tout mon corps passe en alerte maximale.

Il a été envoyé par la directrice de l'hôtel — elle a enfin réussi à récupérer les vidéos de surveillance que j'attendais. Celles qui me révéleront l'identité du harceleur de Calliope.

Je sais que je ne devrais pas regarder cette vidéo ici, à table, mais je ne peux pas m'en empêcher. Mon doigt appuie sur la touche et je regarde avec attention. Au début, je suis incapable de comprendre ce que je vois.

Puis je serre les poings et une fureur comme je n'en ai jamais ressenti me parcourt les veines.

Pas une seconde je ne me serais attendu à connaître ce harceleur. Mais c'est le cas — et ce salopard ne le sait pas encore, mais c'est un homme mort.

CHAPITRE 23
CALLIOPE

Les patates douces se transforment en polystyrène dans ma bouche quand je vois l'expression de Michael devenir orageuse. Puis il se lève d'un bond.

— Je dois partir.

Quoi ? Je sais qu'il ne passe pas un très bon moment — ces drôles d'expressions faciales me l'ont bien fait comprendre — mais pourquoi est-il aussi en colère ?

Parce que c'est à ça que ça ressemble. De la colère. Tellement que, lorsqu'il sort à grands pas de la cafétéria, ses poings sont serrés et sa mâchoire contractée. Je ne serais pas surprise qu'il frappe un Klauncul au hasard en chemin.

— Tout va bien ? demande ma mère d'un air inquiet une fois Michael parti.

— Ça a l'air d'aller bien ? rétorqué-je.

Ma mère hausse les épaules.

— Je ne le connais pas aussi bien que toi.

Ma poitrine est comprimée et une pression grandit derrière mes yeux.

— Je ne suis pas sûre de le connaître si bien que ça, moi non plus.

Au fond de moi, j'étais convaincue qu'il apprécierait ma famille et qu'on vivrait heureux pour toujours.

Comme j'ai été bête.

De toute évidence, je suis vouée à perdre mes petits amis dès que je les présente à tout ce cirque au sens propre. J'ai aussi été bête de croire que ça ferait moins mal parce que je lui ai fait rencontrer tout le monde au tout début de notre relation. Je pensais que ce serait comme arracher un pansement, dans le pire des cas, mais j'ai plutôt l'impression de m'être tranché un doigt.

Seraphina se laisse tomber sur la chaise que Michael vient de quitter.

— Qu'est-ce qui s'est passé ?

— Je ne sais pas.

Pas vraiment. Il aurait pu être poussé à partir par tant de comportements bizarres autour de nous que c'est un miracle qu'il ait tenu aussi longtemps.

— Tu crois que c'est la même situation qu'avec ton connard d'ex ? murmure-t-elle.

— Quoi d'autre ?

Même les gens aussi grincheux que Michael ne partent pas au beau milieu d'un repas sans la moindre raison et, dans ce cas précis, la raison est évidente.

— Eh bien, qu'il aille se faire mettre, lâche Seraphina.

Ouais. Il s'était déjà fait mettre avec moi. Un nombre incalculable de fois.

— Mieux vaut que tu te débarrasses de lui maintenant, continue-t-elle. Avant de trop t'attacher.

Oui, sauf que c'est trop tard pour ça. Je repose ma fourchette.

— Désolée, tout le monde. Je crois que je ferais mieux d'y aller.

— Oui, répond mon père. Bonne idée. Va retrouver ton Boo.

Le mien. Bien sûr.

Je me lève, sors, et même si je ne viens pas d'avoir un coup d'un soir ni quoi que ce soit d'approchant, l'expression « marche de la honte » me paraît tout à fait appropriée à ma situation actuelle. Tout le monde a vu Michael partir en trombes, et maintenant on me regarde avec des expressions allant du jugement à la pitié.

Une fois que je suis dehors, la pression derrière mes yeux s'accroît, et ça ne fait qu'empirer quand je me rends compte que je n'ai aucun moyen de rentrer.

Je renifle.

Non.

Je ne pleurerai pas.

C'est hors de question.

Je sors mon téléphone et appelle un Uber. Je m'apprête à le remettre dans mon sac à main quand il sonne.

Mon cœur bondit dans ma poitrine. Est-ce Michael

qui appelle pour s'excuser ? Il y a plus de chances qu'il me demande de dégager mes affaires de chez lui.

Mais ce n'est pas Michael. C'est un numéro à l'indicatif 212, à savoir New York, me semble-t-il.

— Allô ?

Je me racle la gorge pour m'assurer que le reste de ma phrase n'est pas prononcé d'un ton aussi misérable que ce premier mot.

— Calliope à l'appareil.

— Bonsoir, Calliope. Ici Maximilian Bowman, dit une voix grave.

Maximilian Bowman ? Je me triture les méninges et finis par me souvenir que c'est le mari de Sucre, la première qui m'a demandé ma carte de visite, lors de la levée de fonds de Michael, et qui est repartie avec un gribouillis sur une serviette à la place.

— Bonjour, dis-je. On s'est rencontrés à la levée de fonds, c'est ça ?

— Tout à fait, acquiesce Maximilian.

À moins que je doive l'appeler monsieur Bowman ?

— J'ai réfléchi à ce remarquable spectacle de rats que vous avez proposé et, quand une place s'est libérée dans ma salle de spectacle, je…

— Vous avez une salle de spectacle ? lâché-je.

J'ai aussitôt envie de me donner des gifles pour l'avoir interrompu.

— Toutes mes excuses, dit-il. Je pensais que mon nom parlerait de lui-même. Je ne suis pas le seul propriétaire du Bijou, mais j'en suis le principal actionnaire, et…

Le Bijou ? C'est l'une des plus grandes…

— Est-ce que vous êtes libre pour discuter maintenant ? demande-t-il. Peut-être en vidéo ?

Merde. Je dois me concentrer.

— Oui, monsieur Bowman. Tant que ça ne vous dérange pas que je m'apprête à prendre un Uber.

— Pas de problème, et appelez-moi Max, s'il vous plaît. Je vais vous envoyer un lien Zoom par message. Je serai avec quelques autres parties concernées.

Je reçois le lien aussitôt, en même temps que mon taxi arrive.

Dès que je suis installée dans le Uber, je prends l'appel, qui s'avère être un entretien d'embauche. Malgré ce qui s'est passé avec Michael plus tôt, j'arrive à répondre à toutes leurs questions avec calme et à décrire le spectacle que je veux créer sans aucune hésitation. Globalement, je renvoie un professionnalisme et une assurance que je ne ressens pas du tout.

— Tout m'a l'air parfait, dit Max au nom de tout le groupe. Parlons de votre rémunération, maintenant.

Il me propose un chiffre trois fois plus élevé que ce que je gagne en ce moment — même en comptant le bonus pour que je fasse semblant de sortir avec Michael.

N'arrivant pas à croire que je suis en train de faire ça, je propose un chiffre quinze pour cent plus élevé. Max accepte.

— Dans ce cas, j'accepte votre offre, dis-je, étourdie de joie.

J'aurais accepté même si mon salaire s'en était trouvé réduit, mais je suis contente qu'ils ne le sachent pas.

— Excellent, dit Max. Vous pouvez commencer demain ?

— Demain ?

Je déglutis quand l'énormité de ce qui est en train de se passer atteint enfin la partie reptilienne de mon cerveau — me donnant peut-être des hallucinations auditives.

— Je sais que c'est samedi, reprend-il, mais la salle de spectacle est ouverte.

— Mais… demain ?

— C'est ça. Désolé, j'ai négligé de préciser que c'était urgent. Si nous avons une place libre en ce moment, c'est parce qu'une autre salle de spectacle a débauché l'un de nos artistes. Ma femme m'a rappelé votre performance et vous êtes la première personne que j'appelle.

La première personne… mais il en a d'autres sur sa liste ?

— Je dois donner deux semaines de préavis à mon employeur actuel.

Ou je suppose que c'est ce qu'il voudrait, en tout cas. On n'a jamais vraiment discuté de ça avec moi, on m'a juste précisé que je serais virée immédiatement si l'ancienne mascotte, Ted, réapparaissait. En parlant de Ted, il a arrêté de venir bosser un beau jour, et ça n'a pas dérangé l'équipe. D'un autre côté, il ne faisait pas semblant de sortir avec l'un des joueurs, lui.

Merde, je ne peux plus *faire semblant* de sortir avec Michael, maintenant qu'on sort vraiment ensemble. Et que notre relation vient d'imploser. Sachant ça, rien que l'idée de devoir le croiser pendant deux semaines ressemble à de la torture. Malgré tout…

— Vous êtes une mascotte, dit Max. On ne voit pas votre visage. L'équipe pourra vous remplacer en un clin d'œil.

C'est cruel, mais vrai. On m'a embauchée un jour après avoir décidé de remplacer Ted, et il y avait dix-neuf autres candidats.

— Mais… demain ?

Je n'aurai même pas l'occasion d'aller voir ma famille avant de partir ni de…

— Voyez les choses de notre point de vue, dit Max. Même si vous arrivez demain, vous devez répéter et vous préparer, on perdra donc déjà quelques semaines de revenus.

Plutôt un mois, ou même plus, de manière réaliste, mais je ne le lui fais pas remarquer, parce que je n'ai pas envie de perdre cette opportunité.

— Juste pour qu'on soit clairs, vous êtes en train de dire que vous n'attendrez pas ? demandé-je.

Ça paraît dingue, mais d'un autre côté, cette précipitation résout une question que je n'ai pas osé me poser : où est-ce que je vais dormir ce soir ?

Je ne peux pas aller chez Michael. Pas après…

— Désolé de vous mettre la pression comme ça, reprend Max. On couvrira tous vos frais de voyage, y compris le billet d'avion pour ce soir et une chambre d'hôtel près de l'aéroport. Après ça, vous pourrez vous installer au…

Il m'explique plus en détail, mais je ne l'écoute qu'à moitié.

J'ai toujours cru que, quand je décrocherais le boulot de mes rêves, je serais aux anges, mais de manière déprimante, ce n'est pas du tout ce que je ressens.

Au lieu de ça, je suis comme hébétée. Les montagnes russes causées par la perte de Michael, et cet entretien juste après, m'empêchent de tout digérer en un laps de temps aussi court.

— Qu'est-ce que vous en dites ? demande Max, me faisant reporter mon attention sur la conversation.

— Super, dis-je en imprégnant ma voix de tout l'engouement que j'éprouverais si tout n'était pas aussi embrouillé. On se voit demain.

Sur ces mots, je raccroche et me tourne vers Wolfgang.

— Tu y crois, à ça ? On va avoir notre spectacle, finalement.

Il se passe les pattes sur le visage.

Meine Liebe, mon nom de scène pourra être Das Fromage ?

CHAPITRE 24
MICHAEL

Une Ford Mustang Shelby GT500 peut aller jusqu'à deux cent quatre-vingt-dix kilomètres-heure — une vitesse que j'atteins plusieurs fois dans ma hâte de rejoindre la maison du harceleur.

Et il s'avère que c'est mon foutu coéquipier, rien que ça.

Je brûle mes pneus en m'arrêtant net devant sa maison, saute de la voiture et abats mon poing sur la porte.

— C'est qui ? demande Jack de l'autre côté.

Oui. C'est ce foutu Jack, et je ne l'aurais jamais cru si je n'avais pas vu ces vidéos de surveillance.

Je ne pensais pas qu'il aurait les couilles de s'en prendre à ma chérie.

Des couilles qu'il s'apprête à perdre.

— C'est Michael, dis-je d'une voix aussi calme que possible, à savoir pas beaucoup. Ouvre. Tout de suite.

Je m'attends à ce qu'il comprenne pourquoi je suis là et refuse de me laisser entrer, ce qui ne serait pas grave, parce que je me ferais un plaisir d'enfoncer cette porte.

Mais il m'ouvre, et dès que je vois son visage, je colle mon poing dedans.

Avec un grognement de douleur, Jack s'écroule au sol, et je lève la jambe pour lui donner un coup de pied. C'est alors que j'entends un son étouffé dans la maison. Ça ressemble à quelqu'un qui hurle « À l'aide ! ».

— C'est qui, ça ? La dernière personne que tu as harcelée ? demandé-je à Jack.

Mais il est toujours par terre, en train de gémir en se tenant la mâchoire.

— Reste là ou t'es mort, grogné-je avant de rentrer en courant, suivant le son de la voix.

Il me faut quelques minutes avant de comprendre d'où vient le son : une pièce cadenassée au fond de la maison.

Je tire sur le cadenas, testant sa solidité, et hurle :

— Hé ! Qui est là-dedans ?

— Medvedev, c'est toi ?

La voix me paraît encore plus familière, maintenant, même si je n'arrive pas à la reconnaître.

— Ouais, attends !

Le cadenas ne cède pas, alors je regarde autour de moi jusqu'à repérer une clef sur la table basse. Je la prends, déverrouille la porte et reconnais enfin la personne à qui j'ai affaire.

C'est Ted, celui qui était notre mascotte avant que

Calliope récupère son boulot. Il est sale et pas rasé, mais c'est bien lui.

Attendez une seconde.

Si on a eu besoin d'une nouvelle mascotte, c'est parce que Ted avait disparu sans laisser de trace. Il était donc ici ?

À en juger par son apparence, c'est fort probable.

Mais pourquoi ?

Jack a-t-il une obsession bizarre pour celui qui porte ce costume d'ours ? C'est pour ça qu'il l'a déchiqueté dans notre chambre d'hôtel ?

— Qu'est-ce qui s'est passé ? demandé-je en fusillant Ted du regard. Pourquoi ce connard t'a enfermé ici ?

Ted scrute la pièce, les yeux écarquillés.

— Il est où ?

Oh merde.

Je retourne en courant vers la porte d'entrée.

Plus de Jack.

— Bordel de merde.

Je reviens et attrape Ted par l'épaule.

— Aide-moi à attraper ce salopard.

On sort de la maison en courant et on commence à chercher sur deux pâtés de maisons, sans succès.

— Monte dans la voiture, ordonné-je à Ted une fois qu'on est de retour devant la maison. On va sillonner les environs pour le chercher.

Ted obéit et on fait le tour du quartier, sans résultat.

Putain. Où il peut bien être ?

Merde. Est-ce qu'il aurait pu aller s'en prendre à Calliope ?

Tout en moi se glace.

— Mets ta ceinture, grogné-je à Ted avant d'enfoncer l'accélérateur pour repartir en direction du cirque.

— Tu vas où ? demande Ted.

Il émet un hoquet quand on se met à griller les intersections à une vitesse effrénée.

Ma mâchoire se contracte.

— Il va peut-être s'attaquer à ma petite amie. Elle est la nouvelle mascotte.

— Ah, répond Ted, hébété. Pourquoi il voudrait s'en prendre à elle ?

— Pour la même raison tordue qu'il t'a enfermé dans cette pièce ?

— Ah ? demande Ted, l'air perplexe. Elle l'a filmé en train de se branler devant cet alligator, elle aussi ?

Cette question est si déconcertante que je ne peux m'empêcher de ralentir.

— De quoi tu parles, putain ?

— C'est pour ça qu'il refusait de me laisser partir, se lamente Ted. On s'est défoncé ensemble et quand il a cru que je dormais, il s'est faufilé dehors. Je l'ai suivi et l'ai surpris debout près du lac, la queue à l'air. Il regardait un alligator tout en se branlant et marmonnait des trucs du genre : « Ouais, ces dents. Ces écailles. Cette grosse queue appétissante… »

Je lui lance un regard incrédule.

Il se fiche de moi ? Je sais qu'on est en Floride, mais quand même.

— Donc… tu vois un type se branler devant un alligator, et ta première réaction, c'est de le filmer ?

— J'étais défoncé, mec. Et c'était vraiment drôle. Mais Jack m'a vu le filmer. Il avait l'air d'un fou, alors j'ai sauté dans ma voiture, je suis rentré chez moi et j'ai enregistré la vidéo sur une clef USB. Ensuite, j'ai envoyé un message à Jack pour le prévenir que s'il s'en prenait à moi, ou s'il m'énervait de quelque manière que ce soit, j'enverrais la clef USB à la presse.

Ted se frotte le nez et continue :

— Le lendemain matin, il m'a assommé au moment où je sortais de chez moi, avant de me garder enfermé jusqu'à ce que je lui dise où étaient cachées « toutes les clefs USB ». Il ne voulait pas me croire quand je lui disais que je n'en avais qu'une, cachée sous le plancher de mon appartement. Alors j'étais coincé. Dieu merci, tu es arrivé. J'étais à deux doigts de devenir fou.

Merde. Je comprends tout, maintenant. Calliope avait raison de croire que quelqu'un s'était introduit chez elle — dans l'ancien appart de Ted — pour regarder sous les lattes du plancher. C'était Jack, qui cherchait la seule clef USB existante. Mais il a dû penser — et j'emploie ce terme de manière très généreuse — que Ted avait caché d'autres clefs USB dans son costume d'ours, alors il l'a cherché, d'abord dans le vestiaire de Calliope, puis à l'hôtel. Je parie que c'est pour ça qu'il m'a incité à la pousser dans la piscine quand elle a enfilé le costume pour la première fois — dans l'espoir que ça endommage d'éventuelles clefs

USB. Ou qu'elle laisse sécher le costume quelque part, sans surveillance.

Quel imbécile.

Correction : ce sont des idiots tous les deux.

— Tu veux bien me rendre un service ? demande Ted d'un ton plaintif.

Je serre les dents.

— Quoi ?

— Tu peux m'amener au bureau du shérif ?

Je m'apprête à l'envoyer se faire foutre, parce que je dois sauver Calliope, mais c'est alors que je prends conscience que, d'après l'histoire de Ted, Jack ne représente aucun danger pour elle. Ni lui ni aucun harceleur.

Elle n'a jamais couru aucun danger.

Je devrais être ravi, et je le suis pour l'essentiel, mais une partie de moi est aussi déçue. Maintenant qu'il n'y a plus de danger, Calliope n'a plus aucune raison de rester chez moi. À moins que…

— Je veux vraiment porter plainte, implore Ted. Et obtenir une ordonnance de restriction contre ce connard.

Bordel de merde.

— Très bien. Mais tu m'en devras une.

Si les flics s'impliquent là-dedans, j'aurai moins de latitude pour me venger de Jack, mais d'un autre côté, s'il se fait arrêter et que cette histoire ridicule que Ted vient de me raconter devient publique, ce sera une punition cruelle et très inhabituelle en soi.

Je vois les gros titres d'ici : « Un Floridien se

masturbe devant un alligator, avant de kidnapper la mascotte de son équipe de hockey. »

————

À ma stupéfaction, aucune trace d'amusement n'est visible sur le visage du shérif quand Ted lui raconte son histoire — comme si ce genre de trucs arrivait tout le temps, ici.

— Je dois retourner à mon dîner, annoncé-je à tout le monde avant que le shérif me demande qui je suis et quel rôle j'ai joué là-dedans.

La dernière chose dont j'ai envie, c'est d'être retenu tout le temps qu'il faudra à Ted pour déposer une plainte.

— Comment je vais faire pour rentrer à la maison ? se plaint Ted.

Devrais-je le prévenir que sa « maison » a été donnée à quelqu'un d'autre ?

Non.

— En quoi ça me regarde ? rétorqué-je.

— C'est bon, intervient le shérif. On le raccompagnera.

Peu importe. Je cours vers ma voiture et retourne au cirque, impatient de raconter tout ça à Calliope. À mon grand soulagement, le dîner est toujours en cours, mais Calliope n'est plus sur sa chaise.

Et sa famille me lance des regards noirs par-dessus son dessert.

Merde. Pour la première fois, je prends conscience

que je suis parti assez brusquement, et que ça les a sûrement offensés.

— Qu'est-ce que tu fais là ? demande la sœur trapéziste.

Bordel. J'ai vraiment merdé.

— Désolé, j'ai dû partir régler une affaire importante. Mais je suis de retour. Où est Calliope ?

La sœur me lance un regard renfrogné.

— Tu lui as expliqué ton « affaire importante » ?

Double bordel.

— J'étais pressé de résoudre le problème.

Et quand je dis « résoudre », j'entends « briser quelques os ».

— Eh bien dans ce cas, tu as merdé dans les grandes largeurs, répond-elle. Ma sœur a cru que tu détestais notre famille.

— Que je la détestais ? m'étonné-je en regardant autour de moi. C'est tout l'opposé.

— L'opposé ? répète-t-elle en haussant un sourcil. Ça voudrait dire que tu aimes les Klauncul, et ce serait dur à avaler, même pour oncle Bruin.

— Crois-moi, insisté-je en toute franchise. Pour quelqu'un dont la famille l'a abandonné, c'est une vraie révélation de voir à quel point vous tenez les uns aux autres.

Au moment même où je prononce ces mots, je prends conscience que c'est la vérité, et qu'il y a aussi autre chose.

Je n'aime pas seulement la dynamique de la famille

Klauncul. J'aime peut-être une Klauncul en particulier, ce qui est dément, sachant que…

— Dans ce cas, tu ferais mieux d'aller la retrouver, dit la sœur. Et vite.

Merde.

Elle a raison.

Je passe un coup de fil à Calliope tout en repartant en courant vers ma voiture, mais elle ne décroche pas. Je lui envoie aussi un message — qui reste sans réponse, ce qui n'est pas bon signe.

Je saute dans ma voiture, enfonce l'accélérateur une fois encore et, quelques minutes plus tard, j'arrive devant ma porte d'entrée… découvrant Calliope en train de sortir avec sa valise et sa caisse de transport pour rats.

Quelque chose se flétrit dans ma poitrine, comme un pneu crevé.

— Tu t'en vas ? Comme ça ?

Je sais que ça ne devrait pas me surprendre, pas après toutes les autres personnes qui m'ont abandonné dans ma vie, mais là, c'est d'un tout autre niveau. Calliope ne sait pas que son problème de harceleur est réglé — autrement dit, elle préfère se mettre en danger plutôt que de passer une minute de plus avec moi.

— Bien sûr que je déménage, rétorque-t-elle. Je ne peux pas rester avec quelqu'un qui déteste…

— Ne dis pas que je déteste ta famille. Je n'ai jamais dit ça, putain.

— Tu n'as pas eu besoin de le faire. Ton comportement était bien assez éloquent.

Je prends une inspiration pour me calmer. Peut-être que, si je lui explique tout, elle ne m'abandonnera pas.

— Je ne suis pas parti parce que je détestais ta famille. Je suis parti parce que j'ai appris qui était le harceleur… et c'est quelqu'un que je connais. J'étais furieux, et je me suis précipité pour m'occuper de lui. Maintenant que j'y réfléchis, je me rends compte que j'aurais dû te prévenir, mais…

— Tu sais qui est le harceleur ? m'interrompt-elle, les yeux ronds.

Je serre et desserre les poings, regrettant de ne l'avoir frappé qu'une fois.

— Ouais. C'est Jack.

Elle me regarde en clignant des paupières.

— Jack le kangourou ?

— Le kangourou ?

Maintenant qu'elle le dit, Jack ressemble vaguement à l'un de ces animaux.

— Oui. Ce Jack-là. Il s'avère qu'il n'en avait pas après toi. Il cherchait une clef USB avec une vidéo de lui en train de se branler devant un alligator.

Elle plisse les yeux.

— Tu crois que c'est le moment de faire des blagues ?

— Je ne plaisante pas, articulé-je. Ted, que Jack avait kidnappé, avait caché la clef USB dans son appartement, qui est devenu le tien, d'où les lattes de plancher déplacées.

Ses yeux ne sont plus que deux fentes.

— Tu t'attends à ce que j'avale ces conneries ?

— Pourquoi est-ce que j'inventerais un truc pareil, bordel ?

Je prends une autre inspiration pour me calmer et ajoute :

— Ted est en train de porter plainte. Ce genre de truc est du domaine public, en Floride. Tu peux vérifier.

Elle serre sa valise plus fort.

— Très bien. Si toutes ces absurdités sont vraies, je n'ai aucune raison de rester vivre ici, alors.

Je prends une grande bouffée d'air, mais ça ne me calme pas du tout. Je prononce les prochains mots avec peine :

— Ne t'en va pas.

Elle déglutit et baisse les yeux sur ma poitrine.

— Je… suis un peu obligée.

— Comment ça ? Je viens de te dire que le problème du harceleur était réglé.

Une fois de plus je m'oblige à prononcer les mots que je n'ai jamais pu dire à mes parents :

— Je veux que tu restes. Avec moi. Je sais qu'on ne sort ensemble que depuis…

— Moins d'une semaine, termine-t-elle avant de prendre une grande inspiration à son tour. C'est trop tôt pour emménager ensemble. Mais plus important encore, je… j'ai accepté une offre d'emploi. À New York.

Recevoir un palet en plein dans le ventre aurait été moins douloureux que ça.

— Tu as fait quoi ?

Elle recule d'un pas.

— Je croyais que tu avais rompu avec moi. Que tu détestais ma famille. Et c'est le boulot dont j'ai toujours rêvé.

— Qu'est-ce que c'est ?

Quand elle m'explique, je sens une nausée m'envahir — je dois avoir le mal des transports après avoir conduit comme un dératé.

— Je vois, dis-je quand elle me rappelle que ce spectacle de rats est son rêve de toujours.

D'un ton creux, j'ajoute :

— Dans ce cas-là, tu devrais partir. Tout de suite.

Elle me dépasse d'un pas précipité et rentre dans un Uber garé à proximité.

Ma nausée empire quand je regarde le taxi s'écarter et disparaître hors de ma vue.

Je me tourne vers ma porte d'entrée et abats mon poing dessus, encore et encore, jusqu'à ce que le bois se fissure et que la douleur dans mes articulations détourne mon attention du tourment dans ma tête.

Mais le répit est de courte durée. Je me souviens bien vite que j'ai été un vrai idiot.

Pourquoi lui avoir demandé de rester ? Pourquoi avoir cru que ça ferait la moindre différence ?

J'aurais dû m'en douter. Personne n'est jamais resté pour moi.

Personne.

CHAPITRE 25
CALLIOPE

Je pleure pendant tout le trajet jusqu'à New York, ce qui est ridicule, parce que je devrais être aux anges — j'ai obtenu l'opportunité de mes rêves.

Pendant que le taxi m'emmène de l'aéroport à l'hôtel, mon téléphone sonne et mon cœur perfide accélère, espérant entendre la voix de Michael.

Non. C'est Seraphina.

— Coucou, lancé-je en faisant mon possible pour prendre un ton enjoué.

— Michael t'a trouvée ? demande-t-elle en guise de bonjour. Il est revenu à la cafétéria et…

— Oui, il m'a trouvée.

Pour ce que ça a servi.

— Et ? demande-t-elle.

— Et on a rompu, dis-je en réprimant un hoquet.

— Pourquoi ? Il ne t'a pas expliqué ? Il…

— Il est parti pour régler une affaire urgente. Il me l'a dit. Mais c'était trop tard.

— Quoi ? Pourquoi ?

Je prends une grande inspiration.

— J'ai une merveilleuse nouvelle. J'aurais dû commencer par ça, en fait. J'ai obtenu un boulot à New York. J'ai mon propre spectacle de rats. Comme je l'ai toujours voulu.

Voilà. Prononcer ces mots me fait éprouver un peu de l'excitation que je devrais ressentir depuis le début.

— Une seconde. Rembobine, dit Seraphina. Comment c'est arrivé ?

Je lui explique, et j'ai l'impression d'être une traîtresse quand je lui raconte que j'ai rencontré mon nouvel employeur durant une soirée où Michael m'a traînée.

— C'est génial, dit Seraphina quand je termine. Mais pour ton Boo, alors ? Pourquoi avoir rompu ?

Je hausse les épaules, avant de me rendre compte qu'elle ne peut pas me voir.

— Il voulait que j'emménage avec lui. Maintenant que j'ai ce boulot, je ne peux plus.

— Mais tu avais déjà emménagé, me rappelle-t-elle.

— C'était juste pour ma protection. Cette fois, ça aurait été pour de vrai.

— Et tu as refusé ?

Je me mords la lèvre.

— Oui. À cause du boulot.

— Alors… vous allez avoir une relation longue

distance, c'est ça ? demande-t-elle. Ou quelque chose comme ça ?

— Je ne crois pas.

À en croire son expression quand je suis partie, il ne m'adressera sûrement plus jamais la parole.

— Et c'est mieux comme ça, vraiment. Je sais qu'il n'est pas parti à cause de notre famille, mais je parie qu'il nous a détestés quand même.

Comme tous les mecs.

— Tu te trompes, répond Seraphina. Il m'a dit qu'il aimait notre famille. Il a dit qu'il avait adoré voir qu'on tenait tous les uns aux autres.

Elle marque une pause, puis demande :

— Tu es sûre que tu ne projettes pas tes problèmes avec tes autres ex sur lui ?

Je regarde le téléphone en plissant les yeux.

— Pourquoi tu prends sa défense ?

— Quoi ? Pas du tout.

— Pourquoi tu ne me félicites pas d'avoir obtenu ce boulot ? Pourquoi tu ne me dis pas que je suis mieux sans lui ? Pourquoi…

— Écoute, ce n'est pas contre moi que tu es en colère, m'interrompt Seraphina.

— Ne me dis pas contre qui être en colère.

— Tu sais quoi ? Cette conversation est terminée, lâche Seraphina. Rappelle-moi quand tu seras prête à t'excuser.

Je m'apprête à rétorquer que ça arrivera quand les poules auront des dents, mais elle m'a déjà raccroché au nez.

Idiote.

Je fulmine pendant tout le trajet jusqu'à l'hôtel, puis je me tire de mon cafard en répétant un vrai spectacle avec mes rats — une activité qui me remonte un peu le moral. Mais pas beaucoup.

Le lendemain, je commence par appeler Linda des ressources humaines, avant de me souvenir qu'on est samedi et de raccrocher. À ma stupéfaction, elle me rappelle, je lui donne donc ma démission en m'excusant platement de prévenir à la dernière minute.

— Ça va nous éviter d'avoir à faire un choix difficile, répond-elle.

— Ah oui ? demandé-je.

— Ted est revenu, explique-t-elle. Et il s'avère qu'il était dans l'incapacité de venir bosser à cause d'une situation indépendante de sa volonté.

Ah. C'est vrai. Cette partie de l'histoire démente de Michael est donc vraie.

— Super, dis-je. Contente que vous n'ayez pas à me virer.

— Je ne dis pas que c'était ce qu'on s'apprêtait à faire, dit-elle. Tu nous as rendu à tous un énorme service avec cette histoire de « Miel et Boo Boo » alors…

— C'est fini aussi, précisé-je.

Jamais Michael n'accepterait de continuer de faire semblant d'être avec moi, et vice versa.

— Le service des relations presse sera déçu, mais je comprends tout à fait, répond Linda. Bonne chance dans tes futurs projets.

Je la remercie et raccroche, me sentant coupable d'avoir lâché l'équipe de hockey comme ça. Je n'ai pas dit au revoir au coach. Pas de *sayonara* à Dante ou aux autres.

Merde. Je n'ai même pas prévenu mes parents que je déménageais — même si maintenant que Seraphina est au courant, ils vont l'être aussi. Ma sœur est un peu l'Internet des Klauncul.

Malgré ça, j'appelle pour les prévenir officiellement, et mon cœur se serre quand ils m'assurent qu'ils sont heureux pour moi.

— C'est si triste pour Michael, dit ma mère au moment où je m'apprêtais à lui parler de ça. Ta sœur nous a dit que vous aviez rompu.

— Oui, renchérit mon père. Je l'aimais beaucoup plus que l'autre Tartempion.

Tout le monde appelle la plupart de mes autres ex « Tartempion », et je pense que c'est parce que, dans ces cas-là, l'antipathie était mutuelle.

— Je dois y aller, dis-je, pas prête à parler de Michael.

— Bien sûr, répond ma mère. Et je te dis merde pour la suite.

Je raccroche avec le sourire, mais il se transforme en froncement de sourcils quand je regarde mon téléphone pour voir si j'ai reçu un appel, un message ou un e-mail de la part de Michael.

Rien.

Comme je le pensais. C'est fini. Je n'entendrai plus jamais parler de lui.

Seraphina avait-elle raison ? C'est vrai que tous mes petits amis m'ont larguée après avoir rencontré ma famille. Ai-je rompu si vite avec Michael parce que j'avais peur que ça recommence, même s'il a assuré apprécier ma famille et vouloir que je reste ?

Non. J'ai fait ce qu'il fallait. Il ne les a rencontrés qu'une fois et il n'est même pas resté tout le dîner. Qui sait ce qui se serait passé si on avait continué à sortir ensemble ?

En fait, je le sais. Il m'aurait larguée, comme tous les autres.

Ce n'était qu'une question de temps.

Malgré ça, ma poitrine est comprimée douloureusement quand je me rends à la salle de spectacle, où je trouve Max en train de m'attendre avec toutes les autres personnes présentes à l'entretien. Il y a aussi un large groupe de gens que je ne reconnais pas, qui s'avèrent être des employés de la salle de spectacle et leur famille.

— On a une tradition, explique Max. Tout le monde vient assister à la première répétition.

Waouh. C'est un bon exercice de renforcement d'équipe, mais c'est stressant pour moi.

J'installe le projecteur, monte sur la scène et commence par un truc facile : j'habille les rats avec les tenues mignonnes qui n'attendaient que cette occasion et je les fais se pavaner comme des mannequins sur un podium.

Ça n'a pas l'air de les déranger qu'une foule nous

observe, ce qui est super. On ne peut pas dire la même chose pour moi. J'ai le trac alors que ce groupe ne constitue qu'un dixième de la capacité maximale de la salle — sans oublier que je me suis déjà produite dans un cirque à guichets fermés, et que j'ai été mascotte lors d'un match de hockey bondé.

Je suppose que c'est l'importance que revêt ce moment pour moi qui me perturbe.

Malgré ça, quand le premier numéro se termine, tout le monde applaudit, ce qui me donne l'assurance nécessaire pour continuer. J'ai l'impression que j'arriverai à m'en sortir devant une foule plus grande — il faudra juste que je m'habitue un peu.

Je viens de rentrer à l'hôtel quand mon téléphone sonne. Comme un peu plus tôt, mon cœur bondit dans ma poitrine en pensant que c'est peut-être Michael, mais je suis à nouveau déçue quand je vois que c'est encore Seraphina.

— Désolée, dit-elle sans préambule. J'aurais dû te féliciter pour ce boulot.

— Non. C'est moi qui suis désolée. Je sais que tu veux juste ce qu'il y a de mieux pour moi.

— C'est vrai.

— Et c'est ce boulot, assuré-je.

J'aurais aimé être aussi certaine que je le prétends. Mais je refuse de céder à mon malaise et lui raconte ma première répétition, y compris mon trac inattendu.

— Ouais, je ne m'en ferais pas pour ça, à ta place, répond-elle. Tu es une Klauncul. Le cirque a beau être bondé, on arrive encore à avaler des épées et fourrer notre tête dans la gueule d'un lion. Qu'est-ce qu'un spectacle avec des rats, comparé à ça ?

CHAPITRE 26

CALLIOPE

Durant le mois qui suit — et pas quelques semaines, comme l'espérait Max — mes rats et moi sommes si occupés à préparer notre premier vrai spectacle que j'ai à peine le temps de me morfondre. Ce que je veux dire, c'est que je ne pleure qu'une heure ou deux par jour, que je regarde mon téléphone toutes les heures pour voir si Michael m'a contactée, et que je revois dans ma tête les montages de nous en train de nous embrasser au moindre prétexte, même les plus ridicules, comme quand j'ai vu deux colombes assises l'une à côté de l'autre sur une branche. Ou quand je vois n'importe quelle espèce d'oiseau faire quoi que ce soit, même déféquer sur les voitures.

Lorsque mon premier spectacle s'apprête à commencer, j'ai à peine le trac, ce qui est génial. Les rats cartonnent durant leur performance, surtout avec la séquence du monocycle. Quand le spectacle se termine, la foule se lève même pour une standing ovation.

Je fais une révérence, mais j'ai envie de me donner des claques pour ne pas avoir pleinement savouré ce point culminant de ma vie. J'ai tellement envie que Michael soit dans la foule. J'aimerais qu'il vienne me prendre dans ses bras ensuite. Qu'il…

Je me rends compte que le rideau est tombé et que je suis encore inclinée. Je me redresse, offre de délicieuses friandises à mes petits bonshommes, puis rejoins ma famille, qui a pris l'avion pour assister au spectacle et était assise au premier rang.

— Alors, lance Seraphina quand on se retrouve toutes seules, tu as eu le trac ?

— Pas du tout, dis-je. Vas-y, tu peux dire « je te l'avais bien dit ».

— Je te l'avais bien dit, répond-elle avec un sourire de folle, avant de reprendre son sérieux. Tu as eu de ses nouvelles ?

Je n'ai pas besoin de lui demander de qui elle parle.

— Non. Et je ne m'attendais pas à en avoir.

Je l'espérais. J'ai prié, mais…

— Tu l'as appelé ? s'enquiert-elle.

Je fronce les sourcils.

— Pourquoi je ferais ça ?

— Euh, parce que c'est toi qui es partie ?

Ma poitrine se comprime.

— J'ai fait ce que j'avais à faire.

— Tu es sûre ? Pourquoi ? Tu as envisagé la possibilité d'une relation longue distance, au moins ?

La vérité, c'est que je n'y ai jamais pensé. Pas au moment où Michael m'a demandé de rester, en tout cas. Quelques minutes plus tôt, j'étais encore certaine qu'il m'avait larguée pour les raisons habituelles, et je n'ai pas eu le temps de digérer que ce n'était pas le cas. C'est comme si les rouages de mon cerveau s'étaient bloqués, et la seule chose à laquelle je pensais, c'était que tous mes autres petits amis m'avaient larguée.

— Tu devrais l'appeler, déclare Seraphina quand je garde le silence.

Je déglutis.

— Je ne crois pas que je pourrais le supporter, s'il ne décrochait pas.

Et il ne le fera pas, c'est sûr.

Elle fronce les sourcils.

— Pourquoi il ne décrocherait pas ?

— Pourquoi il ne m'a pas appelée ?

— Parce que c'est toi qui es partie, répète-t-elle.

Maudite soit-elle, avec ses remarques pertinentes. Je sais qu'elle a raison. Michael m'a demandé de rester. Il a dit qu'il appréciait ma famille, mais je ne l'ai pas vraiment cru.

Pourquoi ?

Était-ce parce que tous mes autres petits amis m'ont abandonnée dès qu'ils ont rencontré ma famille bizarre ?

Ou alors… ça n'a peut-être jamais été ma famille, qu'ils trouvaient bizarre.

Peut-être que ce qui m'effrayait vraiment, c'était

l'idée que ce qu'ils trouvaient bizarre, ce qu'ils fuyaient… c'était moi.

— Seraphina…, commencé-je, ma voix se coinçant dans ma gorge. Je crois que j'ai merdé. Comme tu l'as dit, il aimait notre famille, et il me l'a prouvé en me demandant d'emménager avec lui. En me demandant de rester. Et qu'est-ce que j'ai fait ? Je suis partie. Je n'ai même pas essayé de…

Elle pose une main sur mon épaule.

— Tu regrettes de ne pas être restée ?

Je déglutis pour ravaler la boule dans ma gorge.

— Oui. Non. Peut-être. Tu as vu le spectacle. Il fallait que je vienne ici. Mais je regrette qu'on se soit disputés avant que je parte. J'aurais voulu qu'on décide de faire en sorte que ça marche. Après tout, j'aurais pu rentrer en Floride pour le voir de temps en temps, et il aurait pu venir me voir à New York.

À cet instant, mon frère nous rejoint et nous ne pouvons pas continuer à parler de ça.

Pourtant, cette conversation couve dans ma tête toute la soirée, ainsi qu'une bonne partie de la nuit. Le lendemain matin, je me réveille fatiguée et le cœur lourd, mais j'ai eu un déclic.

Je ne peux pas continuer comme ça.

Je dois essayer de tout arranger avec Michael, et s'il me dit d'aller me faire voir, c'est un prix que je suis prête à payer — mais au moins, je saurais que j'ai essayé.

CHAPITRE 27
MICHAEL

u prends ta retraite ? répète Dante en retirant son masque de gardien, éblouissant tout le monde avec la pâleur de sa peau.

— Après tout cet entraînement intensif ?

Le reste de l'équipe a l'air tout aussi stupéfait, et je peux comprendre pourquoi. Ces derniers temps, je suis une vraie bête sur la glace, mais c'était ma seule façon de me sortir Calliope de la tête. Et puis je rendais service au coach en remettant l'équipe au niveau avant de partir.

— Je suis de plus en plus accaparé par ma fondation, expliqué-je. Et la prochaine phase requiert que je voyage dans le monde entier.

— Le monde entier, ça inclut New York, n'est-ce pas ? demande Dante avec un clin d'œil. Après tout, c'est là que Tugev, ton plus gros donateur, habite.

— Exactement.

La pique de Dante sur Tugev ne m'atteint pas, parce que je ne considère plus ce connard trop sûr de lui comme un ennemi. C'est presque tout le contraire, en fait, grâce à un nombre surprenant de choses qu'on s'est avéré avoir en commun.

— Si je peux me permettre, dit le coach en me donnant une tape sur l'épaule. Tu vas nous manquer, Michael.

— Ce ne sera pas pareil, sans toi, c'est certain, renchérit Isaac.

Je sens que ce qu'il sous-entend, c'est : « Il me sera tellement plus facile de remplir mon rôle de capitaine sans un connard comme toi pour saper mon autorité dès qu'il en a l'occasion. »

— Ouais, acquiescent plusieurs joueurs à l'unisson.

— Et tu ne peux pas partir avant qu'on ait bu quelques verres pour te souhaiter bon vent, ajoute le coach.

Tout le monde applaudit cette idée.

Merde. À un moment ou un autre, ces connards ont arrêté de me haïr autant qu'au départ, et je crois que je supporte presque leur présence, en ce qui me concerne. Je crois même que je vais devoir rendre visite à ce trou à rats de temps en temps — juste parce que ce sont tous des mauviettes sentimentales.

— Je peux te dire un mot en privé ? demande Dante d'un air plus sérieux.

Je patine un peu à l'écart et, une fois qu'on est hors de portée de voix des autres, il demande :

— Quand est-ce que tu comptes te rendre dans une

certaine salle de spectacle, quand tu seras en visite à la Grosse Pomme ?

Je lui lance un regard si féroce qu'il arrive à pâlir encore plus, ce que j'aurais cru impossible.

— Va à la bite

— Très bien. Ce ne sont pas mes oignons. J'ai compris.

Il s'éloigne, les épaules basses. J'ai encore envie de le pourchasser pour lui donner un coup de poing dans les reins, pour m'avoir remis cette idée en tête.

Non pas qu'elle n'y soit pas déjà depuis plus d'un mois, comme un disque rayé. J'ai eu beau m'entraîner sur la glace jusqu'à l'épuisement, et faire d'énormes progrès avec la fondation, des « et si » perfides n'arrêtent pas de me venir en tête, comme une écharde causée par une crosse de hoquet de mauvaise qualité.

Et si j'avais quitté ce dîner plus poliment ? Et si je l'avais un peu plus implorée avant qu'elle parte ?

Merde… et si je l'appelais maintenant ? Et si je lui écrivais ? Ou lui rendais visite ?

Ces trois-là sont les pires, et j'ai dû mobiliser toute ma volonté pour ne pas céder à la tentation de la contacter… ces derniers temps, j'ai fini par oublier pourquoi je résistais autant.

Je suis maso, ou quoi ?

Mon téléphone sonne.

Oh merde. C'est le type que j'ai embauché sur un site d'indépendants.

Je sors de la patinoire, me perche sur un banc et

hésite à regarder la vidéo que je lui ai demandée. Qui va sûrement rendre les « et si » mille fois pires.

Bordel. De qui je me moque ? Ma volonté pathétique ne m'aide en rien. Sinon, je n'aurais pas embauché ce type.

Alors je lance la vidéo du premier spectacle de Calliope, et je suis bien content d'être assis — et loin de mes abrutis de coéquipiers. Si j'ai les yeux embués à la fin — et ce n'est pas du tout le cas — je n'ai pas envie de devoir tuer quelqu'un pour s'être moqué de moi.

Calliope a été merveilleuse. Elle et ses rats. Et c'était son premier spectacle. Ça ne va aller qu'en s'améliorant. Pour être honnête, je ne m'attendais pas à ce que ses rats puissent être *aussi* divertissants, mais ils l'ont été, surtout quand ils ont joué leur petit match de football, qui est devenu bien plus sophistiqué depuis la dernière fois que j'ai vu cette performance.

Putain. Je suis vraiment maso. Toute la souffrance que j'ai éprouvée quand elle est partie revient en force. Tout comme le désir désespéré de reprendre contact avec elle, de la retrouver, ou…

Vous savez quoi ? Ça suffit. Je ne peux plus supporter ça.

Je vais l'appeler, et si elle me dit d'aller me faire voir, qu'il en soit ainsi. Je ne pourrai pas me sentir plus mal que depuis qu'elle est partie.

Le cœur battant à tout rompre dans ma poitrine, je compose son numéro — et entends un téléphone sonner près de l'entrée de la patinoire. C'est la mélodie de *The Hockey Song*, de Stompin' Tom Connors.

Bizarre.

La sonnerie continue de s'égrener pendant que j'attends qu'elle décroche. Ma poitrine se comprime quand je tombe sur sa boîte vocale.

Merde.

Je raccroche et la rappelle — la même sonnerie se fait entendre juste derrière moi.

Non.

Impossible.

Je me lève, me retourne et fronce les sourcils.

Le son vient d'une personne vêtue du costume de mascotte d'une autre équipe — ou c'est ce que je crois au départ, en tout cas. Mais quelle équipe a un oiseau jaune comme mascotte ? Il a une énorme tête, de gros yeux et des pieds orange de clown.

Une seconde.

Sur l'épaule de l'oiseau… c'est un rat ?

— Calliope ? m'exclamé-je.

La réponse de la personne oiseau est étouffée, je ne peux donc pas être sûr que c'est elle, mais j'avance quand même d'un pas.

L'oiseau jaune lève les bras et retire sa grosse tête, révélant le beau visage de Calliope.

Je reste bouche bée. C'est un rêve ?

— J'étais justement en train de t'appeler, dis-je en lui montrant mon téléphone comme un abruti.

— J'ai vu, répond-elle, le visage rayonnant. Mais je ne voulais pas gâcher la surprise.

Elle montre fièrement sa tête de mascotte.

— Et c'est quoi, ça ? parvins-je à demander.

Ce que j'ai vraiment envie de faire, c'est la prendre dans mes bras et l'embrasser partout.

— Ce n'est pas évident ? s'étonne-t-elle, sourcils froncés.

— Non ?

Je regarde Wolfgang dans l'espoir qu'il me donne un coup de pouce, mais je n'ai droit qu'à un pépiement de rat en réponse.

— Je suis un canari, explique-t-elle. Un *oiseau*.

— OK…

Je crois même reconnaître cet oiseau, maintenant. Il était dans un dessin animé, et un chat voulait le…

— Je suis ton petit oiseau, rappelle-t-elle d'un ton brusque. Et tu aimes les oiseaux. Alors pour faire un geste symbolique, j'ai fait jouer mes vieux contacts au sein des parcs d'attractions pour pouvoir me déguiser en Titi, le « petit oiseau » par excellence.

Oh.

— C'est un geste symbolique ? demandé-je, mon cœur accélérant. Tu veux dire… que tu veux me récupérer ?

Elle hoche la tête d'un air solennel.

— Si tu veux bien de moi. Si tu peux me pardonner, dit-elle avant de prendre une grande inspiration. Je suis vraiment désolée d'être partie comme ça. J'étais si certaine que tu avais fui ma famille, quand tu as quitté ce dîner, et même après avoir découvert que ce n'était pas le cas, je n'ai pas pu changer d'état d'esprit assez vite. Tous mes ex m'ont larguée après avoir rencontré ma famille, et j'étais si sûre que tu ferais pareil que je n'ai pas pu croire ce que tu me disais.

— Calliope, j'ai adoré ta fam…

— Non, écoute-moi, m'interrompt-elle en prenant une autre grande inspiration. Je me suis rendu compte qu'en réalité, je n'avais pas peur que tu trouves ma famille trop bizarre. Parce que maintenant que j'y réfléchis, mes ex ne m'ont pas vraiment quittée à cause d'eux. OK, voir Voldemort caresser son serpent pendant le dîner a peut-être été la goutte de trop, mais en vérité, ils m'ont larguée à cause de *moi*. Parce que c'est moi qui suis bizarre. Je suis sûrement la Klauncul la plus Klauncul de nous tous, avec mes rats, mes cheveux et…

Je prends sa main dans la mienne.

— J'adore tes rats. Et tes cheveux. Et tous tes proches merveilleusement bizarres.

Franchement, qu'est-ce qu'elle a fumé ? Ils sont géniaux, son clan et elle.

— Et je suis désolé, dis-je d'un ton bourru. Je n'aurais pas dû quitter ce dîner très important avec ta famille aussi brusquement. Si…

— Arrête, m'interrompt-elle en serrant ma main. Tu n'as pas besoin d'en dire plus.

— Dans ce cas…

J'arrête de parler et l'embrasse avec fougue, impatient de rattraper tout le temps perdu.

J'entends des sifflets agaçants au loin, et même des applaudissements.

Merde. J'avais oublié mes connards de coéquipiers.

Calliope s'écarte, regarde vers la patinoire et rougit.

— Laissez-nous ! rugis-je. Ou vous en souffrirez les conséquences.

À ma stupéfaction, ils s'exécutent, mais tout en riant entre eux, sûrement à nos dépens.

— Désolé pour ça, dis-je d'un ton penaud. On en était où ?

Elle humecte ses lèvres roses et enflées par mon baiser.

— Je pense que ça devrait être à nous de partir, pas eux… pour nous trouver un lit.

D'un coup, je suis plus dur que je l'ai été de toute ma vie. Mais…

— Je dois te dire quelque chose. Un truc que j'aurais dû te dire ce soir-là. Qui risque encore de tout embrouiller, mais si…

— Qu'est-ce que c'est ? demande-t-elle en laissant tomber la tête de Titi par terre.

C'est le moment. J'ai droit à une seconde chance avec le plus gros « et si » qui me tourmente depuis tout ce temps.

Je referme la paume autour du visage de Calliope.

— Je t'aime, *ptichka*, dis-je en la regardant dans les yeux. J'ai commencé à craquer pour toi quand tu as retiré cette tête d'ours et que j'ai vu tes yeux verts et tes cheveux roses pour la première fois. J'ai craqué encore plus quand tu as retiré tes gants et que j'ai vu tes ongles pailletés. Et encore plus quand j'ai vu le rat sur…

— Je peux répondre, maintenant ? m'interrompt-elle d'un ton faussement grognon, les yeux pétillants de joie.

Enfin, j'espère que c'est bien de la joie. Je hoche la tête.

— Je t'aime aussi, dit-elle dans un souffle. Tu es le colvert de ma canne et la tourterelle de mon pigeon.

Est-ce que ma poitrine brille ? Parce que c'est l'impression que j'ai.

— Tu sais, les canards ne sont pas les oiseaux les plus romantiques à évoquer dans les déclarations d'amour, ne puis-je m'empêcher de faire remarquer. Ils ne gardent pas la même partenaire toute leur vie, et ils ont des relations sexuelles très agressives.

Sans oublier un petit détail encore moins romantique : les pénis des canards sont en forme de tire-bouchon.

— Oh, et les tourterelles ne sont pas les femelles des pigeons ni l'inverse, comme tu avais l'air de le sous-entendre. Techniquement, c'est le même oiseau, mais avec de légères différences chromosomiques.

Elle lève les yeux au ciel.

— Je t'aime malgré ce que tu viens de dire. Je t'aime comme si j'étais…

Elle se tait un instant, cherchant ses mots.

— Comme si j'étais le palet de ta crosse.

En réponse à cette brillante analogie, je l'embrasse à nouveau.

— Merci, dis-je aux Estoniens qui m'acclament. Et s'il vous plaît, à l'avenir, j'espère que vous aurez la bonté de traiter les rats avec gentillesse.

J'ai parlé dans leur langue, bien que de manière approximative. Après ça, le rideau tombe et je donne une friandise à mes rats, surtout Lénine, qui vient d'effectuer un numéro de funambulisme presque aussi impressionnant que celui de ma grand-mère.

Tovarisch, je n'arrive pas à croire que tu m'as amené dans un pays qui ose prospérer après avoir abandonné la gloire de l'Union soviétique.

Je rassemble mes affaires et me dirige vers les coulisses, où je retrouve une partie des VIP et leur signe un autographe — on m'en demande de plus en plus, ces derniers temps.

Une fois la séance d'autographes terminée, je m'approche de Michael et du groupe d'enfants qui l'accompagnent et qui s'apprêtent à entamer une carrière dans le sport de leur choix grâce à sa fondation en pleine expansion.

— Les enfants, je vous présente ma femme, Calliope, annonce fièrement Michael. Calliope, voici les enfants.

Il répète la même chose en russe, la langue la plus populaire parmi les minorités de ce pays. Avec Michael comme interprète, j'apprends tous leurs noms et ils me disent qu'ils ont adoré le spectacle.

Quand les jumeaux — alias deux de mes personnes préférées du monde entier — nous rejoignent en coulisse, Michael les regarde d'un air rayonnant et lance :

— Voici nos enfants, Sasha et Filipp.

Encore une fois, il répète sa phrase en russe.

Ses protégés regardent les jumeaux avec une curiosité non dissimulée, et une fille me dit quelque chose en russe.

— Tu as l'air trop jeune pour être la mère de deux enfants aussi grands, me traduit Michael.

Ce n'est pas vrai. Les jumeaux ont neuf ans, j'aurais donc pu les mettre au monde… en théorie.

Michael se lance dans un monologue en russe, et je me doute qu'il leur explique que Sasha et Filipp sont des frères et sœurs biologiques et qu'on les a rencontrés dans un orphelinat russe, avant de les adopter aussitôt après.

J'espère qu'il fait ce que je lui ai demandé et passe sous silence que sa fondation ne pouvait pas aider les jumeaux parce qu'ils ne s'intéressaient à aucun sport. Et que leur histoire est particulièrement poignante : leurs parents étaient pompiers et sont morts en service. En plus de ça, les jumeaux se sont fait malmener dans l'orphelinat parce qu'ils (en particulier Sasha) avaient un rat de compagnie nommé Lariska, qui fait désormais partie de notre foyer.

— Maman, dit Sasha. Je peux leur montrer nos rats ?

Je souris.

— Bien sûr, mon chéri.

Sasha lance quelque chose à ses nouveaux amis en russe et part en courant, son frère et les autres enfants sur les talons.

Michael demande à l'un de ses employés de garder un œil sur eux, puis me demande ce que j'ai pensé de la salle.

— C'était magnifique, dis-je. Dis à Mason... à « Tugev », je veux dire, que je le remercie de tout cœur d'avoir suggéré cette tournée sur sa terre natale.

— Je refuse de faire ça, grogne Michael. L'égo de ce connard est déjà gargantuesque, hors de question que je l'alimente encore plus.

Hmm. En parlant de trucs qui deviennent gargantuesques...

— Boo, commencé-je avec prudence. Je voulais te dire quelque chose.

Il penche la tête.

— Quelqu'un d'autre dans ta famille veut adopter ?

C'est une question légitime, sachant qu'un certain

nombre de mes proches ont suivi notre exemple et ont offert un foyer à des enfants que la fondation de Michael ne pouvait pas aider. Sans oublier que l'intégralité de ma famille a adopté Michael avec un tel enthousiasme qu'on croirait que jouer au hockey — ou me donner des orgasmes — était l'un des talents de base pour ce cirque.

— Non, dis-je. Mais tu n'es pas loin. Ça a bien un rapport avec l'agrandissement de notre famille.

Je pose la main droite sur mon ventre encore plat.

— Je suis officiellement devenue une loge VIP pour un être hybride de la taille d'un haricot issu d'un croisement entre un cul de clown et un ours.

Merde. Je n'aurais pas dû faire cette blague sur les ours à un moment aussi crucial que celui-là. Après avoir adopté Medvedev comme nom de famille, j'ai décrété que j'avais le droit de faire des blagues sur les ours plutôt que sur les clowns et les culs, et Michael sourit quand il les entend, mais…

Il m'enveloppe dans ses bras de grizzli et grogne de manière surexcitée dans mon oreille, un mélange d'anglais et de russe.

Quand il me lâche enfin, ses yeux pétillent.

— Je ne pensais pas pouvoir me sentir *aussi* heureux à cette nouvelle. Merci, *ptichka*.

— Merci ? répété-je en levant les yeux au ciel. Garde tes remerciements pour quand le haricot… qui aura la taille d'une petite citrouille, à ce moment-là… sortira de ma panthère rose.

Il hoche la tête d'un air grave.

— Je te remercierai à ce moment-là. Et je vais aussi le faire *maintenant*. Et tout au long du parcours.

J'étire les lèvres.

— La meilleure façon de me remercier serait un massage des pieds.

— Considère que c'est fait.

Je souris.

— Pourquoi pas aussi des *vareniki* aux champignons faits maison ?

— Je t'en ferai à chaque fois que tu en auras envie, promet-il. Et aussi fourrés à d'autres trucs.

— En parlant de fourrage, dis-je, il y a une dernière chose.

Il hausse les sourcils.

— Oui ?

— Lors de l'un de ses accès de jacasserie trop détaillés, ma mère m'a dit que toutes les femmes de notre famille avaient des envies de sexe accrues quand elles étaient enceintes.

Ses narines se dilatent.

— Accrues ? Encore plus que maintenant ?

Je lui donne une petite tape sur la poitrine.

— Si ça arrive, je veux que tu…

— Que je te fasse jouir plusieurs fois d'affilée, termine-t-il à ma place d'une voix rauque. Et puis encore un peu plus.

— Ça me paraît pas mal, acquiescé-je dans un souffle. Tope là.

Je tends la main. Il la prend et la caresse avec délicatesse.

— J'ai une meilleure idée, dit-il avant de m'attirer à lui et de murmurer : et si on allait dans la salle d'habillage pour donner le coup d'envoi de toute cette gratitude ?

Je serre ses mains avec force.

— Je croyais que tu ne le proposerais jamais.

Sur ces mots, on s'isole, on se déshabille, puis Michael entreprend de me faire une démonstration de tous les bons soins qu'il compte me prodiguer pendant tout le restant de ma grossesse.

Et pour le restant de ma vie.

EXTRAITS EN AVANT-PREMIÈRE

Merci de participer à l'aventure de Calliope et Michael ! Pour ne rater aucune parution, inscrivez-vous à la newsletter sur mishabell.com/fr.

Pour en savoir plus sur Misha Bell, tournez la page et découvrez un aperçu de nos comédies hilarantes !

EXTRAIT DE QUI PERD GAGNE

Sophia

En devenant héritière du jour au lendemain, j'aurais dû voir tous mes problèmes disparaître, mais au lieu de ça, j'en ai trois supplémentaires sur les bras, et non des moindres : deux tortues géantes et un joueur de hockey massif et plutôt hostile répondant au nom de Mason. Il est aussi sexy qu'insupportable, et à une autre époque il aurait fait un Viking parfait.

Il est bien déterminé à acheter mon équipe de hockey, et il est prêt à tout pour arriver à ses fins... même s'il doit me jouer des coups bas.

Mason

Tout ce que je voulais, c'était m'acheter une équipe, mais ce qui ne devait être qu'une simple transaction commerciale s'est vite compliqué. Tout cela parce que, sans le faire exprès, j'ai insulté une femme qui n'était autre que la nouvelle propriétaire... et une vraie force de la nature. Maintenant, tous mes plans soigneusement élaborés sont en train de s'écrouler, et me voilà confronté à un choix de nature à bouleverser ma vie.

Ai-je toujours envie de cette équipe, ou mon désir envers sa propriétaire est-il plus fort ?

———

Toujours hébétée, je regarde autour de moi.

Deux hommes attendent : un type corpulent à moustache occupé à lire un magazine tout en jouant avec les boutons du col de sa chemise, et un spécimen grand, revêche et aux larges épaules qui serre son téléphone d'une poigne de fer.

Oh bon sang.

Ce poing.

Pas encore.

Et si. Voilà que je deviens moite, chaude et agitée à cette simple vue.

Qu'est-ce qui cloche chez moi ? Après tout ce que je viens de traverser dans ce bureau, on pourrait s'attendre à ce qu'aucune idée coquine ne me traverse l'esprit, mais, apparemment, ce truc ridicule que j'ai pour les poings ne cesse de me faire de l'effet.

Dans les faits, je suis quelqu'un de paisible – une pacifiste, même – et je ne suis pas particulièrement intéressée par les trucs sexy, de ce que je peux en dire. Je ne sais donc absolument pas pourquoi la vue d'un poing masculin me fait le même effet que le Viagra sur les mâles adolescents en rut. Oh, et le fait que ce poing appartienne à un homme sublime ne fait qu'empirer la situation.

Le type a des yeux gris perçants, un nez fort – bien qu'ayant déjà été cassé –, une mâchoire puissante et des cils pour lesquels je pourrais vendre mon âme. Et pour une raison inconnue, il porte un survêtement, ce qui aurait dû le faire ressembler à un rappeur à l'ancienne ou à un gangster. À mes yeux, cependant, il ressemble à un Viking. Peut-être à cause de ses cheveux blonds un peu longs ? Ou de la férocité qui émane de lui ?

Puisqu'on en est à se poser des questions aléatoires, comment fonctionne l'attirance, au juste ? Le fait d'être canon est-il objectif ou subjectif ? Avons-nous tous le choix de qui nous trouvons « sexy », ou n'est-ce qu'une autre façon d'exprimer la question du libre arbitre ?

Peu importe. Je ravale l'excès de salive qui s'est accumulé dans ma bouche, regrettant qu'il n'existe pas d'équivalent à la déglutition au niveau de mon entrejambe. Comme pour les poings, même si je déteste la violence et tout ce que les Vikings représentent d'autre, je les trouve extrêmement fascinants. Et je n'en suis pas fière, mais il m'arrive d'avoir des fantasmes dans lesquels je me roule dans le foin avec l'un d'eux… hurlant le nom d'Odin au moment de l'orgasme.

OK, j'ai peut-être un petit penchant coquin. Ou deux.

— C'est aussi mon cabinet d'avocats, grogne le Viking d'une voix sexy. Un harceleur aurait plutôt attendu cette fille dans son appartement.

Qui est cette fille et pourquoi suis-je jalouse ?

— Oh, je t'en prie, répond le Viking à ce qu'il a entendu à l'autre bout du fil, ses yeux gris étincelant comme de l'acier. Elle l'a rejeté pendant toutes ces années, mais dès qu'il est tombé malade, elle est revenue en courant.

Attendez une seconde. Est-ce ma mauvaise conscience qui parle ou est-ce qu'il…

— Tu crois qu'elle cherchait une réconciliation ? continue-t-il. Aucune chance. Elle n'est même pas venue à son enterrement.

Merde. Cette brute est bel et bien en train de parler de moi. Mais…

— Tout ce qu'elle voulait, c'était l'argent, comme un vautour croqueur de diamant.

Un hoquet s'échappe de mes lèvres et toute trace d'excitation s'évapore, me laissant plus sèche qu'un pruneau dans le désert.

Ce connard de Viking lève les yeux vers moi et des montagnes russes d'émotions passent sur ses traits. Pas une seule ne s'apparente à de la culpabilité pour ce qu'il vient de dire.

Il a surtout l'air déçu de s'être fait surprendre.

De manière purement instinctive, je réduis la

distance entre nous, enfonce mon index dans son large torse et siffle :

— Comment osez-vous ?

———

Si vous souhaitez en savoir plus, veuillez consulter le site internet de Misha Bell: www.mishabell.com/fr.

EXTRAIT DE QUI S'Y FROTTE S'Y PIQUE

Juno

Quand je suis en retard à un entretien d'embauche et que je me retrouve coincée dans un ascenseur avec un homme taciturne follement sexy et passionné de Rome antique, je suis loin de me douter qu'il n'est autre que le milliardaire qui possède le bâtiment. Je ne m'attends pas non plus à passer à deux doigts de le tuer... sans le faire exprès, naturellement.

Bien sûr, je ne décroche pas le poste auquel j'étais candidate, mais en revanche, je reçois une offre d'emploi intéressante.

Lucius a besoin de faire croire au public (et à sa grand-mère) qu'il est en couple, et moi, j'ai besoin d'une bourse pour passer mon diplôme de botaniste. Avec ce petit arrangement, tout le monde y gagne... enfin, jusqu'à ce que les sentiments s'en mêlent.

Si j'ai appris quelque chose de ma passion pour les cactus, c'est qu'en m'approchant trop près, je risque bien de me faire mal.

Lucius

J'ai retiré trois choses de cet incident d'ascenseur : ma bouteille d'eau préférée remplie d'urine, une dangereuse réaction allergique et des photos volées de ma "petite amie" et moi qui font le plus grand bonheur de ma grand-mère.

Naturellement, je décide d'user de chantage (ou plutôt de persuasion) avec cette fille, accessoirement très jolie, pour la convaincre de se faire passer pour ma petite amie. Comme ça, ma grand-mère sera contente, et d'une pierre deux coups, je chasserai de mon entourage les croqueuses de diamants.

Malheureusement, mon ennemi juré (à savoir la biologie) entre en jeu et la partie "pas de relations physiques" de notre petit arrangement commence à me paraître insurmontable. Pire encore, plus je passe de temps avec Juno, plus ma façade glaciale soigneusement élaborée menace de fondre.

Si je n'y prends pas garde, Juno risque bien d'abattre définitivement mes barrières défensives.

———

— Vous dites que je suis stupide ? lâché-je.

N'importe qui aurait du mal avec ces fichus boutons, pas juste quelqu'un souffrant de dyslexie.

Il lance un regard appuyé aux boutons.

— N'est stupide que la stupidité.

Je serre les dents au point d'avoir mal.

— Vous êtes un connard. Et vous avez regardé *Forrest Gump* un peu trop souvent.

Il pince les lèvres.

— Ce film n'est pas à l'origine de cette expression. Ça vient du latin : *Stultus est sicut stultus facit.*

Je lève les yeux au ciel.

— Quel genre de *stultus* prétentieux fait des citations en latin ?

L'acier dans ses yeux est si froid que je parie que ma langue resterait collée, si j'essayais de lui lécher le globe oculaire.

— Je ne sais pas. Peut-être que « l'idiot » se trouve aimer tout ce qui se rapporte à Rome, y compris son système de numérotation.

J'en reste bouche bée.

— C'est vous qui avez pris cette décision ? demandé-je avec un geste vers les boutons de l'ascenseur.

Il hoche la tête.

Merde ! Il m'a sûrement entendue, tout à l'heure, ce qui veut dire que je l'ai insulté en premier. Pour ma défense, c'était vraiment idiot, comme choix.

Je pousse un soupir frustré.

— Si vous êtes un tel expert en chiffres romains, vous auriez pu me dire sur quel bouton appuyer.

Il croise les bras sur sa poitrine.

— Vous ne m'avez pas posé la question.

Je me hérisse à nouveau.

— Vous poser la question ? Vous aviez l'air prêt à m'arracher la tête rien que pour me punir d'exister.

— C'est parce que vous avez retardé…

L'ascenseur s'arrête en tressautant et les lumières autour de nous s'affaiblissent.

Nous regardons tous deux les portes.

Elles restent fermées.

Il se tourne vers moi et plisse les yeux d'un air accusateur.

— Sur quoi avez-vous appuyé, cette fois ?

— Moi ? Comment ? J'étais face à vous. Malheureusement.

Il secoue la tête de manière exaspérante et s'avance vers le panneau de boutons. Je dois m'écarter d'un bond avant de me faire piétiner.

— Vous avez sûrement appuyé sur quelque chose tout à l'heure, marmonne-t-il. Pourquoi serait-on coincés, sinon ?

Pourquoi est-il illégal d'étrangler les gens ? Si je pouvais refermer la main autour de sa gorge rien que quelques secondes, ça me calmerait.

Au lieu de ça, je fusille son dos du regard ; il m'empêche de voir ce qu'il est en train de faire, si tant est qu'il fasse quelque chose.

— Ce pauvre ascenseur vient sûrement de se suicider à cause de ces chiffres romains. Il savait que quand quelqu'un voit des L et des XL, il pense à des T-shirts taillés pour des Néandertal dans votre genre. Et ne me parlez même pas de ce bouton XXX, qui est une référence évidente à du porno. Ça crée un environnement de travail host…

— Vous voulez bien la fermer pour que je puisse nous tirer de là ? lâche-t-il.

Ses mots me font prendre conscience de notre situation : plus d'une minute a passé, et les portes sont toujours fermées.

Nom d'un *Saguaro*, suis-je vraiment coincée ici ? Avec ce type ? Et mon entretien, alors ?

— Enfin un peu de silence ! dit-il avec satisfaction.

Quand il fait un pas de côté, je le vois enfoncer le bouton « aide ».

— C'est un miracle que le mot ne soit pas en latin, ne puis-je m'empêcher de remarquer. Ou en klingon.

— Allô ? dit-il dans le haut-parleur sous le bouton, la voix dégoulinante d'agacement.

Pas de réponse, pas même de la friture.

— Il y a quelqu'un ? insiste-t-il, son irritation atteignant de nouveaux sommets. Je suis en retard pour une réunion importante.

— Et moi, je suis en retard pour un entretien, renchéris-je au cas où ça pourrait aider.

Il se tait le temps de me lancer un regard, un épais sourcil haussé.

— Un entretien ? Pour quel poste ?

Je carre les épaules.

— Je suis sûre que les gens comme vous ne s'en rendent pas compte, mais les plantes de ce bâtiment ne s'arrosent pas toutes seules.

Une seconde. En ai-je trop dit ? Pourrait-il torpiller mon entretien – à supposer que ce couac d'ascenseur ne s'en soit pas déjà chargé ? Quel est son poste, ici, d'ailleurs ? La conception d'ascenseurs ridicules ? Ça ne peut pas être un boulot à plein temps, hein ?

— Une écolo qui câline les arbres, grommelle-t-il entre ses dents. Logique.

Quel connard ! Je n'ai jamais fait un seul câlin à un arbre de toute ma vie. Je suis trop occupée à leur parler.

Il reporte son attention renfrognée vers le bouton « aide » – même si je pense qu'il aurait plutôt dû être nommé « aucune aide ».

— Allô ? Vous m'entendez ? hurle-t-il. Répondez tout de suite ou vous êtes viré.

Je lève les yeux au ciel.

— C'est une bonne idée de se comporter comme un con avec la personne qui peut nous sauver ?

Il pousse un soupir bien audible.

— Peu importe. Le bouton doit dysfonctionner. Ils n'oseraient jamais m'ignorer.

Je sors mon fidèle téléphone, un simple Nokia 3310 très pratique.

— Vous n'avez pas trop les chevilles qui enflent ?

Il regarde mes mains, incrédule.

— Voilà pourquoi l'ascenseur s'est coincé. Il a traversé une faille temporelle et nous a transportés en 2008.

Je fronce les sourcils en voyant l'absence de réception sur mon Nokia.

— Ce modèle est sorti en 2017.

— Il a quand même l'air plus décérébré qu'un mannequin de crash-test en état de mort cérébrale.

Il sort fièrement un iPhone de sa poche.

— *Voilà* à quoi ressemble un vrai téléphone.

Je ricane.

— C'est plutôt à ça que ressemble une distraction constante. Mais si votre téléphone-pas-si-smart – une marque déposée – est si incroyable, il devrait avoir du réseau, hein ?

Il regarde son écran, mais je devine qu'il sait déjà la vérité : pas de réception pour son petit chéri non plus.

Malgré tout, je ne peux résister.

— Vous voyez ? Votre téléphone génial est tout aussi inutile. Il n'est bon qu'à transformer les gens en zombies accros aux réseaux sociaux.

Il cache l'appareil comme un parent protecteur.

— En plus de toutes vos charmantes qualités, vous êtes aussi technophobe ?

J'envisage de lui balancer mon Nokia en pleine tête, avant de décider que ça ne vaut pas la peine de débourser soixante-cinq dollars pour le remplacer.

— Ce n'est pas parce que je n'ai pas envie d'être distraite que je suis technophobe.

— En fait, mon téléphone est excellent s'agissant de repousser les distractions, assure-t-il en remettant son casque sur ses oreilles. Vous voyez ?

Il appuie sur « play » et j'entends vaguement des riffs de heavy metal.

— C'est très mature, articulé-je.

— Désolé, répond-il beaucoup trop fort. Je n'entends pas les distractions.

Très bien. Peu importe. Au moins, il a de bons goûts musicaux. Mon cactus et moi sommes de grands fans de Metallica, et je crois que c'est ce qu'il écoute.

Je me mets à faire les cent pas.

Je suis coincée et je suis en retard. Si cette panne d'ascenseur ne se règle pas dans les prochaines minutes, je pourrai dire adieu à ce nouveau job – et par extension à l'argent de mes frais de scolarité. Si je ne peux pas payer mes études, je n'aurai pas de diplôme de botanique, alors que c'est mon rêve depuis plusieurs années.

Par le jus de *Saguaro*, ça craint vraiment !

Je jette un coup d'œil au canon – au connard, je veux dire.

Que penserait-il d'une personne atteinte de dyslexie et voulant obtenir un diplôme universitaire ? Sûrement que je devrais trouver une fac utilisant des livres de coloriage. Pour tout dire, même les livres de coloriage ne seraient pas beaucoup mieux – je n'arrive jamais à ne pas dépasser les lignes.

Je soupire et détourne les yeux, de plus en plus

inquiète. Même en mettant mes rêves de côté, et si cet ascenseur restait coincé longtemps ?

Le problème le plus immédiat, c'est mon envie de plus en plus pressante de faire pipi – mais paradoxalement, sur le long terme, notre principal souci serait de n'avoir rien à boire.

Je me demande… Quand on a assez soif, notre corps réabsorbe-t-il l'eau présente dans la vessie ? Et puis, est-ce que je pourrais créer un filtre en me servant de ce que j'ai sur moi, à la MacGyver, pour récupérer l'eau de mon urine ? Avec des poils de chat, peut-être ?

Je frissonne, et ce n'est qu'en partie dû à l'air conditionné démentiel qui arrive à m'atteindre même ici. À court terme, ce serait tellement mieux s'il faisait chaud plutôt que froid. Je pourrais transpirer les liquides et je n'aurais pas envie d'uriner, même si je suppose que je mourrais de soif plus vite. Je jette un regard envieux vers l'inconnu large d'épaules. Je parie que sa vessie fait la taille d'un ballon dirigeable. Il possède aussi une bouteille en acier inoxydable qui contient sûrement de l'eau, et il y a peu de chances pour qu'il accepte de partager.

Se pose aussi la question de la nourriture. Je n'ai rien de comestible sur moi, mis à part une boîte de pâtée pour chat… et théoriquement, la chatte elle-même.

Non. Je préfère encore manger cet inconnu plutôt que la pauvre Atone.

Comme s'il avait lu dans mes pensées, le ventre de l'inconnu gargouille.

Zut ! Vu comme ce type est costaud et méchant, il mangerait sûrement la chatte. Après ça, il me dévorerait, moi… et pas de manière agréable.

Je suis vraiment foutue !

———

Si vous souhaitez en savoir plus, veuillez consulter le site internet de Misha Bell: www.mishabell.com/fr.